U0854660

The Lost Child

丢失的孩子

〔爱尔兰〕帕特里夏 · 吉布尼（Patricia Gibney） 著
赵楠楠 译

中国出版集团 现代出版社

图书在版编目(CIP)数据

丢失的孩子 /(爱尔兰)帕特里夏·吉布尼
(Patricia Gibney) 著；赵楠楠译．-- 北京：现代出
版社，2020.2
ISBN 978-7-5143-8296-9

Ⅰ．①丢… Ⅱ．①帕… ②赵… Ⅲ．①长篇小说—爱
尔兰—现代 Ⅳ．① I562.45

中国版本图书馆 CIP 数据核字 (2019) 第 265715 号

版权登记号：01-2018-9111
Published by arrangement with Rights People, London,
through The Grayhawk Agency.
Copyright © Patricia Gibney 2017

丢失的孩子

作　　者：〔爱尔兰〕帕特里夏·吉布尼 (Patricia Gibney) 著
译　　者：赵楠楠
选题策划：杨　静
责任编辑：杨　静
出版发行：现代出版社
通信地址：北京市安定门外安华里 504 号
邮政编码：100011
电　　话：010-64267325　64245264(传真)
网　　址：www.1980xd.com
电子邮箱：xiandai@vip.sina.com
印　　刷：三河市宏盛印务有限公司

开　　本：880mm×1230mm　1/32
印　　张：14.5　　字　　数：320 千字
版　　次：2020 年 2 月第 1 版　　印　　次：2020 年 2 月第 1 次印刷
书　　号：ISBN 978-7-5143-8296-9
定　　价：53.00 元

版权所有，翻印必究；未经许可，不得转载

献给我的父母，凯瑟琳·沃德和威廉·沃德，

感谢你们的爱、支持和鼓励。

目　录

七十年代：那个孩子

“你别吵。求你了，不要再哭了。”

“可是……可是她打我。我想回去找那个妈妈。”

“嘘……嘘……我也想。但是如果我们乖乖的，这个妈妈就不会伤害我们。你一定要非常非常乖。”

仍旧哭着，“要乖太难了。我好饿。呜……呜……”

“别打嗝儿，别，你别把她惹急了。”

搂着瘦小的双胞胎弟弟，我盯着无尽的黑暗。这里太黑了，那个妈妈关掉了大厅的灯，现在连钥匙孔里都充满了黑暗。我靠着一沓吸尘器纸袋，想用它来当枕头，可是它支支棱棱的，而我又骨瘦如柴。弟弟枕着的我的那只胳膊，被硌得像针扎一样疼。

缩在狭小的空间里，我一动也不能动。弟弟躺在我身上，他的重量对大人来说可能微不足道，但对我而言却像是庞然大物。一只蜘蛛从网中坠下来，刚好落在我鼻子上，我立刻尖叫了起来。弟弟从我怀里惊跳起来，头“咚”的一声撞到了墙上。于是，我们两个人一起尖叫着。在狭促的厅堂柜里，我们的叫声尖厉刺耳。我俩谁都不知道对方为什么号叫，谁也不能阻止对方哭喊，更不知道这恐怖何时会结束。

接着……我们就听到了开锁的声音。

*

金嘉莉双手捂着耳朵。他们什么时候才能闭嘴？哭哭啼啼，叽哇喊叫。两个讨债鬼。她为他们都做了那么多，毒也不吸了，酒也不喝了，像变了一个人似的。全都是为了他们，为了把他们接回来。她铁了心要这么做，尤其是在其他人都被从她生命里夺走之后。为了他们，她斗争了很久。

“闭嘴！”

她打开一瓶威士忌，倒了一杯。灌了两口之后，有股暖意渗透到血液里，感觉好多了，但是依然能听见他们的哭声。她又灌了一口。

“够了！”她从厨房奔出来，狠狠地敲了敲走廊里那橱柜的门。

“听见没，闭嘴！我再听到一声，就把你们两个都宰了！”她嚷道。

背靠着白色的胶合板柜门，刚才一顿折腾弄得她气喘吁吁，胸脯起起伏伏，心突突直跳。他们还在哭，但声音柔和多了，只剩下啜泣的声音。

“谢天谢地！”她叹气道，“终于消停了。”

拖着沉重的身躯回到厨房，她光着的双脚上沾满了灰尘和面包屑。站在堵塞的水池旁，望着窗外，脏兮兮的窗户满是污渍，她囫囵吐下一颗药丸，不过她更需要来口烟。她从短裙的口袋里掏出一小包大麻，卷了个烟卷，猛嘬了两口。

她两膝发软。她看见两扇窗户，或者是三扇，面包盒沿着长凳上蹿下跳，扫帚舞动着，想要一个舞伴。

她大声笑了起来，点上一支蜡烛。这烟可真冲，难不成是那药丸的作用？她转身一把抓起那瓶威士忌，直接对着瓶子喝了起来，这会儿喝起来感觉也不那么烈了。她打开手边的那本书，不一会儿又合上。她想不起来上次读这本书是什么时候，但是这本书看起来不错。她原来喜欢那些小插图，可现在它们仿佛在嘲弄她。

走廊里的喧嚣已经停止，她听到天使在唱歌，就在上面，躺在天花板上的朵朵白云里。他们惹人怜爱，一点也不像那两个双胞胎小杂种，简直要了她的命。好在她总算把他们夺回来了，没让他们落到那个养母手里。那就是个笑话，那女人根本不知道怎么养孩子。

“你们好啊，天使小朋友们！”她冲着天花板亲切地打招呼，声音比平常高了一个八度，“你们是来让那两个小屁孩闭嘴的吗？”

就在此刻她听到了尖叫声，她疑惑地紧蹙眉头，茫然地环顾厨房四周，天使们已经飞走了。

金嘉莉又喝了一大口威士忌，深吸了一口烟，抓起一把木勺就往外走。匆忙间打翻了蜡烛和酒瓶，自己都不知道。

“叫你们哭，非得给你们点儿厉害尝尝！天哪，我肯定饶不了你们。”

第一天

二〇一五年十月初

第一章

夜晚是最佳的学习时间。一杯红酒，一点儿轻音乐，百叶窗半开，屋外的田野，远远地尽在黑暗之中。酒杯反着光，屋里的一切她都看得真切。独自在家，与书为伴，宁静平安。

玛丽安·拉塞尔不得不承认社会研究并非她心仪的课程，但是她真心喜欢系谱学模块。其他内容对她这种脑瓜不灵的人来说，简直太高深了。她的确笨，亚瑟就总是这样说她，说得她自己都有点儿相信了，虽然她清楚根本不是那么回事。

她暗自笑了笑，扔了两颗药丸到嘴里，就着红酒吞了下去，然后又点上一支香烟。自从拿到针对丈夫的禁令后，她又开始掌控自己的生活了。每周在超市工作二十五个小时，家里的车也归了她。她那混蛋丈夫的驾驶证被吊销了，所以他也没怎么争着要这辆车。不仅如此，她还成功地让母亲把房子转到了自己名下，然后把她安置在一间公寓里，如弃敝屣。于是，她有了学业，有了红酒，有了药丸。

前门开了，又“砰”的一声关上了。

“艾玛，是你吗？”玛丽安转头喊了一声。她需要坐下来和女儿聊聊，艾玛已经十七岁了，开始把宵禁不当回事了。她看了一下时间，还没到九点。

玛丽安抿了一口酒："你去哪儿了？"

没有回应。无论惹多大麻烦，艾玛总是我行我素。这是随她爸爸吗？不是，玛丽安知道她随的是谁。

她站起来，转身向门。手中的酒杯掉落在地。

"你！"

第二章

康默尔是一个安静的地方，位于拉格穆林郊外。主路曾经横穿小镇，但是修环路的时候被切断了，只有当地居民才用，或者被那些知道这条路的人当捷径用。两栋房子间相距差不多五百米，路灯每隔两个才亮。像这样倾盆大雨的夜晚，这里就成了一个萧瑟凄凉的地方。树木摇晃着湿漉漉的树枝，仅存的那些树叶也都凋落了，地面泥泞漆黑。

督察洛蒂·帕克和高级侦查员马克·博伊德赶到的时候，现场已经被警方用警戒线围起来了。两辆警车遮住了好奇看客的视线。但除了正在进行的警务活动，一切都很安静。

洛蒂看向博伊德，他摇摇头。博伊德身高六英尺，身形颀长，线条匀称。曾经乌黑的头发现在有些斑白了，耳际的部分剪得很短，露出一对招风耳。

“走吧，”她说，“咱们躲躲雨，我真讨厌半夜被叫醒。”

“我不喜欢家庭纠纷，”博伊德说着，竖起了衣领，“可能是入室行窃。行窃时出了什么错呢？”

“到目前为止，什么都有可能。但是玛丽安·拉塞尔有对她丈夫亚瑟的禁令，过去十二个月，他曾两次无视这条禁令。”博伊德看着报告说，报告被雨水浇得一直在滴水。

“但这还不能说明是他，得先研究一下犯罪现场。”

她把黑色立领夹克的拉链拉到脖子，心想，但愿今年冬天不要像去年那样糟糕。十月应该是个美好的季节，可是暴雨马上要来，现在是橙色预警，且预报里说随时可能转成红色预警。四周环湖的拉格穆林很容易受到洪水侵袭。雨都下了两个星期了，洛蒂已经快受不了了。

仔细查看了车道上的汽车后，洛蒂向房子走去。大门敞开着，一名身着制服的警察把守着入口。警察认识她，冲她点了点头。

“晚上好哇，探长。里面场面可不怎么好看。”

“残杀的场面去年我没少看，没什么能吓到我。”洛蒂从口袋中拽出一副手套，向里吹口气，戴在手上。手有些湿，费了点事才戴好。她又从提包中拿出一次性鞋套。

“他是怎么进来的？”博伊德问。

“门没有被撞开的痕迹，所以他很有可能有钥匙，”洛蒂说，“而且我们现在还不能确定是不是男的。”

“亚瑟·拉塞尔已经被禁止进入这个房子，他不应该有钥匙。”

“博伊德……我来行吗？”

地上有一串沾血的脚印，从走廊一直延伸到洛蒂所站的位置，她俯身查看。“血迹一路延伸到门外。”

“进出都是。”博伊德指着血迹说道。

“凶手是回到门口查看什么东西，还是让其他人进来？”

“现场调查员会取证的，小心别踩上。”

洛蒂瞪了博伊德一眼，小心翼翼地沿着狭窄的走廊走了过去。走廊尽头是厨房，尽管看起来像是后来扩建的，但样式老旧，格局紧凑。还没走进去，眼前的景象已经让她不寒而栗了。幸好博伊德紧随其后，让她在非人的景象面前感到些许人味。

“有过一番打斗。”博伊德说。

一张木桌被掀了个底朝天，两把椅子被甩到桌子上，其中一把三条腿都断了。书和纸张散落一地，还有一部手机和一台笔记本电脑被扔在地上，屏幕都碎了，像是被人踩碎的。所有能移动的物体似乎都被从台面上扫了下来。各种酱料混着汤汁从柜门间往下滴，水龙头里的水正哗哗地流进水槽。

满屋的凌乱说明这里曾发生过激烈的打斗。洛蒂收回目光，开始查看尸体。尸体趴在一小摊血泊中，棕色短发乱蓬蓬的，头上有开放性伤口，血肉模糊，头骨和大脑都露了出来。右腿以不可能的角度伸到一边，左臂也是。裙子被撕破了，背部的红色上衣被撕开了。

“脊柱上的瘀伤清晰可见。”博伊德说。

“被打得很惨。”洛蒂轻声说，“那是呕吐物吗？”她低头看着离自己脚边两英寸的大摊液体。

“玛丽安·拉塞尔的女儿曾……”博伊德刚要说。

“不可能。她进不来。她忘了带前门钥匙，又没有后门的。她从信箱喊她母亲，又绕到房后。最后在去朋友家的路上，她给紧急救援打了电话。报告上是这么说的。”

“如果她没进屋，那就是我们的人走漏了消息。”博伊德说。

“不用说得这么直白，我能明白。”洛蒂用手指拨弄头发，但手套被钩住了。“那个女儿现在在哪儿？”

“艾玛？在邻居家。”

“可怜的孩子，竟然看到了这吓人的场面。”

“可她没看到——”

“报告里说她从后窗向里面看了，博伊德。她看到的足够她做一辈子噩梦了。”

“你做噩梦吗？你工作的时候看了那么多。我骑自行车发泄，你是怎么办的？”

“现在可不是说这个的时候。”洛蒂不喜欢博伊德问东问西的。她的事他知道得已经够多了。

走进厨房她才意识到，他们正在破坏犯罪现场，而且这现场已经先被紧急救援人员破坏过了。“现场调查员在路上吗？”

“也就五分钟左右就能到了。”博伊德回答。

“既然要等他们来，我们先看看这里到底发生了什么吧。”

“丈夫闯了进来——”

“天啊，博伊德，你又来了！你怎么知道是她丈夫干的？”

“当然是他。”

“好吧，就算你说得对，那到底是为什么？是什么驱使他这么干的？他被禁止回家都一年了，他现在才发疯？为什么选今晚呢？”洛蒂咬着嘴唇，思考着。眼前的现场有些不对，但是她想不清楚哪里不对。无论如何，现在还没想清楚。“亚瑟·拉塞尔找到了吗？”

“毫无踪迹。检查站已经就位。交通部门有车辆记录。我们的报告显示他被禁止开车，但是车不在这儿，所以应该是他把车开走了。我们会找到他的。”博伊德说。

“如果你的假定是正确的，那么车道上的车是谁的？”

“我们说话这会儿，他们正核对车辆信息呢。”

听到身后一阵骚动，洛蒂转身。是吉姆·麦格林，犯罪现场调查组队长，就在她身后两步远的地方，他手提的法医勘查箱很重，使得他一只肩高一只肩低。

“你们俩就要撤了吗？”他问。

洛蒂紧贴墙上，好让他通过。“没有啊，怎么了？”

“死神围着你们转哪！待在外面，不叫你们进来就别进来。”

洛蒂气得牙痒，但生生咽下了几句想说的话，等着麦格林的队员们铺上脚掌大小的铁板，这样他们就不会给犯罪现场增加任何东西了。她看了看博伊德，博伊德摸着嘴和下巴，正要发飙。她把手指放在嘴唇上，示意他不要出声。

“他以为他是谁呀！”博伊德在她耳边小声说。

“眼下是我们最好的朋友。”洛蒂说。

他们静静地站着，看着法医小组在现场搜索证据。二十五分钟后，州病理学家简·多尔来了，麦格林终于把尸体翻了过来。

此时此刻洛蒂才明白到底哪里不对劲了：尸体不是玛丽安·拉塞尔，而是一个年长很多的女人。

“这到底是谁？”博伊德问。

第三章

“颅骨后侧是由钝器致伤的。”简·多尔脱下法医服，塞到了助手撑着的纸袋里。虽然身高只有五英尺，但这位州病理学家却在专业知识上弥补了身高上的不足。“找到凶器，我就可以把它和伤口匹配上了。”

“会是什么样的凶器呢？”洛蒂问。

“应该是个坚硬的、圆形的东西。”

“还有别的信息可以告诉我们吗？”洛蒂尽量不去表现出恳求的口吻，“我们还要认定她的身份。”

“我可不知道受害者是谁。我会约明早八点验尸的，也许尸体能给我们点儿信息。到时自己过来瞧瞧吧！”

“我会的，谢谢！”洛蒂看着这个病理学家大步走进雨里，司机在她头顶撑起了一把大雨伞。

“楼梯柱子上挂着一件女士雨衣，湿漉漉的。”她对站在前门外的博伊德说。博伊德点了两支烟，递给了她一支。

“所以呢？”他问。

她吸了一口烟。她平常不怎么吸烟，只有博伊德给她烟的时候才吸两口。她想现在要是喝杯双份伏特加倒是挺不错的。她想戒酒，已经努力过无数次了，但是她发现过去几个月里自己又重蹈覆辙，旧习难改了。她连着吸了两口烟，却把烟都咳出来了。

“无论这个受害者是谁，她的来访可能惊扰了窃贼。那个应该是她的雨衣。”洛蒂说。

“晚上串个门而已，却发生这样的事情，真是太残忍了。”

“没有找到手提包，没什么东西能告诉我们她的身份。”

“肯定有人认识她的。”

“玛丽安·拉塞尔在哪儿？根据她女儿艾玛的陈述，艾玛去朋友家时，她在家。”

“艾玛的朋友家在哪儿？”

“南边那栋房子。”

“那有一英里远呢。”博伊德说。

“差不多五百米。”洛蒂更正他。

“这天又黑，还下着雨，为什么她让女儿走回家呢？”

“艾玛·拉塞尔已经十七岁了。”洛蒂掐灭了指间的烟头，把它给了博伊德，博伊德把两个烟头塞到了烟盒里。她又继续说，“我们得找到玛丽安·拉塞尔。”

“柯比正在找。”

“我们去看看后院吧。”

“我去让麦格林把外面的灯打开。”他朝房子里走去。

雨已经小些了，洛蒂绕着房子的山墙走过去的时候，还是深一脚浅一脚地踩到水坑里了。这房子似乎是个改建的村舍，可是农场早就没有了。放眼望去，她能看见的是宽阔的篱笆墙围出的边界，在黑暗中其实不远。

就在她走进后院的时候，外墙的灯闪了两下，亮了起来，整个场地被罩上了一片淡黄的光晕。

“我的天哪！”她说。

博伊德从后门出来：“你发现了什么？”

门外的地上有支棒球棒，在雨中有血迹从上面淌下来。它旁边是一只老式的黑色皮质手提包，包上的铜扣是开着的，包里的东西撒了一地，一直撒到了石路上。

“是凶器，”博伊德说，“肯定有人很匆忙。”

“如果这不是玛丽安·拉塞尔的包，那一定是屋里受害者的。”

湿透了的地面上有张塑料卡片，洛蒂蹲下来，用戴着手套的手小心翼翼地把它翻过来。

“献血证！泰莎·鲍尔。”她说。这名字在她脑海里激起灵光一闪，感觉似曾相识，但同时她又非常笃定自己从未见过泰莎·鲍尔。

“你在对我的犯罪现场做什么？”麦格林站在敞开着的门口，高高地俯视着她，“不许碰任何东西，所有东西都必须先拍照留存。”他大喊一声让人来支帐篷。

“好！好！”洛蒂站起来。“火气别那么大嘛！”她低声地说。

麦格林走过来的时候，她快步躲开了，跟着博伊德回到了房前。

“我们需要和艾玛聊聊。”她说。

“你需要放慢节奏。”博伊德回答道。

“我会的，等我找到是谁杀了那位老太太。”

第四章

艾玛·拉塞尔的长发垂在肩上。洛蒂注意到，艾玛正透过素框眼镜，注视她的一举一动。艾玛的椅子后站着一个女人。

“我是伯妮·凯莉，”女人说，“请坐。”

洛蒂坐在沙发上说：“非常感谢你照顾艾玛。”她介绍了自己和博伊德，然后说道，“我会尽快联系，派一名家庭联络员来。艾玛，你愿意和我们聊一聊吗？”

艾玛端正地坐在扶手椅上，身穿牛仔裤，双手垂在腿间，手里的纸巾不停地在指尖绕来绕去。她点了点头。

客厅小得可怜，塞满了家具和各种装饰。壁炉里的煤火熊熊燃烧着，洛蒂更感觉局促，热气逼人。屋里有熏香，但是烟的呛味还是很浓。

“我知道你受到了惊吓，”洛蒂说，“但是我们想尽早和你谈谈，这对我们破案十分重要。”

“没事。”艾玛轻声说。

“首先，你认识一个叫泰莎·鲍尔的女人吗？”洛蒂问。不到一刻钟之前，他们从手提包里找到的驾照上确定了受害者的身份，而且车牌也证实了车道上的那辆车是她的。

“她是我祖母。”艾玛抬起头说。

“你祖母？”洛蒂转头看向博伊德。他坐直了身体。

“天哪！”艾玛惊呼，“那是她，是不是？就那样……趴在厨房地板上。是谁干的？”

“很抱歉，我也不知道。”洛蒂说，心里真想打自己几拳，“能告诉我你都看见什么了吗？”

“我……我真的不清楚。”泪水从艾玛的脸颊滑落。她摘下眼镜，用手里揉烂了的纸巾擦了擦眼镜，然后抖开了伯妮放在她肩膀上的手。

“你确定你现在可以和我们聊这个吗？我很抱歉，这样似乎有些残酷，但是我们必须立即行动起来。”洛蒂感觉博伊德在用手肘推她，她想躲开，但是没地方可躲。

“你们应该找到我妈妈。”

“我们已经有人在找她了。你知道她有可能在哪儿吗？”

“我不知道。”

“好！艾玛，我想请你帮我回顾一下事情的经过。”

艾玛抬起头，睁大了眼睛，“我什么也不知道。”

“和我讲讲你这一晚上怎么过的，从头说。”

“你们非得现在问吗？”伯妮问。她的手再次轻轻地放到了艾玛的肩上。

“我正在尽一切可能调查你祖母和妈妈到底出了什么事情。”洛蒂回答艾玛，“你可能记得一些你认为无关紧要的事情，但它实际上可能对我们有帮助。你愿意说一说吗？”她低下头，试图看着女孩的眼睛。

艾玛犹豫着开始说道："放学后我直接回了家，进自己的房间写作业。我听见五点钟妈妈下班回来了。六点她叫我吃饭。我们吃的是千层面，那种现成的，难吃死了，但我还是吃了，为了让她开心。她说她需要继续学她那愚蠢的课程了。我明白她的意思，就冲了杯咖啡，在客厅里坐了几分钟，然后娜塔莎就给我打电话，我就到这儿来了，看电视。就这些。"

"你什么时候回家的？"洛蒂问，顺便瞥了博伊德一眼，看看他是不是在记笔记。

"妈妈叫我九点以前回家，但我想我回来的时候可能已经十点半了。只要她知道我在哪里，她通常不会介意我晚点回来。我找不到钥匙了，通常也没关系，因为妈妈晚上总是在家的……"艾玛的声音越来越低，抬头望着洛蒂，"她在哪儿？"

博伊德说："我们就是要找她呢。"

"那你们为什么不出去找，干吗坐在这里，问我这些愚蠢的问题？"接着艾玛垂下头说了句，"抱歉。"

"我知道你很担心，艾玛。"洛蒂伸手去摸了摸女孩的手。

艾玛握住她的手："求你找到我妈妈。"

洛蒂捏了捏她的手说："我知道你很难过，但你能告诉我你到家时做了什么吗？"

艾玛把手抽开，擤了擤鼻子，又揉了揉，"我按了门铃，没人应。我绕到后面去，透过门上半部分的玻璃往里看。我看到……我看到……"

"很好，继续说。"博伊德说。

“可是，你们不知道，太可怕了。看到一个女人那样……躺在厨房地板上。而且现在你们告诉我那人是我祖母。谁这么恨她？是谁杀了她？还有，我妈妈去哪儿了？”

去哪儿了呢？洛蒂思索着。

“这么说你根本没有进去？”博伊德问。

“你是聋了还是怎么了？我没有钥匙，我进不去。”艾玛瞪了他一眼，充满了怒气，“我看到……尸体在地板上。没看到其他任何人，天很黑，还下着雨。我跑回娜塔莎家，然后打了999报警。”

“你为什么不在自己家外面打电话？”博伊德问。

“我没停下来想。我吓坏了，光顾着跑了。”纸巾已经碎成纸屑，飘落在花布地毯上。

“在房子后面的时候，你肯定你什么也没看见吗？地上也什么都没有吗？”洛蒂问。

“很黑，我什么也没看见。”

“我知道你没有钥匙，但你试过后门吗？检查门锁上了没有？”

“嗯……没有。我没时间想。我以为门锁上了，但我没试。哦，天哪，也许祖母还活着，我本可以救她的。”艾玛蜷缩着身子，双臂环抱在胸前，呜咽着。

“你什么也做不了，艾玛，”洛蒂说着伸手去安抚女孩，“你离开那里，是对的。”现在我让她更害怕了，她想。一双睁得大大的眼睛回望着她。如果这个女孩脆弱的心灵反映了她的身体状况的话，那么她马上就要崩溃了。

“他是在等我吗？”

“没有，亲爱的，他走了。但我们需要你的指纹和DNA，好排除你的嫌疑。”

艾玛瞪大了眼睛，充满了恐惧，“为什么需要我的？我什么也没做。”

“这是程序，”洛蒂说，然后心软了，“不过现在，我觉得你需要休息。”

“知道了这些，我还怎么可能休息……”

伯妮·凯莉弯下腰，捏了捏女孩的胳膊，“没事，别太担心了。”

“我知道你很难过，艾玛，”洛蒂说，“谢谢你和我们谈话，你说的对我们有很大的帮助。这是我的名片，上面有我的电话号码。如果你还能想起什么，就给我打电话。”

“帮我找妈妈。”这姑娘又抽泣起来。

洛蒂在门口转过身来说：“你爸爸，你最后一次见到他是什么时候？”

艾玛抬起头来，脸上掠过一丝困惑，“我爸爸？你不会认为是他干的吧？”

“不是。我们必须调查所有人。我们到哪儿能找到他？”

艾玛摇摇头，耸了耸肩，“我也不知道他在哪儿。”

洛蒂和博伊德交换了一下眼色。她很想进一步询问艾玛，可是门口又出现了一个女孩。洛蒂猜那个瘦高、红头发扎成马尾的少女是娜塔莎。

伯妮·凯莉把两个侦探领到前门，“我觉得艾玛需要休息一下，你们说呢，探长？”

“是的，当然。但如果她还能想起什么，请马上联系我。”洛蒂又递过来一张名片。她还说：“就像我说的，会有一名家庭联络员被派来陪她。”

“没有必要，我会照顾她的。反正大部分时间都是这样。”

“这话是什么意思？”洛蒂把帽檐拉下来，以防雨点打到脸上。

“可怜的艾玛。她不上学也不在旅馆兼职的时候，就在这儿和娜塔莎在一起。我觉得玛丽安从那以后就不好了……你也知道吧？”

“我不知道。”

“自从和亚瑟闹了那事以后。”

“你是指禁令？”洛蒂想不明白这次的谈话到底要说什么。

“是呀，还有其他的事情。”

“凯莉夫人，我们能进去再聊聊吗？”

“我真的要去照顾孩子们了，我已经说得太多了。”伯妮·凯莉转身要进去。

洛蒂伸手抓住她的胳膊，不让她走。

“你再说说吧。艾玛的祖母被谋杀了，母亲失踪了，我们也不知道亚瑟·拉塞尔在哪里。你知道玛丽安可能在哪儿吗？”

“不知道，抱歉。”

“你告诉我们越多，我们能做的也就越多。”

“我什么也不知道。”她要把门关上。洛蒂本想用脚挡住，但马上改变了主意，决定明天再跟她说。

“你可能不明白，很多你知道的事情对我们都很有帮助。明早到警局来一趟吧，我可以做一个完整的笔录。十点方便吗？”

“我得陪孩子们。”

“家庭联络员会来的。上午十点，到时候见。”

第五章

洛蒂蹑手蹑脚地上楼，仔细听了听，没有声音。感谢上帝。她溜进房间，轻轻地把门关上。她没脱夹克就瘫倒在床上，疲惫地叹了口气。在警局召开紧急会议成立事件调查小组后，她决定收工，然后博伊德把她送回了家。一切就绪，明早可以继续进行调查，而寻找玛丽安·拉塞尔的工作则在彻夜进行。

她睁着眼睛睡不着，大脑不愿放松下来。希望现场调查组能找到有用信息让他们继续进行下去，但是她的首要任务是找到玛丽安·拉塞尔和她的丈夫，然后她才能更清楚那所房子里究竟发生了什么事。

“妈的！”她说着跳了起来。她的夹克湿透了，她把它扯下来，发现羽绒被上已经湿了一块，“真够烦的。”

洛蒂从亚当那边抄起那本《阿尔戈斯目录》，把它扔到床头柜上。这本厚重的书让她感觉床上还有人陪她，仿佛自己并不是一个人。有时候，正是这些小事起了作用。她把羽绒被抖松，反过来，这样湿的地方就到了床尾，在亚当那边。他不会介意的，他已经去世了。她想过换下目录，但又放弃了。四年时间足以哀悼这丧夫之痛。但是，当她要把书塞到床底下的时候，她的呼吸哽住了。从某些方面来说，四年是一段很长的时间，但是她和亚当一起生活的日子在她的脑海中仍然像昨天一样鲜活。当她脱掉潮湿的衣服，套上一件旧T恤，躺在床上时，厚重的孤独感紧压在她的肩头。

隔壁房间传来孩子的哭声，她知道凯蒂的孩子醒了。

"啊！上帝，又来了！"洛蒂对着天花板低声说。

凯蒂踱来踱去，抚慰着小路易斯，她的脚步声在房间里回荡着。她应该起来帮忙吗？不。凯蒂坚持要自己照顾孩子。

时钟显示凌晨三点四十五分。洛蒂用指尖轻叩额头，想让睡眠进入她的大脑，但是根本没用。

她坐起来。

打开床头柜，没有开灯，她摸索着酒瓶。喝几口不会有什么害处，而且有助于睡眠，就这样。药用，耶！

两片对乙酰氨基酚片再加几杯威士忌，她很快就睡着了。

*

他看着那个高个子侦探下车，进了房子，没有开灯。另一个侦探开车走了。

他等了五分钟。

楼上的一间卧室开了灯，百叶窗后面有个黑影在走动。

他又等了五分钟，然后打了个电话。

就像他过去十个月每天晚上做的那样。

当他称心如意后，就发动引擎开车走了。

七十年代中期：那个孩子

他们把我放在这里，然后把钥匙扔了。

墙在对我说话，我却没有声音，无法加入他们的谈话。

我不知道我在这里多久了，你知道吗？

墙上的声音现在安静了。

你知道我在这里多久了吗？

寂静。

我的小手指很痛。

我低头看着他们给我穿上的礼服。

我要找我的双胞胎弟弟。

我想要我自己的衣服。

它们都被火烧了。

什么火？

你妈妈放的火，或者是你放的？

我什么都没做。

没有人回应我。

我听到的声音只是在我的脑海里吗？

我开始哭泣。大孩子是不会哭的。

但我只是个小孩子。

小孩子应该被看见而不是被听见。

我想要我的妈妈……

或者我真的需要吗？

第二天

第六章

新的一天。一样的糟糕。洛蒂的头很疼，觉得好像有什么东西在嘴巴里睡了一夜。她看见空伏特加酒瓶像个弃婴一样躺在旁边。

她拖着疲惫的身体进了浴室，没有看镜子里的自己。弄错了水阀的方向，她感到自己的身体被冰冷的水炸得七零八落。

“拜托！”

她把开关扭对了方向，站在小玻璃柜的一边，直到她感到暖意从水流中涌来。她站在水流里，闭上眼睛，呼出一口气，把一股轻柔的水花喷到鼻子上。她感到有点头晕，趴到光滑的瓷砖墙上，让水冲她的脊背。

我真是活该！她想。愚蠢！愚蠢！愚蠢！

感觉稍微有点儿力气了，她把洗发水和护发素打泡涂在头发上，冲洗干净，走出热烘烘的洗澡间，进到冰冷的厕所。

没有毛巾。

她冲回房间去拿了一条，结果脚指头还绊到了门框上。

她的一天就这样开始了。

*

站在停尸房门口，洛蒂拉下兜帽，用手指理了理头发。大家都把停尸房叫作“鬼屋”。她的脑袋嗡嗡地响。不过，说真的，她必须打起精神。她知道一个小小的失误就会演变成一个恶性的循环。她真想再进那个幻境吗？不想。但小喝一杯或许可以减轻痛苦。或者如果她有的话，来个药丸也行。

昨天夜里雨一直未停，也没有减弱。她驱车四十公里前往州病理学家所在的塔拉莫尔，雨水不停地打在挡风玻璃上。她走进“鬼屋”，快步穿过冰冷的走廊，防腐剂的味道掩盖了死亡的刺鼻气味。

简·多尔已经开始进行尸检，她绕着钢床走着，钢床上停放着那位七十多岁的泰莎·鲍尔的尸体。

“早上好，探长！”病理学家的声音凌厉而冷淡，“如果你不介意的话，我就继续了。”

“开始吧！”洛蒂说着，穿上工作服，坐在不锈钢台子旁的高脚凳上。简·多尔和她的团队按照既定的程序开始工作。观察，触摸，戳碰，取样，记录。

洛蒂不耐烦地说了句：“有什么确切的死因吗？我猜这是谋杀。”房间里的气场似乎剑拔弩张。

简·多尔转过身来，瞪大了眼睛，“你我都知道，在我的行当里，我什么都不假设，我只让尸体自行讲述它的故事。这就是我能做的一切。”

“我知道，但我有点儿忙，还有个团队会议要开，所以如果你……”洛蒂的声音低下去了，她意识到自己说话含混不清。简·多尔怒视着她。

“如果你愿意，就去吧。我会把我的发现用电子邮件发给你。”

她转过身继续检查。

“是钝力外伤吗？”洛蒂主动提出，“你昨晚就是这么说的。”

简叹了口气，走了过去，“好吧，我看得出你的心思在别处。我知道你很忙，但我不能着急。就目前的情况而言，我可以先分析鲍尔夫人的尸检结果，这样你也有事可做。”

“谢谢，简！说实话，我很感激，但我感觉最好不是——”

“死亡的原因很可能是头部受到钝力损伤。满意了吗？”

“谢谢！有任何迹象表明使用了什么武器吗？”

“就像我昨晚猜测的那样，某种坚硬而圆润的东西，用了很大的力量，一击而已。它要么杀死了她，要么引起了严重的中风。等会儿会有更多的发现。”

“会是我们在现场找到的棒球棒吗？”

简瞪着她。洛蒂知道她不能得罪这位州病理学家，她还有求于对方，非公事公办的那种。并且如果她在简切割尸体的时候待在这里，她污染破坏的就不仅仅是她们的友谊了。她胃里的东西已经涌到嗓子眼儿了。

“谢谢你！”她说着朝门口走去，“再问一句，是性侵犯吗？”

“我会采集样本，但我认为不太可能。今天下午你会收到我的初检报告。”

最后看了一眼像患了黄疸病似的尸体，洛蒂冲出了验尸房。雨越下越猛，唯一的安慰是，她没有吐到闪闪发亮的不锈钢台子上，也没有吐到铺着白色瓷砖的地板上。没有，她一直走到停车场时才在停着的两辆车中间吐了出来。

再也不喝酒了。

第七章

雨停了一会儿，拉格穆林从雾中显现，俨然一张烟雾缭绕的灰色剪影。右边是大教堂的两座尖塔直入云霄，左边波因特山景观变形凸现出来。洛蒂曾经的朋友安娜贝尔·奥谢医生在那里工作。药丸，她需要一些阿普唑仑帮助她度过一天——每一天。她抖了抖身体，驱走自己的欲望，踩下油门，加速进城。

到了办公室，她脱下夹克，挂在满满的衣架上，走向办公桌。

“鲍尔太太的尸检有什么发现吗？”拉里·柯比探员问道。

洛蒂走到一半时停了下来，注意到那个魁梧的侦探，结实的头发竖着，叼着一支电子烟。

“你拿那个干什么？”她问。

“想把烟戒了。”他的手指掐着电子烟，把它塞进了衬衣口袋。

“我还没收到尸检报告，”洛蒂说着，拉出椅子，“我还以为你在挨家挨户地询问呢。”

“我是呀，但是你不召集大家十点开会吗？我来了，还开吗？”

糟糕，从塔拉莫尔开车回来的半小时里，她都忘记了自己着急赶回来的目的。

“当然开。专案室开会，全体成员。”她环顾四周，她的探员们正盯着她看，“怎么了？”

博伊德俯身看着她，“你没事吧？”

“我当然没事，怎么了？”

“你似乎有点……慌乱。”

“我让你们看看什么是慌乱。”

博伊德、柯比和林奇警探匆匆离开了办公室。洛蒂一直等到他们都离开，才坐下来，打开抽屉，在混乱中搜寻。一片，她想，半片也行。她从抽屉里拖出文件和笔，用手摸了摸抽屉的底部，什么也没有。把它抽出来翻过来。有！她发现抽屉底部粘着半片阿普唑仑。当她把药从胶带上撕下来时，它碎了。不要！她想，我需要你。她扫视了一下四周，确定没有别人，然后把仍然粘在胶带上的药丸塞进嘴里。她用舌头舔光剩下的药，然后把胶带吐了出来。看到电脑屏幕上自己的影子，她想，这个粗野的女人是谁？又暴躁又邋遢。

她站起来，从博伊德的桌子上拿了一瓶水，猛灌几口，然后向专案室走去。

*

公告牌已经就位，靠着专案室内墙摆成一排。并排挂着的照片是遮住脸的死者泰莎·鲍尔，还有艾玛手机中母亲——失踪的玛丽安·拉塞尔——的照片。

“我们知道现场有哪些血迹是玛丽安·拉塞尔的吗？”柯比问。

“这是现实生活，不是探案电视剧。”洛蒂说，“我们需要几天时间才能进行分析。今天早上现场调查组还在现场。”她把拉塞尔厨房的照片钉了起来。

柯比说："似乎有过打斗。"

洛蒂转身想反驳他，但她只是说："泰莎·鲍尔脑袋后面有钝力创伤。玛丽安·拉塞尔，她女儿艾玛最后一次见到她是在下午六点半左右。"她敲了敲玛丽安的照片，"今天晚些时候我们会再找一张更清晰的照片。"

"玛丽安杀了她的母亲，逃之夭夭了吗？或者是泰莎·鲍尔在错误的时间出现在了错误的地方？"博伊德问。

"我们只能根据我们掌握的事实来工作。泰莎·鲍尔独自一人住在镇对面圣德克兰的公寓里。她的手提包里没有手机，有一个钱包，里面有五十五欧元和一些零钱。还有钥匙和装在眼镜盒里的阅读眼镜。还有一本祈祷书，里面有一些纪念卡和念珠。"

柯比说："她是《圣经》的忠实读者。"

洛蒂闭上眼睛，数到三，接着说："其中一把钥匙可以打开停在屋外的车，我们可以假设另一把钥匙就是她公寓的钥匙。我们将在那里展开搜查，我们还需要追踪她最后的行踪。"

博伊德插了句："麦格林刚刚传来报告，现场调查组在车上找到了一部电话。"

"好，把数据分析一下。"

"好的。"

"艾玛说什么了？"探员玛丽亚·林奇问道。

"她昨天晚上心烦意乱。稍后我会给你们一份我询问她的记录。"洛蒂看着博伊德笑了笑，提醒他把它打出来。他点了点头。

"家庭联络员和她在一起吗？"林奇说。

“正好你问了。原来的家庭联络员请病假了，我想也许你能替她，林奇侦探。”

“不行。我是受过培训，但我还有很多工作要做。”林奇快速浏览着她膝盖上的文件。

“请你今天就去好吗？艾玛在凯莉家。等我们开完会，你就过去看看能从她那儿问到什么。”

林奇甩了一下马尾辫，一点儿也不高兴。真难搞！洛蒂想。她不信任林奇。原因可以追溯到很久以前，她不想去想它。不管怎么说，现在不是想这个的时候。

“那就这么说定了，”洛蒂说，“我们有亚瑟·拉塞尔的地址吗？”

博伊德说：“他一直住在一个家庭旅馆里。我和女房东谈过了，他现在就在那儿。”

“我们要去和他谈谈。”

博伊德继续说：“他不太可能与袭击事件有关。”

“为什么不呢？”他能不能闭嘴，让她继续说下去？

“讲不通。如果是他干的，他应该早就走了。”

洛蒂想了一会儿。“我们要查下他昨晚在哪里，然后分析一下手段、机会和动机。”

警司科里根走进了房间。

“继续说，帕克督察，别管我。”他靠在墙上，双臂交叉放在大肚子上。

“谢谢您，长官！”洛蒂说着，手里的几张纸掉了。她不敢弯腰去捡，脑袋已经比较恍惚了。

博伊德弯腰去捡了。她瞥了他一眼。他又坐了下来。

科里根说:“看起来是一起家庭纠纷。”

“外表有时是会骗人的。”她刚才真跟长官这么说话了?

“我他妈当然知道。”科里根说，眼睛直勾勾地盯着她，一只手捋着他光秃秃的脑袋。

或许她就应该在家睡觉。

她说:“在法医鉴定完之前，我们无法进行推测。我们说话这工夫，他们正在验尸，但是州病理学家确认头部钝力损伤很有可能是导致鲍尔夫人死亡的原因。”

“钝力外伤?是什么造成的?”科里根问道，他叉开双臂，大步穿过房间，朝洛蒂走去，用他粗壮的手指戳了一下犯罪现场的照片，“指给我看。”

“我们在后门外面发现了一件可能的凶器，长官。”洛蒂指着一张模糊的夜景照片，“法医正在检查。”

“一支棒球棒。这是拉格穆林，不是他妈的芝加哥。谁有这玩意儿?”

“我们还没有确定棒球棒的主人，现在还没有，长官。”她攥紧了拳头，重复了一遍无声的咒语。他妈的，要冷静点。

“你似乎都他妈的确定了。”

“我们正在全力调查，长官。”

“还不够全力。我要拉塞尔今天之内进牢房，我要你们找到他的妻子。你能搞定吗，帕克督察?”

“能，长官。”

“那就抓紧吧，你们这些该死的家伙。”他自得地哼了一声，耸直了肩膀，大步走出了门。

“这都什么跟什么呀？”博伊德问。

“胡扯淡。”柯比说。

林奇说：“他是老板。”

“我是这次调查的负责人，”洛蒂绝望地举起双臂说，“谁去找下鲍尔太太的朋友，和他们聊聊？柯比，还得找出那支棒球棒的主人。”

他点点头。

她的电话响了，是当值警察。

“怎么了，堂？”洛蒂问。

“有个叫伯妮·凯莉的在一号审讯室，她已经在那儿半个小时了。你是不是忘记她了？”

“该死！”洛蒂歪着头夹着电话，边听边收拾文件，“我立刻就下来。”

离开专案室时，她说：“林奇，去凯莉家。我不想让艾玛·拉塞尔一个人待着。博伊德，跟我来。”

柯比问：“我要干什么？”

“找到泰莎的朋友和那支棒球棒的主人。”

“我能飞去芝加哥吗？”

第八章

“对不起，让你久等了，凯莉太太。”洛蒂拉出一把椅子，面对着伯妮·凯莉坐了下来。凯莉看上去有四十多岁，厚厚的粉底掩盖了她的自然肤色，眉毛是画的。她的嘴唇苍白，口红是忘记涂了还是故意如此，洛蒂不知道，但她知道非难即将来临。

“你以为我无事可做，无处可去吗？我在这儿坐了三十五分钟。”

她那金红色的头发紧贴着头皮，防雨夹克被雨淋湿的地方颜色还有些深。

“请接受我的道歉，但我们刚开始一桩谋杀案的调查，还有点乱。我相信你能理解。”洛蒂微笑着，打开了录音设备。

“那些东西是怎么回事？”伯妮朝机器点点头，“我不是嫌疑犯，对吗？我需要律师吗？我是因为你的要求才来的。”

“我也感谢你在百忙之中抽出时间来。”洛蒂想，先看看她什么反应，“现在，你能告诉我玛丽安·拉塞尔的情况吗？”

“没什么好说的。”伯妮耸了耸肩，淡漠的阴影笼罩着她青灰的眼睛。

洛蒂用眼角余光打量着博伊德，她希望这次的询问博伊德能记得好点，免得她又得逐字逐句地看原始记录。

“你能告诉我什么？”

“就像我昨晚说的，我觉得玛丽安不太好。”

“怎么不太好？”

“你知道的，”伯妮指着她的太阳穴，“这里不太好。”

“你为什么这么说？”

伯妮叹了口气，垂下了眼睛，“她变得与世隔绝，不再出门。我们曾经在星期五和星期六晚上都去酒吧喝酒的。她现在唯一去的地方就是工作地点。她不工作的时候，就待在家里，我的电话她都不接了。”

“关于她母亲，艾玛怎么说？”

“艾玛总是有点粗心，我觉得她并不知道玛丽安可能会有点抑郁。她一直是爸爸的乖女儿，她把家庭的问题更多地归咎于她妈妈，而不是她爸爸。”

“什么样的问题？”

“你肯定可以查阅法庭文件，玛丽安把亚瑟告上了法庭，禁止他进家门。”

“我们会拿到文件的，但如果你现在能告诉我你知道些什么，会很有帮助。”

伯妮身子往前倾，靠着桌子，幽幽地说：“把她打得青一块紫一块的，我亲眼看到过那些瘀伤。”

“你怎么看到的？”

“一天晚上，艾玛哭着来到我家，说她妈妈惹她爸爸生气了，她觉得她爸爸会杀了她妈妈。这是我唯一一次听到她说她爸爸不好。”

“你怎么做的呢？”

“拿起电话，我就跑到他们家。门大开着，玛丽安蜷缩在灶台旁，亚瑟手里拿着一根通火棍在厨房里走来走去。”

“他用通火棍打她了吗？”

“我不知道他用什么打的她，但她吓坏了。我对他说：‘亚瑟·拉塞尔，你快离开这里，我已经叫了警察。’实际上我没有，但也许我应该叫的。”

“然后呢？”

“他转过身来，像只野熊一样瞪着我——虽然我从没见过野熊——然后扔下通火棍，从后门跑了出去。我把玛丽安扶到椅子上。她没有流血，只是受了重伤。她说她不想看医生或找警察，让我把艾玛留在我家里过夜，然后给她妈妈打电话。”

“你怎么做的？”

“我照她的要求做了。”

“你没有报告这件事？”

“玛丽安告诉我不要。”

“你说你认为玛丽安抑郁了，除了她不和你一起出去喝酒外，你还注意到什么？”如果玛丽安害怕虐待她的丈夫，可以理解她可能会退缩，关起心门，但这并不意味着她一定会抑郁。

“我不敢说死者的坏话……”

“我们没有证据表明玛丽安死了。”

“我是说她母亲，泰莎。”

“她怎么了？”

"她想唠叨的时候真是絮叨得要命。她不同意禁令，她是那种旧思想的老顽固，信奉婚姻里'无论好坏'的信条，甚至在情况糟糕到你不得不把丈夫关在门外的时候也不能例外。"

"这么说她是在为亚瑟跟玛丽安唠叨？"

伯妮点点头。

"可是玛丽安在遭到袭击的那天晚上要找的不就是她吗？"博伊德说。

"我也想过这事。我想玛丽安是想让她妈妈知道亚瑟有多残忍。"

"有点道理。"博伊德皱着眉头说。

"你还记得拉塞尔家发生过其他家庭暴力事件吗？"洛蒂问。

伯妮叹了口气，低头看着她紧握的双手。

"你有什么尽管跟我们说，"博伊德敦促道，"请放心，一切都是保密的。"

"是呀，没错，然后我就会在报纸或网上看到。"

"你是来帮助我们的，我们得找到玛丽安。"他说，"为了确保她的安全。你说的也许能帮我们找到她。"

伯妮又叹了口气说："我猜泰莎·鲍尔也殴打过玛丽安。"

洛蒂和博伊德交换了一下眼色。"你为什么这么说？"她问。

"就是艾玛曾经对娜塔莎说过，她说她的爸爸和她的祖母比起来就像是一只小狗，法院这样判决她爸爸是如何的不公平。"

"可是你没有亲眼看到鲍尔太太打玛丽安？"

"没有。但是在昨晚的事情发生之后，我想我会相信。"

"你认为是玛丽安袭击了她母亲，留她在厨房地板上等死是吗？"洛蒂问。

“从我的角度看好像是这样。”

“你还有什么要补充的吗？”博伊德问。

“没有了，我现在想回家。”伯妮·凯莉从地上捡起雨伞摇了摇。

“当然，”洛蒂说，“我会派一位家庭联络员来陪你们，直到我们为艾玛找到合适的地方。”

伯妮的脸涨得通红，“我告诉过你我们不需要保姆。”

“在我们找到艾玛的妈妈之前，她需要保护。”

“她说她想回家。”

“那是不可能的，现在还不行。”

“她想在我家住多久就住多久，我不希望我的房子里有任何警察。”

“我必须做好我的工作。谢谢你能来！”洛蒂站起来，完成约见的程序，“很抱歉让你等了那么久。”

伯妮·凯莉也站了起来，“反正除了在家照看女孩们，我也无处可去。”

第九章

警局的技术组专车还停在拉塞尔住宅外的路上，聚光灯在灰黑色的天空中投射出黄色的光。吉姆·麦格林站在门外，指挥他的助手上楼去。

“嗨，吉姆，今天早上你看到一个十几岁的孩子在这里闲逛吗？”玛丽亚·林奇探员一边问，一边把伞撑开为吉姆挡雨，“我到凯莉家去过，但那儿好像没人。”

吉姆躲开了伞，“伞上的水都滴到我身上了。你找谁？”

“艾玛·拉塞尔，受害者的孙女，她可能和朋友在一起。”

“噢，是的，看见有人来过。十点钟左右，想进去。不大懂礼貌，貌似……”

“你知道他们去哪儿了吗？”

麦格林说：“我当时正忙着收尾，所以什么都没问。你的任务是照顾这个孩子吗？”

“是呀！我找不到她了。”林奇说。一阵风把她的伞吹翻了。

“那么，最好是你，而不是我去告诉帕克你把她弄丢了。”麦格林一边快步进屋，一边暗自发笑。“他妈的！”林奇说。她已经上了洛蒂·帕克的黑名单了——鬼知道是为什么——现在又出这事儿。等她找到艾玛·拉塞尔时，一定会拧断她的脖子。

不过，她猛然有了一个可怕的念头。

她把吹翻的雨伞往阴沟里一扔，沿着马路就往回跑。

第十章

亚瑟·拉塞尔一边拨弄着吉他，一边从耳机里听着自己的音乐。似乎弹得不错了，听起来像是值得录制的东西了。他仍然有梦想，四十九岁了，还像是一个毛头小子，梦想成为世界著名吉他手。那就是我呀！他想，现在改变太晚了。

轻轻拨动了几个红色的开关，推动声控台上的按钮，他又试了一次。伴着耳机里传来的轻柔音乐低声吟唱着。

还是不太对！他大声叹了口气，捋了捋他那灰白斑驳的胡子，闭上眼睛。再睁开眼睛时，两个人站在他面前。他摘下耳机，挠了挠自己的光头。

“你们干什么？你们是怎么进来的？”

“拉塞尔先生对吗？亚瑟·拉塞尔？”头发被雨水淋湿的女人开口说。

“你们是谁？”他把吉他放在琴架上，双臂交叉，坐在凳子上轻轻晃悠。

“洛蒂·帕克督察。”那女人说。

他喜欢她的声音，既深沉又悦耳动听，他很想知道她是否会唱歌。

“博伊德警长。”瘦高个儿男人说。

他看起来比那个女人更整洁。奇怪的一对！拉塞尔想。

“你们私闯民宅。你们是怎么进来的？”

“你的女房东开的门。你这里布置得不错。”洛蒂说。

“克拉姆太太是个疯疯癫癫的老太婆。你们想要干什么？我什么也没做。”

“违反禁令，有印象吗？”洛蒂的声音提高了很多，在嘲讽他。

他说：“我没有到过那座房子附近。问我妻子。哦，也许是她派你来骗我，再要几欧元，是吗？不走运哪，我破产了。”

“你最后一次见到你妻子是什么时候？”男警长问道。

拉塞尔若有所思，反正他也不是歌手，但这和玛丽安有什么关系？

“我的妻子吗？”

“是的，拉塞尔先生，你的妻子。”

“大约四个月前在法庭上见过她。你为什么不问她？”

“如果我们能找到她，我们会的。”他说。

“去特易购或者家里找，玛丽安只去这两个地方。”

“都不在。你最后一次见到你岳母是什么时候？”

“等一下……出什么事了？”

“回答问题。”

“不，我不回答。你们无权在这里问这些愚蠢的问题。快走吧，不然我叫我的律师。”

洛蒂向他走去，亚瑟站在原地。

她说:“回答我们的问题对你有好处。”

“为什么？每次我和你们有任何瓜葛，结果都他妈的代价昂贵。你们，还有你们那些同伙，让我失去了家庭。我要见我女儿，必须提前一个月通知。”他紧紧地攥着拳头，嘴里使劲儿嚼着尼科莱特口香糖。热血涌上他的胸膛、手臂和脑袋，腿上的肌肉使他的膝盖抖动不止。

“你为什么这么气愤？”督察——她叫什么名字来着？帕克，对，这婊子——在他的地盘上又往前迈一步。再迈一步，我就把你打倒。他想。实际上他只是耸了耸肩。

“我不想惹麻烦。”

“你昨晚六点半到十一点之间在哪儿？”

“我需要叫律师吗？”

“由你决定。你有什么要隐瞒的吗？”

亚瑟用拳头猛捶自己的大腿，“你们到这儿来问我这些问题，让我很紧张，就是这样。如果有人走进你的音乐棚对你这样，你会有什么感觉？”

“我没有音乐棚。”她说。

“猜到了。”

“你这话是什么意思？”

亚瑟站起身来，终于忍无可忍了，“你满脑子都是屎，欣赏不了音乐。我说的对不对呢？哈！”

也有点过分了，他想。她抓住他的衬衫，把他拉到身边。他闻到了她一直在嚼的薄荷味，她想掩盖酒精的陈腐气味。酒鬼，所有的警察都一样，一群酗酒的混蛋。

“马上把你的手拿开！”他说。

她松开手放下，但一动不动，“我要带你去警局录口供。”

“我做什么了？因为我确实不知道。”

“你拒绝回答我们的问题。”瘦长的男警长说。

“昨天晚上，你在哪儿？”

拉塞尔拿起吉他坐下，“昨天我在丹尼的酒吧工作，七点半左右我和克拉姆太太一起吃的晚饭。在那之后，我在这里创作我的音乐。现在滚出我的私宅吧！”

两个侦探面面相觑，不知道该怎么办。蠢货，亚瑟想，他戴上耳机，把凳子推离他们，面向桌子，开始唱歌。

当他再次转身时，他们已经走了。但是他知道，就像昼夜交替或别的什么说法一样，他们还会回来的。

他把口香糖吐了出来，在吉他盒里翻了半天，找到一包香烟，点燃了一支。他开始头晕目眩，他知道他需要比尼古丁更强的东西。

“玛丽安！”他说着又扯下了耳机。

“你这个诡计多端的婊子。”

*

“这家伙很难搞。”博伊德一边说着，一边在雨中艰难地点了一支香烟。

“土里土气的格子衬衫，乱蓬蓬的胡子……他以为他是谁？”洛蒂说着，在倾盆大雨中拉起她的兜帽。

“他需要洗个澡。”博伊德说。

“我没闻到。”

“我不意外。”

“你这话是什么意思？”

“洛蒂，你又在喝酒了。我不是瞎子，也不是傻瓜，发生什么事了？”

他脸上刻下的忧虑使她不安，但她不需要他为她感到难过。她会用自己的方式来抗争，像往常一样。

“管好你自己的事吧！”她跑向汽车，“砰”的一声关上门。

博伊德也上了车。“我只说一次，”他开始说，“如果你需要，我就在这里。”

“开车吧。我们需要做有关亚瑟·拉塞尔的文书工作，核实他所谓的不在场证明。”

“你希望——”

“开车，博伊德。”

“兴许我们应该把他岳母去世和妻子失踪的事告诉他。”

“兴许我们没有这么做是对的，看看他接下来会怎么做。”

“你认为是玛丽安杀了她自己的母亲吗？”

“等我们找到她的时候，问问她。”洛蒂把脚踏在仪表板上，想着从哪儿能弄到更多的药丸。“去哪儿？”博伊德问。

“去泰莎的公寓。”

“不去丹尼的酒吧吗，核实亚瑟的不在场证明？”

“那个可以等，我们可以去那儿吃午饭。”

“可能免费吃一顿。”博伊德挂上挡。

“你是个卑鄙的混蛋。”但她一直也在想同样的事情。

“我敢打赌你也这么想。”博伊德说。

洛蒂试图掩饰她的微笑，但没忍住。去圣德克兰公寓的路上，她不得不听他笑了一路。

林奇停止敲门，转过身来，一个拿着钥匙的女人迎面走了过来。

“有什么事吗？”

“我是艾玛·拉塞尔的临时家庭联络员，你知道她可能在哪儿吗？”

“我告诉那个人我们不需要……唉，请进吧。”女人打开门，领她进去。

“我叫伯妮·凯莉。”

林奇脱下外套，把它挂在楼梯柱子上的一堆衣服上。“我又按门铃又敲门，但没有人应。我还去拉塞尔家看了看。艾玛在哪儿？”

“我猜她应该在床上，我真不知道她将如何面对这一切。”

“我可以查看一下吗？”林奇抓住伯妮的胳膊，把她转向楼梯，“我想确定她是安全的。”

“她在我家里当然是安全的。为什么会不安全？”

“麻烦你让我看一下。”

“艾玛！娜塔莎！你们醒了吗？”伯妮信步走上楼梯。林奇想从她身边挤过去，冲进每个房间看看。

“怎么了，妈妈？”

林奇猜这是娜塔莎。女孩出现在楼梯口，穿着一件黑色的睡衣T恤，头发乱蓬蓬地披在肩上。两条大腿上都文有一颗插着匕首的深红色的心，血从匕首上滴落下来。

“艾玛在哪儿？”当林奇从伯妮身边冲过时，差点把她从楼梯上撞下去。

娜塔莎眯起一只眼睛，另一只似乎还困在睡眠中，“你是谁？”

“探员玛丽亚·林奇，也是家庭联络员。我要见艾玛，她在哪里呢？”她无法控制自己声音中的恐慌。

艾玛的卧室是空的。

“她在别的房间吗？”不等回答，她就到别的房间去看了看。都是空的。她掏出手机，从目瞪口呆的伯妮·凯莉身边跳下楼梯，在手机上敲着洛蒂的电话号码。

“嘿，等一下，说你呢，这是我家。”

林奇感觉有人拽自己的马尾辫，她转过身来准备发起攻击，这时后门打开了，一个女孩走了进来，手里拿着超市的塑料袋。她还没进门的时候，刚出炉的面包香味已经飘进来了。

“你是艾玛？”

女孩点了点头。

“你到底到哪儿去了？”林奇喊道，没等洛蒂接电话，就把电话挂断了。

艾玛向后靠在门上，泪水在眼眶里打转，“买东西。”

林奇对伯妮·凯莉厉声说：“你刚刚袭击了一名女警。”

“这是我的房子！你不能像你是这里的主人那样到处乱闯。”伯妮大步走过林奇，进了厨房，“来吧，我们喝杯茶，大家都冷静一下。”

这让林奇更加愤怒了。

第十一章

泰莎·鲍尔住的是一幢有两间卧室的现代化公寓楼，紧邻废弃的圣德克兰医院。洛蒂突然感觉肩胛骨有阵阵寒意，身子抖了一下。她不愿再回想她最近办过的在那所关闭了的医院里闹得沸沸扬扬的案件。

“你怎么了？”博伊德问，“你的脸看起来像有耗子爬过一样难看。”

“很搞笑，博伊德，”她解开安全带，“6B 号公寓二楼。”

她尽量避免踩在水坑里溅水，要不然她的靴子永远也不会干的。走进干净、四四方方的门厅，一股强烈的消毒剂气味扑鼻而来，迎面是一扇电梯的钢门。她按下按钮，走进去，等博伊德进来。

电梯缓慢地爬上二楼。他们出了门，来到一条走廊，两边都是房门。

洛蒂走进公寓，在墙边摸索着开关，开了灯。他们所站的位置是生活区，窗上的窗帘是拉开着的。房间被一个早餐吧台一分为二，吧台后面是一个开放式厨房。一张沙发靠在吧台上，沙发上堆着用针织物盖着的靠垫。还有一把扶手椅，地板上铺着厚厚的绣花地毯。

“就像回到了七十年代，”洛蒂说，“我还以为这是相对较新的公寓呢！”

“大约十年前建的，也许不到十年。”

“她一定是自己装修了。”

“我可不会称之为装修，不是现代意义上的装修。”她一边欣赏着墙上的丙烯画，一边嗅着气味，“冬青味。”

“为了掩盖发霉的气味，还是因为她肌肉有问题？”博伊德耸耸肩，从咖啡桌上拿起一张报纸，“昨天的《爱尔兰时报》，这位女士却没看到今天的太阳。”报纸旁边放着一个装满羊毛和织针的篮子。

洛蒂走到窗前，拉开锦缎窗帘，并没有给房间增添多少光亮。这些日子里天气一直不肯放晴。一只蛾子从黑暗中逃了出来，扑向玻璃吊灯。

厨房的台面是干净的，水槽是空的。她一个接一个地打开橱柜的红木门，拿出几个罐子，检查了一下有没有什么东西藏起来。

“我们在找什么？”博伊德打开冰箱问道。

“一定要检查冰柜里的东西。”洛蒂说。她想起他们曾在之前的一个案子里忽视了的证据。

“连冰激凌都没有。”

她沿着狭窄的走廊走下去，打开了三扇门中的第一扇，是浴室。她搜查了浴室柜，没有处方药。一包对乙酰氨基酚片，一个棕色补铁剂瓶子，一管冬青膏。洗发水放在铺着绿色马赛克瓷砖的浴室地板上。镀铬的扶手让她觉得也许是泰莎觉得自己老了。

隔壁似乎是一间空房。一张单人床，整齐地铺着白色烛芯床单。一个储物柜，是空的。立式衣柜里也是空荡荡的。床上没有盒子，床下也没有任何东西。

“这间一定是女主人的。”博伊德打开门说。

洛蒂咽下了反驳的话。她的头嗡嗡作响，她需要尽快离开这令人窒息的空间。

鲍尔太太的卧室与她所想的有偏差。一张旧铜床，铺着一条类似那间空房的床罩。床头挂着一幅圣心画像，其背面有精致的红灯亮着。洛蒂跪下，手在双人床底下摸索着。她打了个喷嚏。鲍尔太太的洁癖没有延伸到这里。她的手指碰到了一个纸板箱——是个鞋盒。当她把它拖出来时，又扬起一阵尘土。

博伊德把手伸到床垫下面，“没有东西。”

“我还以为所有的小老太太都把毕生的积蓄藏在床垫底下呢。”

“盒子里是什么？”博伊德跪在她旁边。

洛蒂摇了摇，很轻。

“你是要打开它还是带走？”

打开盒盖，她凝视着这个长方形的空间。根据标签上的描述，这个盒子里曾经放着一双七码的黑色便鞋。一沓信件用橡皮筋捆在一起，因年代久远而粘连在一起。

“她已经很多年没碰过这些东西了。”她说。

“往日留痕？”

“不堪回首？”她从手提包里拿出一个塑料证物袋，把这捆信放了进去。

“不打算偷偷看一眼吗？”

“现在没时间。”幽闭恐惧症让她喘不过气，“我去看看柜子和衣橱，你搜客厅。”她站起来让博伊德挪出来，却注意到博伊德小心翼翼地不让他们的身体接触。是她太多疑了？

她打开衣柜的门，手指拂过衣架。涤纶和羊毛的裙子，衬衫和外套。玛莎百货的经典系列长裤和毛衣折叠在架子上。地板上有三双穿得很旧的黑鞋子。她关上柜门，把注意力转向那个有三个抽屉的床头柜。

上面放着一个嘀嗒作响的闹钟，定在早上七点。一盏灯。一个小皮包，上面刻着“金”字，说明它来自卢尔德。里面是一串念珠。她需要多少颗珠子？塑封圣安东尼的祈祷文被粘在柜子的侧面。洛蒂猜想这是鲍尔太太晚上躺在床上唱颂用的。这位虔诚的老妇人真的会打她已经成年的女儿吗？她现在对什么都不再惊讶。

她打开了最上面的抽屉。里面很整洁，有塑料格，用来分放零钱，还有各种各样的药瓶，阿司匹林、降压药和安眠药。她关上抽屉。下一个抽屉里装着内衣和紧身衣。最下面的抽屉里摆着一些平装小说。

“鲍尔太太是个狂热的犯罪小说读者。”她大声对博伊德说。

“真的吗？我以为她是那种只会读《圣经》的人。我这儿没看见。”

“别担心——我找到了。”她把所有的书翻看了一遍，没什么掉出来。

她来到客厅里找博伊德，“发现了什么？”

“没有。”

“我们要检查一下在警局的证物，出去的时候把灯关掉。”

“嘿，洛蒂！”

“什么？”

“看看这个。”

她和他一起蹲在一个深色的柜子前，柜子夹在扶手椅和早餐吧台之间。

“我想它可能是用来藏电视的那种橱柜。”他说着慢慢地打开了柜门。

“天哪！”洛蒂说，“这绝对不是一台电视。”

第十二章

面包是棕色的，柔软而新鲜，但茶很寡淡。林奇对此均未发表评论。在桌子对面，艾玛不安地瞪大眼睛，大口大口地喝着罐子里的红牛饮料。或许是因为恐惧？林奇猜想。

“刚才谁和你一起去你家的？”林奇问。

“什么？我只去了商店。”

林奇忍不住翻白眼，“好吧，不是娜塔莎，因为她还没起床。说实话，谁和你在一起？”她试图回忆麦格林是否真的证实了有人和艾玛在一起，但后来她想起来，他甚至都不认识艾玛。

“我什么都不必告诉你。”

“你也许能帮我们找到你妈妈。”

“我需要律师吗？”

“律师？”林奇把嘴里的茶吐回杯子里，说，“你要律师干什么？”

艾玛耸了耸肩，“我不知道，在电视上他们总是这么说。”

林奇向前倾身，双手合十，想控制住自己的不耐烦。她说：“艾玛，这事很严重。你祖母死了，你妈妈失踪。你不能去商店里闲逛，你可能会有危险。”

那女孩眼镜后面的眼睛突然睁大，“我想要找我爸爸。”

伯妮·凯莉说：“我认为你不应该吓唬这个可怜的女孩，让她冷静下来不是你的工作吗？”

“我只是想知道你今天上午去哪儿了，艾玛。”

“买面包。”

伯妮说：“这里有很多面包呀！难怪你都湿透了，你得把湿衣服脱下来。”

“去商店要走很长一段路。如果这里有面包，你为什么要出去买呢？”林奇继续追问。

“我喜欢新鲜的。”艾玛垂下了眼睛。

“谁和你在一起？”

“没谁。”

“听着，艾玛，谁在对我说谎，我都知道。”林奇因为没有从吉姆·麦格林那里得到更多的细节而自责不已，“我需要你告诉我真相，就现在。”然后她得给洛蒂打个电话，告诉她那姑娘出去了，可能一个人，也可能是跟别人出去了。

“伯妮，你能给我们沏两杯浓茶吗？这可能需要一段时间。”

*

博伊德在警局外面停了下来，让洛蒂下车。她从脚下拾起她的包，“把所有东西登记一下，我们以后再看这些信。”

“我需要让法医检查公寓吗？”博伊德并未熄火。

“看一眼也无妨，但我想他们什么也找不到。它看起来就像自从上次泰莎在之后，就没被动过。”

“一个小老太太拿着手枪干什么？”

“犯法。别忘了她还有几盒子弹。自卫？恐惧？我不知道她为什么会有这枪，也不知道是从哪里来的。把所有东西都打印出来，进行弹道测试，看看是不是最近开过枪。”

“这里最近没有人中枪。”博伊德直截了当地说。

“看看它有没有被用过。”

“好的。你要去哪儿？”

洛蒂下了车，拉起她的兜帽，“我需要喝杯咖啡，真正的咖啡，不是办公室里的那鬼东西。不会很久。”

“你确定你只是想喝杯咖啡？”

她“砰”的一声关上门，没有回答。

*

人行道上的水浸湿了她的靴子，雨水从上衣的兜帽滴到鼻子上。已经过了中午，但天一直阴沉潮湿。商店橱窗里透出的光线投射出琥珀色的影子，照在积水上，积水顺着道路流入被秋叶堵塞的排水沟。一个路人打着伞，伞尖在洛蒂的后脑勺上戳了一下，她很快走进了咖啡店。

她点了单，坐在窗边的桌旁，好把一切都过一遍。她可以和博伊德一起讨论，但他是个讨厌鬼。咖啡端上来时，她加了三块糖搅了搅，一时冲动要了一个奶油面包。两个警察走了进来，向她点头示意，然后坐在远处墙边的一个角落里。他们使她想起了她的父亲。虽然他死的时候她才四岁——他自杀的时候——她记得他穿着制服。或者这只是心理作用？她是不是只记得照片中的他？她不确定。

咖啡太浓了，她勉强喝了下去。她的思绪集中在她父亲身上。如果他还活着，今天会是什么样子？他会成为督察吗？她愿意是这样。但他现在应该已经退休了。他会为她感到骄傲吗？她揉着额头，仿佛这样可以消除内心的剧痛。她想知道，如果他没有自杀，她的生活将会有多么不同。她必须找出是什么原因让他这么做的。盒子还在她的卧室里。他的文件，他办公桌里的东西，自从五个月前她妈妈给她之后，她翻看了很多次。她还私自进行了调查，但她询问的人中没有人记得任何事情。是选择性失忆吗？她不知道。这真让人抓狂。

她"当啷"一声放下杯子，推开没吃的面包。她的胃几乎只能应付液体。

电话响了，是林奇。

第十三章

洛蒂站在咖啡店外面，把手机放回包里。

只给了林奇一个任务——就一个该死的任务——似乎也被她搞砸了。艾玛出过门，而林奇根本不知道那个女孩可能去了哪里。洛蒂拉起兜帽，向警局走去。天很黑，街灯应该都亮了，却没有。她抬头看了看大教堂的塔尖，塔尖似乎在俯视着她——两只眼睛在警告她厄运即将来临。

她听到警笛声沿着马路朝她呼啸而来。是博伊德。他把车停到路旁，她向后靠在墙上，以免被溅一身泥水。

“上车！”他喊道，推开副驾的门。洛蒂跳进车里，“急什么？”

“玛丽安·拉塞尔找到了。”

“什么？在哪里？她还好吗？”

“问题太多了。”

“好吧，一次问一个。”洛蒂举起一根手指，“她还活着吗？

“我不知道。”

两根手指，“她在哪儿？”

“我不知道。”

她放下了手指，“我们到底要去哪儿？”

“医院。”

“解释一下。”

“她是在医院的前门被发现的。她戴着身份手环，因为她有糖尿病。上面有她的名字。保安还不错，知道给我们打电话。”

“所以她还活着。”

“我们接到电话时，是的，现在我不太确定。”

“博伊德，别卖关子。”

“我不知道发生了什么事，”他说，“我们被告知她已经被送往急诊室，他们正在对她进行治疗，听起来很严重。”

他把车停在救护车停车区，洛蒂第一个跳下车来，跑向医院的旋转门。

“快点！”她回头对着没有生命的玻璃喊道。博伊德从她身后挤了进来。

“哪边？”他问。

“跟我来。”她说。

“我是督察洛蒂·帕克，”她对着急诊室的对讲机喊道，“开门。”门朝里打开了。躺着病人的推车靠墙列在走廊的两边。洛蒂闯了进来，抓住一个路过的护士。

“我到哪儿能找到玛丽安·拉塞尔？”

“我得查一下，你先坐下等会儿，”护士说。

“我必须找到她，现在。”

“我说过，我会查的，你需要冷静下来。”

洛蒂深深地吸了一口气，“拜托了。”她说，试图挤出一个微笑。

“我们最好等一等。”博伊德把她领到接待处。

护士看着电脑屏幕，轻敲键盘说：“进行伤残鉴定后，她被带上楼去做手术了。”

“她还活着！”洛蒂舒了一口气。

“她离开这儿的时候是这样的。”护士说，“失陪一下，我们今天很忙。”

洛蒂几乎没听见这些话，她转过身，跑出急诊室，扫视了一下墙上的布告牌。

“三楼。”她说着朝楼梯走去。

当他们到达三楼时，洛蒂才想起来乘电梯会是一个更好的选择。现在晚了。她把屁股靠在墙上，弯着腰，挣扎着喘口气。博伊德在旁边转圈，没有一根头发乱了套，呼吸正常。

“按下铃。”洛蒂擦了擦下巴上的口水。

他说：“你需要戒烟。”

“我不抽烟。”

博伊德故意拿出一包香烟，数着。病房门一开，她就从他手里夺了过来塞进包里。

“我们是来找玛丽安·拉塞尔的。”洛蒂说。

“你们是她的亲属？”护士看了下手中写字板上的名单。

“我们是探员。”他们出示了证件。

“她在手术。留下你们的详细资料，我会给你们打电话，等她……”

“听着，”洛蒂打断她说，“我们在调查一起谋杀案。”

“她没死。”护士说。

“我知道，但她妈妈死了，我们需要和拉塞尔太太谈谈，情况紧急。”

“我想她在很长一段时间内无法与任何人说话。”

“你能告诉我们她受了什么伤吗？”博伊德问。护士开始关上门，“我告诉过你，拉塞尔太太正在做手术，我现在只能说这些了。”

洛蒂把脚伸进了门里，“她受了什么伤？”

“请问你叫……？”

“帕克督察。”洛蒂说，又出示了她的证件。

护士让步了，“她头部受了重伤，她的舌头被割掉了。抱歉，我必须回去了。”

洛蒂把脚挪开，让门自动关上。她抬头看着博伊德，他倚着墙站着，张着嘴，摩挲着下巴。

他们俩都说不出话。

如果玛丽安·拉塞尔说不出话来，那他们的调查又该如何进行呢？

第十四章

“我得来一支烟，立刻。”洛蒂在医院的前门急得跳脚。

“这是无烟区。”

“你把车停在了救护车区。在我尖叫之前，给我一支烟。”

博伊德翻了翻他的口袋，“被你拿走了。”

她在包里翻了半天，找到了，递给了他。他点了两支，给了她一支。她吸得太快，咳得直不起腰来。

“对于不吸烟的人来说，你的咳嗽就像个大烟鬼。”

“我感觉恶心。她的舌头被割掉了，她的舌头！先是她的母亲被谋杀了，然后玛丽安消失了，现在带着可怕的伤出现在医院里。”

“还有，她去了哪儿？谁抓了她？为什么？”

“当务之急，”洛蒂吹出一股蓝色烟雾，“把亚瑟·拉塞尔弄到警局来，我们需要再和他谈谈。”

“好！”

“询问一下找到玛丽安的人，检查一下闭路电视，看看她是被人送来的还是自己踉踉跄跄地进来的。”

“我打给柯比。”他拿出手机。

“我要一个全副武装的侦探看守她的房间，前提是她能从手术中活下来。”

“回到警局，我就立即安排。”

“现在就叫人来。”洛蒂停下来喘口气，“联系林奇，必须全天候监视艾玛·拉塞尔。”

“好。”

“不许任何人进出病房。”

博伊德点了点头表示同意。

“我们得回去搜查拉塞尔家，”洛蒂补充说，“现场调查组整个上午都在那儿。”

“他们正在寻找家庭纠纷升级的证据。”

“这个比那个严重得多。”她转身向汽车走去。“啊，不，又来个添乱的……”

国家电视台的刑事案件调查记者卡瑟尔·莫罗尼朝她跑来。

“帕克督察，很高兴碰见你。”他气喘吁吁地说，在她旁边停了下来。

“是吗？我可不是，不管你问什么，都是无可奉告。”

“很快的。”他一边挣扎着撑着一把超大号的雨伞，一边挥手叫摄影师下车，车上架着卫星天线。

洛蒂瞪着他，“别挡我的路，莫罗尼。”她试图绕过他，却被摄影师挡住了。

记者坚持说：“一分钟就够了。”露出一排闪亮的牙齿。这牙是真的还是假的？洛蒂很想知道。

“我对你没什么可说的，你会像其他人一样看新闻发布会吧。

现在，让开。”

“我一直在做一些调查工作，你可能会感兴趣。”

洛蒂感到包里的手机在振动。

“对不起，我得接个电话。”她拿出手机，在他面前晃了晃，然后瞥了一眼屏幕。是她的女儿，凯蒂。她挪到记者听不见的地方接听。

“怎么了？”她不屑地说道，“我很忙。”

“西甲硅油在哪儿，妈妈？路易斯哭个不停，姥姥说他胀气了。”

“天哪，凯蒂，我在忙一桩谋杀案，你却要找西甲硅油！”

“你昨天给他用过的，你把它放在哪儿了？”

洛蒂靠在停车缴费机上，沉默了一会儿。雨水顺着她的衣袖倾泻到电话上。西甲硅油，她把它放在哪儿了？

“我想是冰箱上面的橱柜吧。”

“我找过那里。”

洛蒂看了一眼医院的大门，一辆没有任何标志的大型警车正加速驶入停车场。是警司科里根。

她不由自主地挺直了腰，说道：“凯蒂，我得挂电话了，对不起。”

“妈妈，他需要用！”

“去药店买一些，好吗？我真得挂了。”

她感到内疚，挂上电话，冲到前门，博伊德正试图阻止莫罗尼进来。她疯狂地摇着头，试图把他的注意力吸引到警司的车上。博伊德茫然地瞪了她一眼。

莫罗尼拿着麦克风跳了进来，“帕克督察，关于泰莎·鲍尔的谋杀案，你能否告诉公众，你是否拘留了任何人？”

“无可奉告，”洛蒂说，“科里根警司刚到，我相信他会跟你说的。”

“他在哪里？哦，我看见他了。太好了，谢谢！”莫罗尼飞跑起来，水坑里溅起水花。

洛蒂以同样快的速度往相反的方向走。她抓住博伊德的胳膊，把他拖进医院的门厅，上了楼。

“你都处理好了吗？”她试图喘口气，同时迈了两步。如果她心脏病发作了，这倒是个不错的地方。

“我还在联系林奇，两名警察马上就到。”

“好吧。他们来之前，我们得待在这儿。我们不能把玛丽安·拉塞尔单独留下。”

“她在做手术，”博伊德指出，“她哪儿也去不了。”

“是的，但我不想让她再发生什么事。”

“我明白，可是你就不能放松点吗？慢下来。”

她停在最高的台阶上，气喘吁吁的，手放在心脏处。一个年轻人推开了旋转门。

“你没事吧，太太？”他问。

“我很好。”洛蒂厉声说。

*

一个穿着制服的警察和一个侦探来了，洛蒂把他们安排在重症监护室外面，给了明确的指示。

“没有我的许可，任何人不得入内。”

“医生和护士呢？”博伊德说。

“列个名单，所有在重症监护室工作的人的身份证照片都列上，只有他们能进去。明白了吗？”

两个人点点头，各自就位。

在离开之前，洛蒂得到了玛丽安·拉塞尔的最新情况。不乐观。

“博伊德！”她说。

“怎么？”

“我需要喝一杯。”

第十五章

丹尼酒吧的灯亮着，吧台后面的瓶子闪着光。

洛蒂坐到一把高脚凳上，博伊德坐在她旁边。她把包扔到地上，忘了包其实没拉上。她耸耸肩脱下湿夹克，拉开黑色连帽衫的拉链，想把帽兜拉起来盖住头，但又想如果她这么做，可能会被阻止。

“你的东西满地都是。”博伊德弯下腰去捡她的东西。

“两杯伏特加。”她咬着牙说。呆呆的酒保一边望着她，一边擦酒杯。

“她不想喝伏特加，”博伊德说，起身时头重重地撞在了柜台下面，“要苏打水。”

“这是个酒吧，博伊德，喝酒的地方。”

酒保退了一步，放下杯子。“那到底要什么？”他说，双手叉腰。

“两杯伏特加。”洛蒂说。

博伊德叹了口气，点头表示同意，“来个三明治怎么样？我饿死了。”

“我想吐。”洛蒂说。

“别吐在我身上。”博伊德说。

“博伊德，她的舌头，她的舌头哇！”

“小声点。”

“她都没有声音可以小了。”

“她也许能把发生在她身上的事写下来。”

“医生说他们可能需要一个星期才能让她从昏迷中苏醒。”

门开了，一阵风把雨吹进了门里。酒保把酒放在吧台上，洛蒂凝视着从冰上滑过的清澈液体，她让手指在玻璃杯上上下滑动。

“就这些了吗？”酒保问。

“你认识亚瑟·拉塞尔吗？”她说。

“他在这里工作。你问这个干什么？”

“我在调查一些事情。他昨天来上班了吗？”

“上了。但是他今天休息。晚点你可能碰到他，他有时晚上在这里演奏。”

“他什么时候下的班？”

“昨天吗？让我想想。我的班六点半开始，所以他到那时应该下班了。”

“他马上就走了吗？”

“有时他在走之前会喝一杯。怎么了？”

天哪，洛蒂想，为什么酒保总是这么多问题？“你能帮我查一下吗？”

“你怎么不自己问问他？”

“也对。谢谢！”她举起酒杯，酒保走开了。

“伏特加酒有气味吗？”

“你应该知道，你喝得够多的了。”博伊德说。

洛蒂在凳子上转过身来，瞪着他，“把话收回去。”

“抱歉。”

“去你的，博伊德。”她站起来，一口喝掉了她的酒，拎着包和外套，跺着脚走进雨中。

*

每个人的心情都不好，办公室里的气氛很压抑。日益恶化的天气并没什么帮助。她的头发紧贴着头皮，她也不想去更衣室找个吹风机。衬衫领子潮乎乎的，牛仔裤都粘在了腿上。

“我可能感冒了。”她咕哝着。

“你说什么？”博伊德问道，他走进来，挂起外套。

“你在泰莎·鲍尔的枪上有什么发现？”她先问了，以免他又谈起他们在酒吧里争论的话题。

他查了下电脑，“还在测试弹道。”

“我在床底下找到的信，你复印了吗？”

“在专案室，马上回来。”博伊德冲出办公室，洛蒂深吸了一口气。

她不喜欢和他争论，但他难道没有意识到他的话有多伤人吗？她瞥了一眼时间，意识到家和床是一个遥远的期望了。她需要一粒药丸，让大脑平静下来，让手别发抖了。她想起了十个月前和她闹翻的朋友安娜贝尔·奥谢医生。从那以后，她们在街上见过几次面。就像她母亲常说的那样，失之交臂了。也许现在是重燃友谊的时候了。

“拿来了。”博伊德说，她从白日梦中惊醒。

洛蒂拿起影印本，匆匆翻阅起来。她注意到它们没有日期，没有信封。

“它们都没有签名。”

“我发现了。”

“谁会不签名就寄信呢？”

“匿名信可能是警告，也可能是投诉。为什么不读一读，看看是怎么回事？”

“正打算这么做。”

“我是放弃了。”博伊德转身大步走出办公室。

她手里的纸页都压皱了，洛蒂把它们铺平，意识到是她自己把它们压扁的。她开始读第一封信，似乎是一封情书，简短而甜蜜。

博伊德回到门口，“亚瑟·拉塞尔来了，准备主动供述。你想询问他吗？”

她把信放进文件夹，然后塞进抽屉，“他带律师了吗？”

“带了。”

“糟糕。”

*

和往常一样，审讯室里的空气令人窒息。亚瑟·拉塞尔梳洗了一番，穿着干净的衣服。洛蒂能闻出织物柔软剂的气味，不知道他的女房东会不会既给他做饭又帮他洗衣服。

“你的岳母泰莎·鲍尔死了。”她说，例行公事。

他点点头，并不吃惊，“我听说了，我只能说谢天谢地，自从我遇见玛丽安的第一天起，她就是个麻烦。”

拉塞尔在这个令人窒息的房间里似乎很自在。一定是因为他的律师在场，洛蒂想。

“你不太喜欢你岳母吗？”

“讨厌她，但并不意味着我杀了她。”

她瞥了博伊德一眼，他耸了耸肩。她又把注意力集中在拉塞尔身上。

“你能说一下你昨晚到哪儿去了吗？下午六点半到十一点。”

“今天早上你打断我音乐的时候，我就告诉你了。”

“为了录音，请再告诉我们一遍。”

“我没有杀死老太婆。”

“没有人说你杀了，我们只是在收集证据。”

“什么证据？我告诉过你，我什么也没做。”

拉塞尔一只手搓着头，另一只手扯着胡子，担心的神情使他眼睛周围的皱纹加深了。洛蒂想，他开始意识到自己的现实处境了，这样很好。洛蒂想。

“你妻子——”她开口说。

“等一下，”拉塞尔举起一只手说，“什么证据？”

他捶桌子，跳了起来，椅子向后撞在墙上。他的律师把手放在他的胳膊上。拉塞尔耸了耸肩，洛蒂用食指轻轻敲了敲桌子，直到他叹了口气，又坐了下来，怒目而视，像一头走投无路的公牛。

她说：“你妻子住院了，你知道吗？”

拉塞尔又用拳头猛击桌子，“不，我不知道。她怎么了？伤心啦？”

“拉塞尔先生，请配合。”

“也许是她杀了老太太。”他向后靠了靠，双臂交叉在胸前，脸上绽开得意的笑容。

“拉塞尔先生，你有棒球棒吗？”洛蒂急忙问。她真的受够了他的滑稽行为。

他的眼睛扫视着房间。律师点了点头让他回答。

“是呀，我有。”他的眼睛里闪烁着不确定的神色，“这不犯法，是吧？”

“当它被用作一种体育运动器材时就不是，虽然在拉格穆林打棒球的机会也不多。不是吗？”

“我给艾玛买的，大约五年前，我去美国旅行时买的。它一直在家里的棚子里……她家，从那以后，我好几年没碰过它了，恐怕她也没有。”

“有意思。”洛蒂想知道艾玛是否会用那根棒球棒打她祖母的头。她怀疑这个瘦小的女孩是否有力气造成如此严重的伤害，但她会和简核实一下。

拉塞尔的眼里充满了怀疑，“为什么让我来这儿？我从来没有动过泰莎一根毫毛。”

“你妻子呢，你碰过她吗？”

他吮吸着下唇，牙齿磨着胡楂儿，一言不发。

“拉塞尔，你拒绝回答吗？”

“她拿到了禁令，把我赶出了家门，所以你才问我是不是打了她？”

“你上诉了吗？”

“我当然上诉了。那女人是疯子，吸毒什么的。如果你想知道真相的话，是她开始打我的，但没有人相信我。”

博伊德哼了一声。

洛蒂说:“昨天晚上，我认为是你去了玛丽安家，杀了你的岳母，然后绑架并殴打了你的妻子。”

拉塞尔又一次跳了起来，“什么？”

“坐下，立刻！”洛蒂说，声音里带着坚毅。

律师抓住拉塞尔的衣袖，使他放松下来回到椅子上。

拉塞尔使劲儿摇了摇头，问道:“艾玛在哪儿？”

“你没有问玛丽安怎么了，是因为你已经知道了？”

“我不喜欢你的语气，”拉塞尔说，“我告诉过你，我好几个月没靠近那房子了，我什么也没做。”

小房间里压抑的气氛使洛蒂心烦意乱，她想把手伸到桌子对面，抓住拉塞尔，打他一顿，让他就范。这显然是不可能的，他的律师在场。她做了几次深呼吸，试图抑制住胸口的挫败感。

“拉塞尔先生，讲讲你和你妻子的事吧。你们的关系，分居对你有何影响？”

亚瑟·拉塞尔身体前倾，双手紧握，低下头，好像投降似的，对着自己的胸膛说话。

“不稳定，要是让我说的话，我们结婚时很年轻。但当我们有了艾玛的时候，即使是争吵也是值得的。那个女孩是我生命中的光，只要我能接近她，就是这样。玛丽安是个泼妇，我是说真的，督察，一个不折不扣的婊子。有其母必有其女，不对吗？”

洛蒂想起了自己的母亲，希望这种感情不是真的。

“回到昨天晚上，概述下你的活动。”

“第一，我离那所房子很远；第二，我不知道泰莎怎么了；第三，我不知道你在说什么，说玛丽安被绑架和袭击了？”

“我们想知道你昨天做了什么。”博伊德说着，在椅子上挪了挪身子，显然是受够了被怀疑。

“你太固执了，我得说。”拉塞尔说。

“拉塞尔先生——”博伊德开始说。

“好了，好了。”他举起手来，“我起床。吃早餐。十点钟去上班，一直干到七点。”

“你在丹尼酒吧工作，对吗？”洛蒂说。

“是的。我上午炒股票，然后在酒吧轮班。有些晚上我也在那里演奏，主要是周末。”

“我猜你昨晚演出了吧？”洛蒂说，心里明白，如果他是的话，他早就提出了不在场的证明，那个呆头呆脑的酒保也会提起来的。

“不幸的是，没有。我回到了我的住处，女房东可以确认我七点半左右在那里吃的晚饭。”

“然后呢？”

“到我的棚子里去玩音乐，一直到我睡着了。你看，这些话我都说过了。”

“现在是录音。你什么时候上床睡觉的？”

“不确定，大概一点左右。”

“这么说，从七点半以后，没有人能证实你的下落了？”

“女房东？”

“我的侦探问克拉姆太太的时候，她说她最后一次见到你是在七点四十五分，你吃完晚饭的时候，之后没什么了。”

拉塞尔抬起头来，“所以我完蛋了。”他的眼睛湿润了，自从他走进审讯室以来，洛蒂第一次感觉到他身上除了愤怒还有别的东西，是绝望吗？

“我们需要取你的样本，你觉得可以吗？”拉塞尔瞥了一眼律师，律师点点头。

“好吧，可以。”他苦笑了一声，“如果我不这样做，就会让人觉得我有罪。”

“很好！”洛蒂一边说，一边整理她的笔记，“我们要从你口腔里采集化验样品。今天早晨我们离开你那里以后，你做了什么？”

“待在家里，创作音乐，一整天都是。后来你们的人又来了，我就答应到这里来。”

“目前而言，这足够了。你现在可以走了，但不要离开这个城市，我们稍后会有更多问题。”洛蒂清楚他们没有足够的证据拘留他。

她站起来，会意地看了博伊德一眼。如果拉塞尔准备不战而屈，就提供样本，这是否意味着他是无辜的？

拉塞尔问：“艾玛在哪儿？”

“她和邻居住在一起。”

“谁？”

“对不起，这个我不能告诉你。”

“我们路上只有一个邻居。那个凯莉蠢透了。”

“你似乎认为每个人都有心理问题，拉塞尔先生，我开始觉得问题出在你身上。”洛蒂打开门。

“我能看看我的女儿吗？”

“对不起，拉塞尔先生，现在的答案是不行。”

第十六章

“柯比？”洛蒂冲回办公室时喊道，“我要找柯比的时候，他跑哪儿去了？”

柯比把头探到门口，“你在找我吗？”

“是的。你今晚能加班吗？”

“我可以加班，但如果你想让我照顾一个十几岁的孩子，我不行。”他坐下来，把电子香烟塞进衬衫的口袋。

“我这一天受够了，我就需要你为我做这一件事。上帝呀！”

“嘿，老大，冷静。”

她“砰”的一声捶了下桌子，“别叫我冷静。”

“我会问问吉莉，她受过培训，可能会愿意。”

“你现在和奥多诺霍警官是好朋友了，是吗？”她盯着柯比，柯比的脸红了。

“好哇，问她。”

“好嘞！”柯比看上去很高兴能够逃脱。

洛蒂坐了下来。呼吸。她的电话响了，是林奇。她抢先回答林奇的问题说：“我找了人替你。”

“谢谢！”

“你从艾玛那儿得到了什么信息？”

“她和娜塔莎坚持自己的说法，整个晚上都在看电视。今天早上艾玛离开了家，她说她去商店买刚出炉的面包，但吉姆·麦格林认为她是想回家。”

“他确定吗？”

“没有。我试着给他打电话问问，但他没接。”

“我以后再打给他。在我们弄清楚发生了什么之前，不能让艾玛一个人。”

“我保证做到。是谁替我？”

“奥多诺霍警官。”洛蒂交叉着手指说，希望柯比能施展他的魔法。双班倒并不可取，但在指定的家庭联络员病假回来之前，谁能做都可以。

“我会一直待到她来。但是督察，我明天不行。”

“照我说的去做。”洛蒂挂断了电话。

她想起了亚瑟·拉塞尔的询问，不知道他是在撒谎来掩盖自己的恶行，还是为了接近女儿而把玛丽安说成邪恶的女巫。她神经紧张，脑子里也没有什么奇思妙想，于是她打了个电话。

然后，她抓起夹克向门口跑去。

*

雨已经慢慢地变成了一层柔软的面纱，在街灯下呈倒V字形落下。

她打算步行，一时记不起把车停在哪儿了。她咬着嘴唇，试图变出力量，在这凄惨的夜晚对付任何敌人。有人杀了泰莎·鲍尔。

有人割下了玛丽安的舌头，想让她死在医院的门廊上。有人在传递一个信息，清晰可见。唯一的问题是，她不知道那个人是谁，也不知道这讯息是传给谁的。

一辆汽车停在她旁边，水溅了她一身。“白痴！”她尖叫。

博伊德摇下车窗，“上车，你这个疯女人。”

“我需要新鲜空气。”她继续往前走。

“上车，洛蒂。”他跟在她后面。

她停了下来，吸气，然后望着天空，呼气。

“也对，你可以载我一程。”她说着打开了车门。

第十七章

“瞧你都成邋遢大王了。”安娜贝尔·奥谢一把抱住洛蒂，“我都想你了。”

“嘿，安娜贝尔。”

“把湿衣服给我，你不想活了呀！”她接过洛蒂的夹克，“把你的……靴子脱在门口吧。”

洛蒂低头看了一眼她那湿漉漉的雪地靴，心想，她的袜子估计也不能走在安娜贝尔那崭新的瓷砖上。她脱下靴子，发现水已经渗进了她两只不一样的袜子里。管它呢！她想。于是她跟在朋友的后面走进大厅，在她身后留下了湿漉漉的脚印。

安娜贝尔说：“你想喝点什么吗？哦，对不起，我忘了，你不喝酒。来杯茶吗？”她拿起水壶，忙着往里倒水。

“那太好了！”洛蒂说，没有纠正她的朋友。自从她们一月份闹翻以来，她就很少见到安娜贝尔，从那以后，她又领导了一桩针对一系列可怕谋杀案的调查。在遇难者追悼会当晚，她喝了一瓶酒。就是从那次开始的，现在她试着控制，保守这个秘密。和三个半大孩子外加一个婴儿住在一起真不容易。

坐在黑色花岗岩台面的早餐吧台，洛蒂很欣赏它与室内装饰的融合。一切都很搭，合乎常理。安娜贝尔·奥谢医生简直就是时尚的代言人。

不锈钢水壶在炉子上发出嗞嗞声。安娜贝尔穿着她那可笑的高跟靴，走过黑白瓷砖地板，把黑色的杯子放在桌子上。

“其他人呢？”洛蒂问。

“双胞胎去课后学习小组了。奇安在楼上工作，开发一些新游戏或者……我不知道他在上面干什么。”

奇安是安娜贝尔的丈夫，洛蒂并不怎么喜欢他。她不确定这是因为安娜贝尔对他的描述，还是因为她就是不喜欢他。她觉得奇安·奥谢好得令人难以置信。他的微笑从来没有从他的眼睛里显现。

“双胞胎考试考得怎么样？”她问道，有点后悔，这样她就得把克洛伊的事告诉安娜贝尔。

“都是A，两个都是。这简直太神奇了不是吗？”

“是的，”洛蒂说，“他们真聪明。”

“克洛伊怎么样？”

“虽然发生了这么多事，但还不算太坏。”

“发生了什么事？”

安娜贝尔住在石头下面吗？洛蒂以为大家都知道去年五月在拉格穆林发生了什么事。也许她只是委婉一些。

“没什么，都是过去的事了。”洛蒂卷起她的海军蓝长袖T恤的袖子。厨房的气氛十分压抑。

安娜贝尔倒了茶，满怀期待地坐了下来。

她们已经很久没有好好说话了。不过，是洛蒂先给安娜贝尔打的电话，放下了骄傲和一切，她需要比她那该死的自尊更重要的东西。

“噢，我真笨，”安娜贝尔滔滔不绝地说，“你当姥姥了！祝贺你。男孩儿还是女孩？”

你明明都知道，洛蒂想。“男孩，叫路易斯，三周大了。不过我担心凯蒂，她有点应付不过来，但她不让我帮她。”

“如果她患有产后抑郁症，就需要去看医生，或者叫她来找我。”

“我觉得她可能不会，但我会试着跟她谈谈这件事。”

洛蒂知道，凯蒂觉得她八月份就满二十岁了，不再是孩子了，有了特殊的能力。但她不想在这个问题上和安娜贝尔扯上关系，她今晚要和凯蒂谈谈。

“你怎么不说话？”安娜贝尔说，“我能帮你什么忙？”

“我不确定，”洛蒂开口说，“这里太热了。”

“是吗？我倒没感觉到。”安娜贝尔的金发披散在肩上，身穿黑色圆领套头衫和紧身牛仔裤，搭配及膝皮靴。洛蒂不知道自己穿着一件深红的旧衣服，是该嫉妒，还是该适当地高兴。

“工作怎么样？”她问。

“不像以前那么忙了，自从媒体报道诊所旁边有家妓院以来，就不忙了。就算它在一瞬间消失了也没有人在意。”

洛蒂从她的朋友那里得到了会意的目光，但她什么也不想承认。“你有牛奶吗？”她问。

安娜贝尔跳了起来，从冰箱里拿了一个罐子，又坐了下来。

“你的母亲怎么样？”她问。

洛蒂手里拿着杯子，停了下来，凝视着安娜贝尔。过了一会儿，她说："她很好。怎么了，你知道什么吗？"

"虽然我是她的医生，但这么问只是出于礼貌罢了。"

"她很好！"洛蒂呷了一口茶。寂静笼罩着她们，只有从房子深处传来的轻柔的音乐声打破了寂静。"你见过汤姆·瑞卡德吗？"她低声说。

"没有……为什么问这个？"安娜贝尔也压低了声音，偷偷地环顾四周，然后站起身来，关上通向走廊的门。"天哪，你怎么了，洛蒂？我好几个月没见到你了，然后你来我家问我前男友？事情已经够糟了，饶了我吧。"她咬牙切齿地说。

"放松，我就是想问你，知不知道他儿子就是凯蒂的男朋友，所以汤姆是孩子的爷爷。"

"我可能是金发碧眼，但我不傻。"

"我觉得他应该知道路易斯的事。"洛蒂说。

"我上次听说汤姆搬到国外去了，但我不知道梅拉尼搬到哪儿去了。"

"这就说得通了。我开车经过他们家一两次，看到待售标志，但我不认为他们会出国。"

"当然，你可以搜搜各种信息，找到他们去哪儿了。"

"我想先问问你。"

安娜贝尔把头往后一仰，大笑起来，"你真奇怪，洛蒂。天哪，我真不该想你。再来点茶？"

"不，谢谢！"洛蒂双手抓住杯子，"我还想问些别的问题。"

"只管说。"

她还没来得及说什么，门就开了。

“谁把地板踩得都是脚印，我告诉过你不要关……噢，我不知道有客人。”

“对不起！”安娜贝尔说着，拿起一条抹布，“一定是洛蒂进来的时候顺手关上的。”她擦拭着已经十分干净的台面。

洛蒂站了起来，“你好，奇安，我正要走呢。”

身高六英尺三英寸的奇安·奥谢走过天花板上挂着的华丽吊灯时不得不低头。

他伸出手，和洛蒂干净利落地握手，坚实有力，然后轻轻地亲了一下她的脸颊。

“好久不见，”他说，“什么风把你吹来了？”

“我只是过来聊聊天。”她觉得他的眼睛比她记忆中的要黑得多，周围有蓝灰色的眼圈。

“哦，很高兴见到你。”他说。

洛蒂怀疑他说的不是真话，看他说话时看着她的样子就知道。她看了看安娜贝尔，她呆若木鸡，手里拿着抹布，望着正看着自己的奇安。诡异。

“你们继续聊。”他穿上棕色的牛皮便鞋，走出厨房，回到楼梯上，把门大开着。

“别管他，”安娜贝尔迅速行动起来，拢了拢头顶的头发，用一根簪子别得紧紧的，“他工作压力大。”

安娜贝尔收拾杯子时，洛蒂问：“一切都好吗？”

“为什么会不好呢？”安娜贝尔擦干了双手，看了眼炉子上烧开的锅，然后领着洛蒂回到前门放靴子的地方。

“奇安知道汤姆的事吗？”

嘘！安娜贝尔把手指放在嘴唇上示意她，然后打开门，把洛蒂推到台阶上。

“是的，他知道，但是没有必要提醒他。下次我们在城里见，很快。喝咖啡行吗？”

“可以，当然。”洛蒂说，她穿着湿透的袜子，手里拿着靴子。

她还没来得及问她要问的问题，门就被关上了。

“她想要干什么？”

“奇安，你很清楚她叫洛蒂。”

“我听起来总是像狗的名字。晚餐呢？”

“十分钟后准备好。”

安娜贝尔倚靠着吧台，她很讨厌处于这种幽默状态的奇安，而这种情况似乎发生得越加频繁了。自从奇安发现她和房地产开发商汤姆·瑞卡德有染后，她的生活已经被奇安搞得一团糟。这不是安娜贝尔的第一次外遇，只是奇安第一次发现而已。要不是因为双胞胎，安娜贝尔早就离开了。

安娜贝尔背对着奇安，盯着平底锅，把锅里的蔬菜转着圈儿搅动着，茫然地看着打旋的菜汤。安娜贝尔知道她和瑞卡德的不检点已经把奇安的愤怒提升到了一个新的高度，但她十分清醒理智，坚定地要把婚姻维持下去。可是，安娜贝尔所有的努力似乎都失败了，败得一塌糊涂。

她把锅盖盖上，调小了火。能听见奇安在她身后挥动着拖把，在厨房地板上敲打出噼里啪啦的声响。突然，安娜贝尔的双腿遭到了重重的一击，还没等她反应过来，整个人已经四仰八叉地躺在黑白相间的地砖上。奇安站在她身边，用拖把反复抽打她的腿，而她只是护住了脸。

“别打了，别打了。”她恳求道。

“你个荡妇，”他咆哮道，“叉开腿给人渣糟蹋，回家上床不让我干。”他俯下身来，把她的头发从头饰上扯出来，把长长的金发绕在手指上，把她拉了起来，“还把你的侦探朋友带到这儿来窥探，你想干什么？”

“你疯了！”她啐了一口。

“我非常理智，我只想要我的，我的！”

他松开了她的头发，她瘫靠在碗柜上，双腿软弱无力。一个人只能承受这么多，她必须得离开他。

“你朋友洛蒂去哪儿啦？”

“奇安，我们需要谈谈。”她举起双手，恳求他。安娜贝尔一生中从未乞求过任何东西，但也许现在她是在乞求自己的生命。她耸了耸肩，摆脱了刺痛脊椎的震颤，没有理会腿上的疼痛。丈夫拿着一把笤帚，充满了男子气概，但当她把离婚文件甩在他面前的时候，他就会明白她到底是个什么样的人了。

“谈谈？现在你想谈谈？”他的笑声中充满了嘲讽。他抓住她的下巴，扼住她的喉咙。她感到他的另一只手在扯她牛仔裤的拉链。

“你他妈的干什么？放开我，奇安！”

“闭上你的嘴。”他踢了她一脚，把她的腿分开，压倒在她身上。

“我恨你！”她低声呵斥道。她竭力反抗，但不是他的对手。他把她的身体狠狠地压在花岗岩地板上，拉扯她的牛仔裤，却拉不下来。他退后一步，用笤帚把儿打她的肚子。她疼得躬起了身体，后背又挨打。她咬了舌头，血从嘴角渗出来。她不会哭。他可以打她，嘲笑她，但老天做证，她不会让他看到她哭，不能让他因此而感到满足。

炉子上的水开了，发出警报声。她转过身来，看见奇安站在她身边，手里拿着水壶，沸腾的水冒出滚滚的热气。她把身子蜷成一团，伸出双手，哀求着。

“不！奇安……不要！”

第十八章

“奥谢一家有点不对劲儿。”洛蒂说。

“为什么这么说？”博伊德的手指打鼓般敲着方向盘。

“奇安表现得有点……不正常，他很风趣，但这次不一样。”

“哈哈哈！风趣？”

“有些令人毛骨悚然。你打算开车还是开乐队？”

“我正在考虑呢。”博伊德说。

“他为什么要让门开着？”

“谁？”

“安娜贝尔的丈夫。”

“什么门？”

洛蒂解释说：“我们在厨房里聊天，我问安娜贝尔关于汤姆·瑞卡德的事时，她关上了门。然后奇安冲下楼梯，说什么门被关上了怎么着。”

“也许他喜欢听他妻子和朋友们聊八卦？”

“不管怎么说，我觉得那房子里有些不对劲儿。”

“你担心的事已经够多了，用不着管别人的事。”

“我不是这个意思。你根本没在听我说话。”

“好啦，洛蒂。安娜贝尔·奥谢我们都知道，她谁的话也不听，她丈夫也不行。别管了。”

但是洛蒂始终忘不了安娜贝尔脸上的表情。“她很害怕，她为什么说是我关的门？完全是扯谎！为什么这样做呢？”

“你为什么不问问她？”

“我没来得及，她火急火燎地把我赶了出来。”

“如果这让你很困扰，给她打个电话或去她的诊所看看。”

“我会的。”

她注意到了博伊德的目光——他瞪大了眼睛发出警告。

他说：“要我说，你还是不要卷入其中为好。”

“我说过我会考虑的。我们走吧。”

“我们能去找……”

“吃的吗？不！我得回家了。”

她还没来得及系上安全带，他就已经将车开到大路上，飞快地向镇上驶去。

*

她走进前门时，烤面包片烧焦的味道扑鼻而来。不过，烟雾报警器还没有响。

“这是怎么回事？”她一边问，一边放下包，拔下烤面包机的插头。她拿起一条抹布来扇风。也许警报器需要换电池了，晚点她得再查看一下。

厨房里都是人。克洛伊坐在桌子旁打电话，凯蒂晃着摇篮里的路易斯。他没有哭，换口味了。洛蒂吻了他一下，开始清理柜台上乱七八糟的面包、刀子、黄油和瓶子。

“凯蒂，你冲完奶后必须清理奶瓶。这是给谁的？”她举起那块变黑的面包。没人回答。脏尿布的臊味从垃圾桶里冒了出来。“我怎么跟你说的，尿布扔到外面的垃圾桶。”还是没人回应。

消毒器需要清洗，那盒婴儿配方奶粉也空了。“你去购物了吗？”

“妈，我怎么能去呢？我照顾路易斯忙了一整天。请小声点，我刚让他睡着。”

“你可以把他放在手推车里，然后推着去商店。”

“你没看见下雨了吗？”

洛蒂一脚踩在杂物间门旁的一堆扫起的尘土上，她去拿笤帚和簸箕。洗衣篮里满是婴儿衣服和毛巾，她把衣物丢进洗衣机，按了启动。

“肖恩呢？”

“去尼尔家了。”凯蒂说。

洛蒂很高兴她十四岁的儿子又和朋友们一起玩了。发生了那么多事，对他的打击不小，好在心理辅导似乎很有帮助。她瞥了克洛伊一眼。她仍然不确定她的女儿是否在康复。五月份的时候，洛蒂还没意识到发生了什么，克洛伊的自残行为已经达到了极限。克洛伊向她保证她已经好些了，但即使这样，洛蒂还是不时地想看一眼她的胳膊。似乎没有任何新的割痕，但有很多地方她看不到。虽然她也相信克洛伊的话，但仍然不敢马虎。

她叹了口气，觉得必须训她们一顿，她们必须分担家务，不能总指望她在长时间轮班工作之后，还得干所有的家务。她刚要开口说话，婴儿就尖叫起来。

“都怪你。”凯蒂跳起来，抓起奶瓶。

“什么？”洛蒂站在屋子中央，举着双手，无可奈何。

*

宝宝路易斯吐奶，吐到了衣服上、毯子上、凯蒂身上和地板上。

“来吧，给我抱吧！”洛蒂抱着哭泣的孩子。她给他脱掉脏衣服，换了尿布，穿上干净的衣服。她抱着他，安慰他，当他平静下来时，凯蒂又把他抱了回去。

“客厅里很安静，在那儿喂他吧。”洛蒂建议说。凯蒂抱路易斯出去的时候，洛蒂感觉好像有十个人离开了房间。扫地的时候，她把注意力转向了对着手机微笑的克洛伊。她突然想到，她已经很久没有见到安娜贝尔的双胞胎了。曾经，也许就在不久前，她想起来了，这两个家庭曾因为孩子们的各种活动——爱尔兰式曲棍球、戏剧、芭蕾和艺术——而走得很近。有关亚当的记忆浮现了，他为他们孩子的成就感到骄傲。

“你的手机上什么这么有趣？”她问。

克洛伊说：“我只是在为我的历史作业查资料。”洛蒂却没看到任何学校课本。

“这个作业是关于什么的？”

“历史。”

“完成了？”

“差不多了。”克洛伊说着，把手机放进了口袋。

“晚饭我做点什么？”洛蒂问。“快点的就行，”克洛伊建议道，“我饿了。”

洛蒂做的大锅乱炖几乎不能吃。肖恩和朋友尼尔回到家，就躲到他的卧室去了。凯蒂把路易斯带回了自己的房间，克洛伊以做家庭作业为借口逃上楼了。洛蒂把厨房收拾了一半，只剩下她一个人的时候，已经八点半了。她坐在厨房的扶手椅上，听着一片寂静。

门铃响了，钥匙一转，门开了。

是她母亲，罗斯·菲茨帕特里克。七十五岁的她通常是精神焕发、精力充沛的，但今晚她看起来有些情绪低落。

“哈喽，妈妈！”洛蒂说，“近况如何？”

“近况很好！”罗斯把伞放在水池里，脱下湿漉漉的雨衣，“我今天待不了多久，刚上完编织课。”

“很好哇！”洛蒂不想说话，她需要五分钟独处，五分钟的安静。

“班上的一个女人说泰莎·鲍尔昨晚被杀了。”

“没错。”

“在她自己家里？”

“不是，在她女儿家里，玛丽安·拉塞尔家。”

“那我就放心了。”

“为什么这么说？”求她不要喝茶，洛蒂想。

“我泡点茶。”罗斯把水壶灌满水，打开了电源。

“我以为她是在家里被杀的。她独住，我担心杀人犯可能是针对老年人。”

“你和她很熟吗？”

“这厨房呀！”罗斯开始冲洗马克杯，“女孩们什么也不做吗？我明天早上会过来几个小时。我刚才注意到洗衣机停了，但里面看起来是满的。”

洛蒂跳了起来，“我忘了，我把路易斯的衣服放进去了。”

在杂物间里，她深深地叹了口气。为什么她妈妈让她觉得自己如此不称职？谈话才开始两分钟，她就已经开始了。她把衣服全拿进篮子里，慢慢地挂在晾衣架上。

回到厨房，罗斯坐了下来，桌上放着两杯茶和一盒牛奶。

“那么你很了解泰莎吗？”洛蒂又问。

罗斯呷了一口茶，最后她说：“没有。一点也不了解，就在编织课上认识的。她参加了很多宗教团体，她曾当过圣餐牧师。要我说，她有点两面派。”

“为什么？”

“我不该那么说。”罗斯摆弄着杯子的把手。

“妈妈，为什么？”

“嗯，她总跟别人反着。”

洛蒂紧闭着嘴，她觉得这个词形容她母亲也很贴切。

“她很暴力吗？”

“暴力？没有。”罗斯说，“我是说，我对她了解不多……”

“你知道她什么时候工作过吗？”

罗斯环顾了一下厨房，然后又低下头去看那杯茶，“我猜她过去可能是个律师。”

洛蒂扬了扬眉毛，表示质疑。

“这个我倒不知道。”

“洛蒂，你的问题是，你认为我们老年人从一开始就是老人，从来没有工作过？”

“我不这么认为。过去，你是一个出色的助产士。”洛蒂说。

“调查进行得怎么样了？”

“可能是家庭纠纷，她的女儿玛丽安·拉塞尔先前失踪了。”

“先前？她又出现了？”

洛蒂不知道自己还能说多少，她觉得母亲知道得越少越好。

“后来出现了。”

罗斯茫然地盯着她的茶，“也许泰莎过去的一些事情又回来纠缠她了。”

“什么……”洛蒂停了下来，想了一会儿她母亲刚才说的话。会是这样吗？不！亚瑟·拉塞尔才是她的头号嫌疑犯，他的妻子正在医院里奄奄一息。这是一起失控的家庭纠纷，“我没有想到这一点。”

“没有？你不会这么想吧？你需要放慢脚步，照顾你的孩子和你的小孙子，你有责任的。”

洛蒂感到难堪，她不会让罗斯得逞的。

“我有工作要做，我是家里唯一的经济支柱，你应该明白这一点。毕竟，爸爸去世以后你也得工作，才能养我和艾迪。”

罗斯站起来，洗了洗杯子，擦干，然后放进碗柜里，没有回头，只是说：“我知道事情会发展成什么样的结局，洛蒂，这就是我要说的。”

“结局？你是什么意思？我的一个孩子会像艾迪那样神经错乱？我不这么认为。”

“我看到了征兆。看看凯蒂，看看克洛伊发生了什么事，还有肖恩，我还需要多说吗？想想你的家人，把他们放在第一位。”罗斯一下又一下地叠着抹布，直到叠出一个整洁的正方形。她把它放在台面上。

洛蒂抬起头来，望着她那坚强刚硬的母亲，那一刻，她看见了自己三十年后站在那里的形象。她把目光移开，低头盯着自己的双手，注意到自己的指甲在手掌上抠得太厉害，留下了凹痕。她不会让妈妈欺凌她的，不！她比她更坚强。

“妈妈！”她开始说，但当她抬起头时，罗斯已经走了。

洛蒂走到柜台，拿起茶巾，展开来。她把它揉成一团，扔在厨房，然后蹲下，深呼吸，一、二、三。她需要重新获得控制权，她需要空间和时间，她需要喝一杯。

“你在干什么，妈妈？祈祷吗？”克洛伊走进厨房说，“我饿了，还有什么吃的吗？”

*

他走到风车路尽头的汽车旁，把电话放在耳边，“她在家里，她母亲刚走。”

他听着，接受进一步的指示。

“正是。我要跟着那个老妇人，确保她回自己家。然后我还要继续监视这里吗？”

他等待着回答，然后说：“当然，没问题。”他“啪”的一声关上手机的盖子，把手机塞进口袋，拿出了车钥匙。他坐进驾驶室，把快餐包装纸折好，换挡，朝罗斯·菲茨帕特里克家开去。

第十九章

阿丽克伊斯把手机放在桌子上，用手指敲醒电脑，指甲是刚刚做过的，然后点击屏幕，以便能看到四个不同方块的图像。其中一个仍然是黑色的，她自己的影子瞪着她。她不耐烦地仰起她那梅丽尔·斯特里普式尖的鼻子，轻轻地拍了拍她微微卷曲的银灰头发。她的头发后面剪得短短的，前面的刘海儿和眉毛平齐。

那个镜头怎么坏了？她按了一下桌上的电话，问了这个问题。几秒钟后，方块亮了起来，她原先期待看到的东西出现了。她的世界里一切都很顺利，或者说如果人们不再干涉过去，一切都会很顺利的。

她对眼前的一切很满意，于是关掉电脑，拿起电话，走到窗前。那是一间奢华的办公室，可以俯瞰曼哈顿下城的景色。对她来说，形象就是一切，她买得起。透过她在平面玻璃上的倒影，她看到傍晚时分的灯光亮了起来，工人们纷纷收工回家。

她转过身来，拿起黑大衣，套在时尚的黑色针织连衣裙上，紧紧地扣上衣扣。她喜欢黑色，黑色突出了她的优点——她那双墨蓝色的眼睛。她微笑着拿起包。她知道有人叫她“黑寡妇”。她从未结过婚，更不用说守寡了，不过这些都没关系。当然，她也觉得自己是有点像蜘蛛，黑暗而危险。

她没关灯，秘书会关的。阿丽克伊斯知道这个年轻女人对她很敬畏；她很可能认为六十六岁的人就应该退休，和同龄人一起参加个读书俱乐部，或者编织俱乐部。

她咧嘴一笑。她认识一个这样的女人，而她就再也去不了编织俱乐部了。

第二十章

罗斯·菲茨帕特里克走进房间时，屋里一片漆黑。她轻按电灯开关，没有亮。她打开大厅桌子上的抽屉，手指碰到了一只小手电筒，然后“咔嗒”一声打开了。

她够不着保险丝盒，从厨房里拖出一把椅子，爬上去查看开关。控制灯的那个是关着的，她把它扳开，大厅的灯立刻亮了起来。

她把手电筒扔回抽屉，随手关上前门，把椅子拉回厨房。她打开炉子，懒洋洋地搅拌着那一大锅汤，等着它烧开。她厌倦了每晚为无家可归者提供的救济。我年纪大了，不适合吃这玩意儿，她想。然而，开始这项事业的默塔太太已年过八十了，还身患阿尔茨海默病。

她感觉炉子上的汤差不多了，就把炉火调到了小火，从冰箱里拿出两块鸡胸肉，搁在烤盘上，放进烤箱。过会儿，一块足可以做个三明治，另一块留作明天的晚餐。

直到这时她才意识到她忘了脱大衣。她慢吞吞地脱下来，把它挂在大厅的衣钩上时，仿佛看见了门外汽车的前灯，透过前门的一小块玻璃照进来。她抬头瞥了一眼保险丝盒。有人来过她的房子吗？

外面的灯光消失了，她回到厨房，想着泰莎·鲍尔。她多年前就认识了泰莎，当时她的丈夫彼得·菲茨帕特里克还活着。但那是很久以前的事了，跟泰莎的死没有任何关系。没关系，可怜的泰莎一定是个受害者，恰巧碰见女儿家被盗。就是这样。

她在烧瓶里装满了汤，都准备好了，她在两片面包上涂了黄油，开始做鸡肉三明治。打开烤箱的门时，发现肉还是生的，她忘了打开烤箱。

罗斯·菲茨帕特里克已经不是第一次怀疑自己是不是患上老年痴呆了。

第二十一章

艾玛蜷缩在墙边，咬着拳头，想止住哭泣。这场噩梦到底是怎么回事？是谁这样对她的外祖母？现在他们说她妈妈住院了，她为什么不能去看妈妈？她胃疼，眼睛感觉像是有人往里面扔了沙子。她想要找她爸爸，她想回家，但侦探说这是不可能的。她那愚蠢的母亲毁了她的一生，又一次了。

她听到前门开了，走廊里有人闲聊，然后门关上了，也许侦探已经走了。她翻身下床，蹑手蹑脚地爬到楼梯顶上。一个身穿爱尔兰警察制服的年轻女子向她走来。

“你是谁？”艾玛问。

“嘿，艾玛，我是来保护你的。”

“你可以走了，我能管好自己。”艾玛转身回到房间。

“抱歉，恐怕今晚你只能陪我了。”警察在门口徘徊，“如果你需要什么，或者你想谈谈，我就在楼下。”

“我不想和你说话，别管我。”

艾玛躺在床上，把枕头盖在脸上，听着楼下低沉的脚步声。她的外祖母死了，她的母亲可能也快死了，而她的父亲将被判谋杀罪。她的生活一塌糊涂。快，太快了！

她真的得和她爸爸谈谈，有件事他必须知道。

第二十二章

大家都准备睡觉了，洛蒂还在卧室里踱来踱去。这边三步，那边三步。她并不想待在这个房间，要是她住在安娜贝尔那样的房子里，她就会有足够的空间去思考了。

站在窗口，她看着下面的路。一片片灰色的雨落在地上。也许她可以去跑步，把她脑子里的一团乱麻冲掉。别傻了，她告诫自己。她心里想着泰莎·鲍尔。她母亲为什么会知道她？而且早年就认识她。不过，这倒不是什么新鲜事，罗斯·菲茨帕特里克认识所有六十岁以上的拉格穆林人。

她倚着墙，拉着窗帘，端着一杯伏特加，偷偷喝酒。她又喝酒了，她不喜欢，但她没办法。她注意到箱子从床底下斜伸出来，便把酒杯放在窗台上，蹲了下来。她拖出箱子，打开盖子。文件、照片、笔记本，还有她父亲的烟斗。她把它举到鼻子边，陈腐发霉的气味，这并没有唤起她对烟草气味的记忆。它原先可能是任何人的。

她的指尖轻抚着一个小小的方形手工木盒，盒子的铰链已经生锈了。她知道里面是什么，但还是打开了。两盘飞鱼鱼钩，都是她父亲亲手做的。他肯定会和亚当处得来，他们都喜欢钓鱼。她合上盒子，拿起一个旧笔记本。她倚靠在衣柜门上，伸手到窗台上拿过酒杯，从第一页开始读。

她看过很多次了，几乎都背下来了。这是她父亲的案例笔记。经过她细致的调查，本上记录的所有案件都破了。她在笔记本上看到过泰莎·鲍尔的名字吗？一定是在什么地方，一定是什么无关紧要的事情，因为她没有跟踪调查。

然后，看了一半的时候，她找到了。贝尔菲尔德和鲍尔律师。主街。拉格穆林。用她父亲的学院派笔迹整齐地写着的，就在这页纸的中央，写在两条蓝线之间。她把这页从头到尾读了一遍。律师的名字与案文无关，她父亲为什么写在这里？难道是他在办公桌前，接了一个电话，随手打开能写字的东西，把它写下来，以便以后查看？她不知道。

她又喝了一口，闭上眼睛。过去几个月她一直在问问题。采访养老院的老人，那些曾经和她父亲一起工作过的人。现在，泰莎·鲍尔死得很惨，她的女儿玛丽安·拉塞尔的舌头被割掉了。这件事也许和她父亲无关，但洛蒂不禁怀疑，她对父亲的死所做的个人调查是否揭开了一个棘手的问题？

*

玛丽亚·林奇探长从她的马尾辫上取下发饰，让她的头发披散在肩上。她坐在屋外的车里。除了大厅的灯光外，房间里一片漆黑。本通常早早就让孩子们上床睡觉了，她不在家的时候，他就会躺在床上工作或者看书。

她把手机装进包里，从点火开关上取下钥匙，想着洛蒂·帕克的事。在他们最近调查的两起重大谋杀案中，洛蒂做了许多错误判断。林奇不喜欢在一个会犯错的团队里。好吧，最后案子都破了，他们抓住了凶手，但这是否就意味着他们得出的积极结论的方式是正确的呢？

这个案子很可能是一场家庭纠纷，后来恶化了，但是洛蒂·帕克却很紧张。林奇知道这肯定是会犯错的时候，也许是时候和警司科里根谈谈了。有一件事是肯定的：她是不会留在洛蒂·帕克这艘沉船上的。

*

晚上博伊德骑着他的涡轮自行车锻炼之后，很快洗了个澡。雨一停，无论什么时候，他都会骑着他的赛车，狂轧马路以驱散他工作的痛苦。

洛蒂·帕克又开始喝酒了。每当她处于这种状态时，他就会为她担心。她从不知道什么时候该停下来。他几乎能预料到她会蜷缩在他的门槛上，或者他的电话会响起，她语无伦次地唠叨。

他穿着一件白色T恤和宽松的慢跑裤，坐在沙发上，拿出手机，滑到洛蒂的名字。他想和她谈谈，确保她没喝醉，但也许她已经睡着了。他看了看电话上的时间，十点二十二分，洛蒂·帕克不可能睡着了。

公寓的墙壁似乎要把他吞没了。他穿上一双运动鞋，从大厅的架子上拽出一件夹克。

这个时候，只有一个地方博伊德会穿成这样去。

第二十三章

洛蒂打开门，退后一步让博伊德进来。

“瞧你的样子，你怎么穿成这样？”她笑了，然后，看到他脸上表情严肃，又说，“出什么事了？”

“我需要喝一杯。”他说。

“你开车呢。”

“一杯不要紧。”他把夹克挂在楼梯柱子上的一大堆外套上面。

她把他领进厨房，把水壶装满水，然后打开开关。

“在这儿等着。”她说。

“你要去哪儿？”他靠在冰箱上，她注意到他的目光扫过了她露着的双腿。

“穿上件衣服。”

“不用，景色还算不错。”

她捶了捶他的肩膀，朝门口走去，庆幸自己只喝了一杯，“我一会儿就回来。”

几分钟后，她回来了，穿着连帽衫和睡裤，手里拿着一沓纸。

“这是什么？”博伊德问，递给她一杯茶。

“我父亲的，我想给你看看。”

他们坐在桌旁，她把笔记本递给他，“看到那条线了吗？”她指出。

“贝尔菲尔德和鲍尔，律师。看到了。你要立遗嘱吗？”

“贝尔菲尔德和鲍尔。”洛蒂把每一个字都强调了一遍，“你还不明白，是吗？”

“鲍尔？”他说，“跟我们查的泰莎有关系吗？”

“嗯，我妈妈告诉我她以前是个律师。”她放下杯子，“你为什么来这儿？”

博伊德呷了一口茶，“想你。”

“别犯浑。”

“如果这个律师鲍尔是泰莎，或者跟她有关系的人，那么从他笔记本上的名字看，这和她或你父亲的遭遇有什么关系呢？”

“我不知道，回答该死的问题，你为什么来这里？”看到他脸上掠过的表情，洛蒂真希望她能收回她的话。

“我只是想和你谈谈，没别的。”

洛蒂咬了咬腮帮，“你的意思是想看看我是不是在喝酒？博伊德，我不需要别人看守。”她抬头瞥了一眼挂在墙上的结婚照。如果亚当还活着，她就不会陷入这种境地。她想他，但她不得不让他走。她可以和回忆一起生活，但不能和鬼魂一起。

“抱歉。”博伊德说。

“既然你想说私事，我觉得你需要理清你和杰姬之间的关系。”

“我不想谈论我的前妻。”

“你的离婚手续必须进行了。”

“够了！还是说这些吧！”博伊德看着洛蒂递给他的尸检照片，“他肯定中枪了，你怎么能看得下去呢？”

“酒精还是有用的。”她打趣道，“他手上有残留物吗？”她又递给他一张。

他浏览着报告说：“不是很确定。”

她说：“我很想拿到完整的尸检报告。”

“问简·多尔呀！我知道那是很久以前的事了，但她那鬼屋里可能有记录。”

“是的，我也想到了。”她把纸张一把抓起，塞进一个文件夹。

他从她手里接过，把它整整齐齐地排好，然后又还给了她。

“我一直都知道你是个好人，”她说，“你还要再喝杯茶吗？”

“我得回家了。”

“你很孤独。”

“你不也是？”

“我们都是。”

她想把手伸到桌子对面抱着他，他看起来很迷惘。她瞥了一眼挂在墙上的照片，抑制住了想把它翻过去或取下来的冲动。

“这些是什么？”博伊德拿起一捆用大钢夹夹在一起的剪报。

她说：“法庭报告、体育评论，平常的东西。这些照片都是在我父亲去世前一年左右拍的，我已经看了上百遍了。”

“《爱尔兰媒体报》，”博伊德说，“过去很火。还有《米德兰论坛报》。明天把它们带来，我们拍照复印，然后我们就可以在不损坏原片的情况下对它们进行核查。”

“我看不出它们有什么用。”

“你看了才知道。”博伊德说，“也可以查看一下当地报纸的档案，看看有没有报道你父亲去世的事。”

“是个好主意。”

“或者和‘嗡嗡’老威利弗林谈谈。他过去在报社工作，柯比认识他。他可能认识你父亲。”

洛蒂闭上眼睛，想变出她父亲的样子，但她只能看到病理学家的照片。她听见博伊德在动，她转过身来时，他正站在她的椅子旁边。她仔细端详着他的脸，寻找一个示意，但他只是看起来很严肃。

“谢谢你的茶！谢谢你的陪伴！”他的手滑过她的肩膀，“你是个好朋友，我很感激。”

一个朋友吗？狗屁。她是那个一直和他保持距离的人，而现在她却表现得像个渴望的青少年。是时候控制自己了，帕克。

“我得走了。”他纯洁地吻了吻她的前额。

在那一刻，她本可以伸出手抱着他直到天亮，但她只是一动不动地坐在那里，直到他走开，连眼皮也没眨一下。

她听到他穿上夹克的窸窣声，门在他身后轻轻地关上了。

她坐在厨房里，听着雨声，黑暗的窗户反射出的光线，她啜饮着冰凉的茶，真希望那是酒精。然后她在桌上的文件里翻找起来，当所有的书页又乱了的时候，她觉得舒服多了，好了一点点。

她知道她需要帮助。

七十年代中期：那个孩子

有人在我瘦小的后背上推了一把，把我推搡进了那间四四方方的小屋子。门在我背后锁上了，那声音使我浑身发抖，心怦怦直跳。一个女人躺在床上，身上裹着一块灰白的布，像是一件毛衣，袖子从胸前交叉绑在背后。可那并不是一件毛衣。

我迈着小步，一步一步地向前挪着走。床上女人的肩膀抽高了一下，我还没走到她跟前，她就像猫一样尖叫着跳了起来。我哭着退后了。

“这么说她没有带走你！哈，猜到了。谁会想要像你这样的家伙？没有人，谁也不会。”她笑着弯下腰，从床上摔到冰冷的水泥地上。

我靠在门上大声喊叫：“让我出去！求你了！”

我的小拳头敲着门，但声音在石墙上回响，悬在空中，仿佛被蜘蛛网粘住了。

没有人来。

“这是意外。”她说，“哦，我知道他们在说是我故意放火烧房子，但我为什么要那么做呢？我有你们两个呀！我试着爱你们，真的，你们这些忘恩负义的孩子。”

她坐在地上，屁股往前一点一点地向我蹭过来，咆哮着，像一条疯狗，又仿佛被铁链给拴住，拼命地想要逃脱。她一点也不像我妈妈，虽然我知道她就是。

我再次呼喊，把脸转向门，不敢直视从她嘴里冒出的白沫。

“我想回到自己的床上。求你了……”

“我想回到我自己的床上，”女人模仿我，接着一阵咳嗽，声音颤抖，“过来帮帮我，甜心，把我解开，你知道怎么做，对吧？我教过你一次的，对不对？解你鞋子上的搭扣。”

我的哭泣从低声的嘤嘤变成了大声的抽噎。

“求你了……我想回家。”

“这个房间隔音，没人能听见，我的小宝贝，只有我。”

“我——我想——回家去。”

“现在这是你的家了。已经开了头的事儿我就得把它做完，这回我可能要杀了你。”

她大笑起来，笑到一半突然卡住，又吐了好多白沫。然后，又咯咯地笑了几声，上气不接下气地。

我目不转睛地盯着那扇钢门，不敢转身。

我一直站在门口，直到有人来开门。那是二十四小时之后了。

第三天

第二十四章

墙上的时钟显示已经是凌晨五点了。“他们很快就会来的。”年长的人说。

“我有点紧张，”年轻人回答说，“开会的时间也太尴尬了。”

“试下这个。我做的，特浓。”

“我会的。如果我们不能测试产品，那还有什么意义？”

“现在你感觉不错呀！”

“我希望没有人发现。”年轻人深深地吸了一口气，让那种熟悉的感觉在他的血管里流淌。他又吸了两下，血迹斑斑的指间缠着的绷带已经变干，“我们已经按照要求做了，我看不出这次会议有什么意义。”

“你闭上嘴好吗？”

“但是那个老太婆……那是不应该发生的，不是吗？”

“我想这可能一直是计划的一部分，现在不能把她变活过来了，对吗？她已经到了死翘翘的年龄，所以不要再提这件事了。”

年轻人紧张地笑了。他真的参与了这一切吗？一旦你参与，就没有退路了。这是他的朋友告诉他的。尽管如此，他以前从来没有这么暴力过。一定是毒品，不是他。有人住在他的身体里，一个外星人。是的，就是这样，一个绿色的外星巨人。

“你在笑什么，你这个笨蛋？”年长的人说。

那个年轻人不停地笑。过了一会儿，他的同伴也开始笑。他们笑得太大声了，没听见门开了，也没看见那个黑衣人走了进来，一只手里紧紧攥着一把刀，另一只手里拿着一罐汽油。

第二十五章

艾玛听不到雨声，房子里似乎一片寂静。她挣扎着跪下来，透过窗帘的缝隙往外看。远处升起了烟雾，灰蒙蒙地笼罩着大地。

她希望自己能出去走走，让清晨柔和的雾气蒙住眼睛，双脚在水坑里溅起水花。但她已经不是五岁的孩子了，她被困在娜塔莎的家里。她坐回床上，把羽绒被拽到下巴，想起了她和母亲的争吵，关于她爸爸和她姥姥。那个女人想喊的时候就可以喊。还有她无意中听到的争吵。那些甩到四面墙上的话，那些从房间里渗出来的话，已经渗入她的脑海里。

自从泰莎搬到她自己的公寓，爸爸离开后，她的家安静多了。但是当艾玛想到她所面临的一切时，一种强烈的疼痛刺痛了她的心。

她和娜塔莎以及她的母亲，当然还有她的“侍卫”，又过了一天。她为什么要来这里？她感到非常安全。

眼泪又要涌出，她把羽绒被拉过头顶，让它们流淌。

第二十六章

天亮了，没有下雨，这是一周多来的第一次。但是天空中乌云密布，洛蒂可以看见教堂塔尖上挂着一层薄雾。

“安娜贝尔，我不想打扰你，但是你今天能给我安排个时间吗？”

“手术开始前我没事，现在就行，你能在五分钟内赶到这儿吗？”

“可以，我就在外面。”

她放下电话，打开门，进了楼。接待员点点头，洛蒂走进安娜贝尔的诊室。

“你怎么了？”她问。

“哦，这个？”安娜贝尔把缠着绷带的手放在桌子下的膝盖上，“打翻了一壶开水。”

“你没事吧？”

“没事。别说我了，坐，告诉我发生了什么事。”

洛蒂脱下上衣，挂在椅背上。

“我讨厌问，因为我知道你不想这么做，但是……”

“但是什么？我今天剩下的时间都排满了，所以你最好快点。”

深吸一口气，洛蒂说：“是这样的，我……我又喝酒了，就在最近几个月。我想戒，很难，安娜贝尔，太难了。”

“你以前戒过。”

“我知道，但这次更糟，我需要一些东西克服烦躁不安。”

“你要我给你开点什么？”

“就一两个星期，直到我体内的酒精都排出去。”

“你和我一样清楚用麻醉剂代替酒精不会有什么帮助。”

“我不是瘾君子，我只需要一些阿普唑仑，帮我渡过难关。”

“你需要康复治疗。”

“我不是酒鬼！”洛蒂交叉着双臂，厌恶地低下了头。不，她不是酒鬼。她就是离不开它。这两者有很大的差别。

桌上的电话响了。

“我有个病人要看。”安娜贝尔拿起笔来，“虽然我不太同意，但我还是给你开一周的量，一天一粒，二十五毫克，好吧？”

“不能到五十毫克吗？”

“不行。”

“两个星期可以吗？”

“洛蒂，你需要帮助，专业的帮助。”

“你是专业的，这就是我来这里的原因。”

“你不要放弃。”

“从来没有。”

洛蒂看着安娜贝尔用包扎着的手试着写处方，她的另一只手颤抖着按着那一页纸。

“怎么了，安娜贝尔？”

医生抬起头来，她眼睛周围一层粉底的光泽被黑色包围。

“怎么了？我没有什么问题。”

“继续那么告诉你自己，你就会信了。我可是假说专家。”

“实话，一切都很好。”

洛蒂接过医嘱，把它折起来，趁安娜贝尔还没改变主意，赶紧塞进包里。

“你有我的电话号码，如果你需要说话，任何事，明白了吗？”

“几天之前，你还几乎不和我说话呢。”

“我永远是你的朋友，即使我们争吵，所以如果你需要我，就给我打电话。”

安娜贝尔点点头。洛蒂很明白，她的朋友都快哭了。

“你确定一切都好吗，你和奇安？”

“为什么不呢？”

洛蒂笑了。这声音似乎消除了紧张。

安娜贝尔也笑了。她们俩都知道奇安的情况很久没有好转了。因此，安娜贝尔有了许多风流韵事，“也许我们可以找个时间一起吃晚饭。”

“你先戒酒，把自己理清楚。”

洛蒂穿上夹克。在门口，她转过身来。

“你也把自己理清楚。”

外面，乌云密布，大雨倾盆。

第二十七章

村舍坐落在距拉格穆林几公里远的多兰镇，烧得只剩残骸了。消防水管里的水顺着坑坑洼洼的道路流下来，流进树叶堵塞的排水沟上的水坑里。

“你估计雨下了多久了？”柯比说着，下了车。他猛拉裤腿以免弄湿，扣好上衣的扣子。

“一个星期吧。”林奇回答。

他“砰”的一声锁上了车，轻轻拍了拍口袋，找到电子烟，扭一下，试图让它打开。“什么他妈的破玩意儿。”

“试试薄荷糖或口香糖。”林奇说。

最后终于点燃了，他吸了一口气，吹出白烟，然后把金属管放回了口袋。

“我还想问呢，你今天早上为什么不去凯莉家换吉莉？”

“拜托，柯比，这就是份打杂的活儿。她还很年轻，可以整天摆弄手机。”林奇看着他，“你昨晚是不是取消了和她的约会还是别的什么？”

“别的什么？”

她笑了，“你真笨。”

柯比试着跟上林奇短而快的步伐，他们在一辆消防车旁停下，查看了现场。“你闻到了吗？”他闻着空气问道。

“我闻到有东西着了，木头、烟、塑料和……”

他们面面相觑。

“大麻。”他们一起说着。

柯比挠了挠他浓密潮湿的头发，“制毒厂？”

林奇表示同意，“可能是。”

他们走近一个戴着尖顶帽子的人，他个子不高。柯比看了看铜徽章，做了自我介绍。

“那么，考克斯警长，都有什么线索？”

“是个十九世纪五十年代的单层平房，屋顶要塌了。”

“有人伤亡吗？”

“一名死者，另一名应该死的，但不知怎么还活着。”

“男性还是女性？”

“男性。那个死人就在房子的后门里面。烧焦的骨头，只剩下这些了。”

“那个活下来的呢？”柯比问。

考克斯警长指着救护车，随着警笛的一声巨响，发动机已经发动起来，灯光闪烁，开始移动了。

柯比跑过去，“嘿，你……等等。”

救护车停了下来。柯比靠在门上，喘着粗气，“我得和病人谈谈。”

医护人员放下窗户，探出身子。

“你是谁？”

“探员拉里·柯比。”

“听着，我很抱歉，但如果我现在不走，你就得跟一具尸体说话了。”

柯比仔细考虑了一下他的选择，点点头，“你要去哪家医院？”

“拉格穆林离这里最近，不过他可能需要空运到都柏林。严重烧伤，没有手指。”他开始挂挡。

“没有手指？烧没了？”

“更像是被锯掉的。”

救护车在一片灯光和哀鸣的警笛声中开走了，柯比转向林奇。她耸了耸肩。考克斯警长也走来了。

“我们什么时候可以四处看看？”林奇问。

“再过几个小时我们才能确认安全。就像我说的，屋顶要塌了，结构不健全。但火熄了。”

“你知道是怎么发生的吗？”柯比又抽起了电子烟，眼睛盯着从房子里冒出来的烟。

“损伤严重。他们要么是把一个无保护气体加热器堵在门上，要么有人把汽油倒进信箱。这是目前的猜测。”

“像汽油弹？我的天哪！谁住在这里，你知道吗？”

“不知道。”

“谁报的警？”

“邻居，住在这条小巷一英里左右的地方，他今天一大早看到火焰冲天。你最好和他聊聊，就像我说的，还需要几个小时才能有人到现场。”

“谢谢，警长！”柯比说，“我会叫我的人来站岗。”

“就是他，那边。”

一个身穿绿色机车夹克和牛仔裤的男人，脚上的惠灵顿长筒靴沾满了泥浆，斜倚在一辆破旧的路虎车上，叼着一支只剩下小半截的粗雪茄。

柯比说：“他很合我的心意。林奇，联系现场调查，告诉他们我们这里需要他们。”他指着随意停在车道上的那辆车，“看看我们能不能找出那辆车是谁的。”

他大步走到那个男人面前，掏出证件。

“我是米克·奥多德。”那人用一只磨得粗糙的手碰了碰平顶帽，伸出另一只手来跟他握手。

柯比看了看那张愤怒的扭曲着的脸，猜想那人有七十岁左右。浓密的眉毛中有灰白毛发露出来，看鼻子就知道他是一个威士忌酒徒。他的脸颊上布满了血斑。

“那么，你是今天早晨注意到失火的吗？”

“是的。五点十五分左右，在我去赶牛的路上，像烟花表演一样。耽误了我整个上午的工作，耽误了几个小时，奶牛还没有挤奶。”

这就是他生气的原因吗？

柯比说：“在那之前你听到什么了吗？”

“就像爆炸一样？”

“没错。”柯比找到了他的电子烟，开始使劲儿抽起来。

“不！什么也没听到。”

柯比叹了口气，呼出了一团烟。

“你知道是谁住在那儿吗？”他问，朝那还烧着的房子点点头。

“一直是出租的，原主人搬去美国了，得是四十年前的事了。”

“这处房产出租了很长时间哪！”

“这不关我的事，我自己的烦恼就够多了，没心情关心别人的。”

“难道你知道房地产经纪人是谁？”

奥多德想了想，摸了摸下巴，“不！不知道。”

柯比又叹了口气，泄气了，“这是我的名片，我们需要做一个正式的笔录。如果你还能想起来什么，请联系我。”

“我知道的都已经告诉你了，我现在有工作要做。”奥多德转向他的路虎。

“你确定你不知道那些人是谁？”柯比依然坚持问。

“如果我知道，我不就告诉你了吗？”奥多德把手伸进夹克口袋里，“我想你可能会喜欢这个。”

柯比微笑着点了点头，他把雪茄在手里转了一圈，然后塞进嘴里。奥多德递给他一个塑料打火机，然后爬上路虎，沿着大路开走了。

柯比走回林奇身边，嘴里叼着雪茄，烟从他的嘴角缓缓升起。

“人很大方，但似乎脾气不好。”

“你怎么会这样想？”林奇问道。

“他看起来像是谁得罪他他就揍谁的那种人。”

“他可能是一个非常忙碌的农民，不喜欢早上工作时被打断。”

“你对务农很了解，是吗？”柯比用两根粗大的手指捏出了雪茄，小心翼翼地把它放进外套的口袋里。

“我以为你已经戒烟了呢？”林奇怀疑地看着他。

“是戒了，吸几口也无妨。”柯比大步走回车里，“我们最好在那家伙死之前赶到医院。”

林奇说：“我看了一眼尸体。”

“他死了，是吗？”

“哎呀，柯比，”她跺着脚走到车的另一边，“那人被烧死了，难道你没有同情心吗？”

“哦，我很有同情心哪！你找到我们闻到的大麻了吗？”

“花园里有一个混凝土棚子，但是整个地方因为下雨，还有消防队员的扑救，已变成了一片汪洋。警察只能待在这儿，等现场调查组清理完毕。”

“我们？哈！今天你还得当家庭联络员。”

“如果我能帮得上忙，我就不用去。”林奇得意地关上门。

第二十八章

洛蒂瞥了一眼她的旧办公室——有一天会成为她的新住处——她注意到油漆是刚刚刷过的。靠墙立着一架梯子，在她那张旧桌子旁边的地板中央，放着油漆匠那张油漆飞溅的桌子。现在只需要新家具和大量的储物柜了，她受够了一次次被文件盒绊倒。她得知一切都已就绪了，很快她就要有自己的空间了，一个没有别人，可以进行思考的地方。不过，没有门，设计的是全尺寸玻璃隔墙，要改成实墙已经太晚了！现在，她只能和她的三个傀儡待在一起，凯蒂就曾经这样称呼她的同事。

她把夹克挂起来，发现架子上只有她自己的衣服。奇怪，她想着，别人还没来。她小心翼翼地绕开地板上堆放的文件，打开复印机，从她父亲的盒子里拿出易碎的剪报开始复印，每张两份，这样她可以给博伊德一份。他主动提出的，不是吗？印好后，她把一份放在博伊德的桌子上，另一份放进自己的手提包，里面乱糟糟的，有时间的时候她会看，如果她有时间的话。她把原件放在书桌抽屉里，打开从安娜贝尔家回来的路上买的药袋，看到那些泡罩包装的药丸，她松了口气。

博伊德来了，挂上夹克，一言不发地坐在桌旁。那她就没有机会吃药了，也许过一会儿吧。

洛蒂在写昨天活动的报告，注意力却无法集中。透过电脑屏幕，她看到博伊德把文件整齐地排在桌子上的一个文件夹里。这些东西排整齐的时候，他看起来很满足，然后他从抽屉里拿出一包消毒湿巾，开始擦拭键盘。

“怎么回事，博伊德，你怎么了？”

他抬头看了一眼，眼里满是惊讶，仿佛他才意识到她的存在。

“怎么？什么都没有。为什么这样问？”

“你又犯强迫症了，肯定出问题了。”

“林奇和柯比在哪儿？”

他在转移话题，但她没去管它，“我也很想知道。”

她打电话给林奇，听电话转到语音信箱。也许她已经离开去接替奥多诺霍警官了。她试着打柯比电话，也没人应答。

走出办公室，进入专案室，里面静得像午夜的教堂庭院。她把头伸进其他几个办公室问：“你们今天早上看到林奇或柯比了吗？”

“他们可能去着火的那房子了。”一个警察说。

“房子起火了？我没有听到有关房子失火的事。他们在那里干什么？妈的，我正在调查一起谋杀案呢。”洛蒂回到她的办公室。

博伊德调出电脑里的事故记录。

“房子起火地点在多兰镇。他们在那里，急救人员要求探员参与。一名男性在家中死亡，另一名受重伤，涉嫌纵火。”

“真是他妈的添乱！”洛蒂把一大堆她还没来得及看的报告往已经很挤的地板上一摔，一只脚踩在上面。她没有人可以分配去调查纵火案了，不管有没有尸体。她还需要检查医院的闭路电视，一定是有人把玛丽安·拉塞尔送到那里去的。

这里还有另一份事故报告。博伊德从屏幕上读道："今天早上在卡利翁湖停车场发现一辆烧毁的车。"

"是玛丽安·拉塞尔的车吗？"

"不知道。"

"弄清楚，然后让大家都来参加小组会议。"

*

专案室在半个小时内就挤满了人，没有科里根警长的踪迹，很好。

"我们先说房屋失火的案子，"洛蒂说，"柯比，给我们说说。"

"村舍起火，消防队长认为是恶意事件。一名男子当场身亡，但需要牙科记录才能确认他的身份。另一名男子现在在医院，重度烧伤，少了几根手指。

"少了几根手指？什么意思？"

"我们只知道这些。"

"你认为有人想把他们烧死在房子里吗？"洛蒂问。

"需要现场调查的人看看才能知道。"

林奇说："我们怀疑这房子是个制毒厂，除了烧焦的恶臭，还有强烈的大麻味。"

"有趣。也许他们欠钱，或者是在偷钱。希望不会在拉格穆林发生毒品争端。派人到受伤男子的病房去，以防万一。"

柯比说："按照这个速度，我们都该到医院去。"

洛蒂想了一会儿，说："我们有消息，在卡利翁湖的停车场，有一辆汽车被烧毁。可能是玛丽安的，我们之后就会知道了。"

林奇说：“也有可能是烧毁村舍的那个人渣的。”

“你怎么没去凯莉家？”洛蒂说，“你需要换下奥多诺霍警官。”

“别人不能做吗？”林奇挑衅似的交叉着双臂。

“家庭联络员还病着呢。”洛蒂提醒她。林奇把她的包从地板上拽起来，皮带“啪”的一声砸在桌子上，她吓了一跳。“等我们这里弄完之后你再走。记住，你仍然是这个团队的一员。”洛蒂说。

“当然。”林奇说。

“出于安全着想，我们必须监视艾玛，直到我们知道她母亲到底怎么了。我要再看看拉塞尔的住宅。博伊德，跟我来。柯比，找出你能找到的关于房子着火和住户的信息，调查一下那辆车，然后我们可以把它交给另一组。”

“好的。”柯比说。

“然后列出泰莎·鲍尔的朋友名单，询问一下他们。你追踪到她最后的行踪了吗？”

“正在查。”

“快点。还有，看看泰莎是否和贝尔菲尔德 & 鲍尔律师事务所有什么关系。继续调查我们昨天在她公寓发现的枪。就我一个人在说吗？”

博伊德站了起来，“查到泰莎·鲍尔的电话记录，最后一通是在她被谋杀的那天晚上二十一点零七分接到的电话。”

“然后呢？”洛蒂问。

“玛丽安·拉塞尔打来的。”

第二十九章

现场调查组已经查遍了拉塞尔家，洛蒂也在凶杀案发生的那一晚检查过，但现在她想在白天再去看一看。这是一座改建的两层村舍。一条狭窄的走廊通向扩建部分，那是厨房。厨房前面的一扇门通向一间看上去不起眼的长方形客厅，有棕色皮革三件套沙发和一张长长的咖啡桌。

“简约，是吧？”洛蒂说。

“东西有点少，还好，”博伊德说着，踩上柚木地板。洛蒂向挂在壁炉上的铁框镜子走去。她看了看镜中自己的倒影，然后迅速转身从咖啡桌上拿起几本平装书。约翰·康诺利的小说。书旁放着一个咖啡杯，里面还装着一英寸高的凉咖啡，应该是现场调查组的杰作。一块吃了一半的饼干放在打开的饼干袋旁边。生命的痕迹，中途停止。

“艾玛说她看到她妈妈在厨房忙着，然后娜塔莎叫她到自己家里去。”洛蒂打开炉膛的门，“很干净，不是吗？”

“和厨房里的大屠杀相比，是的。”

他们离开客厅，走上楼梯。四个房间，一个显然是艾玛的。

“典型的青春期少女。”洛蒂说着，关上了门。搜查女孩的东西似乎是不对的。她今天已经受够了，还会有更多心痛的事。

隔壁房间似乎是一间客房，后面是一间浴室。在主卧里，洛蒂检查了衣柜里的东西，查看了上衣的口袋，什么都没有。

梳妆台最下面的两个抽屉里放着T恤和内衣。洛蒂打开最上面的抽屉，看到纯银项链和与之相配的耳环。

“我不认为这是一起入室盗窃案。”她说。

博伊德站在窗前，望着窗外，“好一块地。”

洛蒂关上抽屉，走到他身边，指着窗下的院子，“棚子后面是什么？”

“看起来像个油箱。”

“我认为不是。”她回忆起客厅里的那场大火说，“他们用的是固体燃料。”

博伊德说：“这是用来储存煤炭的容器之一。”

“我们要进去看看。”她又环顾了一下房间，然后跪下来往床底下看。

“有什么？”他问。

“灰尘。”她说着站起来擦了擦膝盖，“你搜查床头柜了吗？”

博伊德拿起一本书，看了一眼，打开了一扇门。

“几个药瓶。”

“来，让我看看那些。”

“对乙酰氨基酚片。”他说。

“哦！”洛蒂看了看第二个柜子，“这个是空的。”

“一定是亚瑟的。”她把手指伸到枕头底下、床垫和床脚之间，什么都没有。

博伊德打开衣柜旁边的一扇门，随后他把头伸了进去，“套房。”

“天哪，我希望我永远不会被谋杀。”洛蒂说，“到处找之前，你必须先把这个地方消毒。”

“这里没什么值得注意的。”博伊德说着关上了套房的门。

“那是什么书？”洛蒂回去拿博伊德挪动的精装书——《卡尔佩珀草药大全》，“有趣，是本有年头的书了。”

她匆匆翻阅书页，“这么小的字。漂亮的植物插图，不知道她为什么要看这个？”

博伊德回头看了看，“治愈疗法？”

“我把它装起来，也许有用，也许没用。”洛蒂说，“我们去看看院子吧。”

*

雨又开始下了。洛蒂弯下腰来，打开煤窖的封盖，几个煤块从她脚下滚了出来。

“我告诉过你。”博伊德靠在棚子上说。

“干点事，把那根木头递给我。”博伊德把它滚到她身边。

“把住了，我不想掉下去。”

洛蒂走上原木，抬起地窖盖，“有手电筒吗？”

博伊德打开手机上的手电，把它递了过去。

“别让它掉进去。”

她用灯扫了下面，绕着洞转了一圈。“天哪！”

“里面是什么？”博伊德试图从边缘往外看。

“某种植物，我们需要把现场调查组叫来。”

“你把我的电话还给我，我这就打。”

“我们最好也去看看棚里。”

博伊德打电话时，洛蒂从原木上跳了下来，朝木棚里走去，“啪”的一声打开了电灯开关。一面墙上的钢架子上排列着无数的油漆罐和工具，原木靠墙堆放着。

她站在杂乱的杂物中，想着那些植物和那本卡尔佩珀的书。玛丽安·拉塞尔在这儿有什么副业吗？如果是这样，有人试图阻止她可能是有道理的，但这不是谋杀泰莎·鲍尔的理由。柯比还以为早些时候被点燃的村舍可能是一间制毒厂，有趣。

“我要把那些木头搬走，”她告诉博伊德，“它们下面也许有什么东西。现场调查组多久能到？”

“很快。”

“好。我们也许终于有眉目了。”

“你可能是，但我没有。”

“你等着现场调查组的人，”洛蒂说，“我想和艾玛说说话。”

*

在伯妮·凯莉家，奥多诺霍警官在门口迎接她。

“吉莉，”洛蒂说，“林奇探员在哪儿？”

“从昨天起我就没见过她，我真的需要回家洗个澡、换件衣服。”

“回去吧。我会一直待到你回来，或者林奇回来。”吉莉抓起她的东西就逃了。

“喝茶吗，督察？”伯妮·凯莉问道。

“不了，谢谢！跟艾玛说句话。”洛蒂走进令人幽闭恐怖的客厅。

“请你别客气！”伯妮说，嘴唇苍白，“我去叫她下来。”

“还在床上吗？”

“少女嘛！”她想翻白眼，可洛蒂觉得伯妮拔过的眉毛让她看起来像个紧绷的李子。

艾玛信步走进房间，“扑通”一声坐在扶手椅上。她的头发乱糟糟的，她穿的衣服对她来说太小了。可怜的女孩。洛蒂想，她真的需要自己的东西了。

“妈妈怎么样？”艾玛问。

“仍然处于昏迷状态。”

“我想见见她。”

“我可以带你去。”洛蒂说。

“我爸爸，他在哪儿？”

“他在帮我们调查。”

那女孩突然从椅子上跳了起来，“为什么？他什么也没做。”

“请坐下，艾玛。”洛蒂把一只手放在她的胳膊上，却被艾玛甩开了。

“你逮捕他了吗？”

“没有，但我们正在探索所有的可能性。你的外祖母被谋杀了，我需要知道你知道什么。”

艾玛瞪大了眼，“我什么也不知道。我想见爸爸妈妈，你没有权力把我关在这里，我是一个自由的公民，我刚查过的。”

“这是为了你的安全。”

“是的，我以前也听说过。”

洛蒂想知道她怎么没有注意到备忘录上说青少年不必再尊敬长

辈了。

“奥多诺霍警官或林奇警探有没有告诉你你母亲受的伤？”

艾玛咬着下唇，泪水模糊了她的双眼。她点了点头。

“你知不知道谁会这样对她？”

她摇摇头，抽泣了一声，“都是我的错，我只是想见妈妈。”

“怎么可能是你的错呢，艾玛？”

“我对她不好，”女孩哭着说，“我一直站在爸爸一边。我知道她不是世界上最好的妈妈，但她是我的妈妈，我却让她的生活很痛苦。”

洛蒂想搂住她，安慰她，可是想到刚刚被拒绝，她的手就紧紧地插在衣兜里。

“你外祖母……去世的晚上，你确定你在房子周围没有看到什么不寻常的东西吗？”

“没有，没什么。”

“你回家为什么这么晚？你通常都这么晚回家吗？”

艾玛耸耸肩，“这要看我和娜塔莎在电视上看什么了。”

“你在看电视，对吗？”

艾玛犹豫了一下，眼睛扫视着房间的每个角落。

“是的……我想是这样的。”

洛蒂仔细地看着她，“《女子监狱》吗？”

“什么？”

“你看的电视？”

“噢，是。我们就看的那个。”

“你确定吗？”

“是的。”

“这么说，你从晚上六点半一直跟娜塔莎还有伯妮在一起，一直到十点半左右才回家？”

“是的。哦，不……”

“你之前就是这么跟我们说的，现在有什么要更改或添加的吗？”洛蒂仔细打量着女孩，她确信她在哪里撒了谎。

“我就在这儿，我们看了电视。我可以去取些干净的衣服吗？娜塔莎的有点小。”

洛蒂想继续询问下去，但她作为母亲的本能告诫她要收敛。这样艾玛可能会更信任她，之后她可以问她煤仓里长着的奇怪植物的事情。

“我去你家给你拿些衣服，然后我们开车去医院，看看他们是否让你看你妈妈。”

艾玛点点头。

“我几分钟后回来。”

洛蒂很高兴能从那令人窒息的屋子里逃出来。

第三十章

回到拉塞尔家时，她已经上气不接下气了。

“只有五百米，我就累坏了。”她说。

“我还以为你在照看孩子呢。”博伊德说。

“给艾玛拿几件衣服。”洛蒂扫视了一下院子，很多人在忙活。“发现什么没有？”

“他们刚要开始找。”

“这里的袭击与村舍的火灾有关吗？”

“也许等我们看到里面有什么，”他指着木棚说，“再看看村舍里有什么，我们就更清楚了。”

“也许吧。”洛蒂怀疑地说。

“我要开工了。”博伊德说。

她看着他向后走了进去。

在楼上艾玛的房间里，以防万一，她戴上了防护手套，四处搜寻合适的衣服。她选了一条牛仔裤、一件T恤和一件连帽衫，然后翻了翻鞋子，没有适合恶劣天气穿的。蓝色的耐克运动鞋比白色的匡威运动鞋更合适。她在衣柜底部找到一个健身袋，把衣服和鞋放进去时，手指蹭到了一只运动鞋里的什么东西。她下意识地扔掉鞋子，往后一跳，一屁股坐到地上，她肯定那是只老鼠。

不是老鼠。一卷现金滚到地板上的运动鞋旁，用一根头绳绑着。她把它捡起，又从口袋里掏出了塑料证据袋，把它放了进去。外面的钞票是五十元。一个少女哪来这么一大笔钱！她想。抢劫真是动机吗？为什么艾玛把它藏在衣柜的最下面呢？

洛蒂把装钱的塑料袋放进手提包，扫视了一下房间，想找一件夹克衫，却没找到。她下楼，到门厅的衣架上翻了翻。她注意到一堆女人衣服中有件男人的黑色夹克，不知道是不是亚瑟·拉塞尔的。

仔细翻看，她发现外面的口袋是空的，但在里面胸口的口袋里，摸到了一张叠得整整齐齐的纸，正好在衣兜的接缝处，像是一张收据。打开一看，确实是张收据，日期是谋杀案发生的那天。丹尼酒吧，亚瑟工作的地方。收据上的时间是十九点零四分。她把它放进另一个小塑料证据袋。

给艾玛拿了一件衣服，塞进健身袋，她就冲了出去。

"博伊德！"

他从木棚的门后探出头来，"怎么了？"

"门厅里挂着一件黑色的夹克，把它装袋，打上标签，拿去给法医检验。"

"好的。"他说。

洛蒂上路，去为艾玛看她母亲做准备。然而，女孩首先需要回答几个问题。

*

在伯妮·凯莉家的门口，她遇见了玛丽亚·林奇警探。

“你还真是不紧不慢。”洛蒂说。

“我要把村舍失火的事处理好，我相信奥多诺霍警官不会介意的。现在我来了。”

“我让她走了。”洛蒂举起健身袋，“我去给艾玛拿干净的衣服，带她去看她妈妈。”

“你确定这样做明智吗？”

“为什么不呢？她想见她妈妈，我不能拒绝。但既然你来了，你可以带她去。”

伯妮·凯莉打开了门。

“现在要你们两个人看着了，是吗？”她双手抱肩说。洛蒂从她身边走过，进了屋。

“我把这个给艾玛。”客厅是空的，“她在楼上？”

伯妮把目光从洛蒂转向林奇，“我还以为你带她回家取干净衣服呢，你没有？”

“不好！”洛蒂向厨房里瞥了一眼。娜塔莎坐在桌旁，大口嚼着烤焦了的面包，“林奇，看下楼上。”

林奇跑上楼梯，她大声回答说：“这里没有人。”

“她在哪儿？”洛蒂发疯似的问。

伯妮耸了耸肩，“我进来的时候，你们两个都走了，我以为她和你一起去的。”

“她会去哪儿？”洛蒂竭力抑制住心头的恐惧。

伯妮说：“也许她先去了医院。”

“她有带电话吗？”洛蒂按下艾玛的号码。

“没人接。”她转身对林奇说，“来的路上你有看见她吗？”

“我没注意到。”

洛蒂急忙跑回厨房，站在娜塔莎身边，俯身问道：“艾玛在哪里？”

“嘿，等一下，探长，”伯妮·凯莉抓住洛蒂的胳膊，“没必要去指责我女儿什么吧？”

“娜塔莎，”洛蒂不理睬伯妮，俯身看着那个头发蓬乱的少女，盯着她的眼睛，“她可能去哪儿？她还有别的一起玩得好的朋友吗？”

娜塔莎摇摇头，“不知道。”她嘟囔着。

洛蒂抬头望着天花板，闭上眼睛思考着。“林奇，去医院看看她在不在。”

林奇离开时，洛蒂给博伊德打了个电话，艾玛也没有出现在那儿。

她转向娜塔莎，“我知道你肯定知道她在哪儿，所以你最好告诉我，小姑娘。”

娜塔莎看了母亲一眼，“她骑走了我的自行车。”她说。

伯妮的脸涨红了，“娜塔莎，我跟你说过——”

“说！”洛蒂喊道。

少女瘫坐在椅子上，她的唇膏上沾着面包屑，她说：“她可能和她男朋友在一起。”

第三十一章

洛蒂从玛丽安·拉塞尔家把博伊德接走了。到目前为止，在棚子里的木材下面还没有发现任何东西，但是燃料箱里的植物已经被带走进行测试。

洛蒂开车出发，博伊德系上安全带问道："她有男朋友？"雨刷嗖嗖地响着，试图跟上雨的步伐。

"娜塔莎承认的，罗肯·布雷迪，我们得查查他。"

"我们应该早点知道她有男朋友这事。"

"博伊德，别说了。"

"这个时候他不应该在学校吗？"

"他二十一岁。娜塔莎说他失业了。我们要在PULSE数据库核查一下他的名字。"

"你拿到他的电话号码了吗？"

"娜塔莎说她没有。"

"艾玛走到这儿来，是不是有点远？"博伊德说，眼睛盯着路。

洛蒂在医院转了个弯，便沿着墓地路往前开。"她骑走了娜塔莎的自行车。"

“那也一样的……”

洛蒂说:“她可能已经安排好在什么地方和他见面，他来接她。”

“不知道他有没有车?”

三分钟后，洛蒂把车开进一幢两层楼的房子。她想，这房子看起来如果没被遗弃的话，也像是没有人照料的。

她踩在涌向大路的泥浆上。一只懒洋洋的柯利牧羊犬躺在前门台阶上。它没有动。一辆红色的 2010 款本田思域停在房子的一边。

“如果那辆车离地面再低一点，你就得叫拖车了。”她记下了车号，等会儿再查，“还加大了排气管的马力。”

“还没看到这车就能先听到了。”博伊德说。

洛蒂敲了敲门。没有门铃，也没人应。他们走到房子的后面，狗静静地跟着。

院子里堆满了黑色的垃圾袋。有些被狗咬破了，也或许是被虫子咬开了，茶叶袋和蔬菜皮散落一地。洛蒂小心翼翼地迈着步子，从窗口往里张望。

“没人在家吗?”博伊德问。

“拉着窗帘，看上去空无一人。”她用力敲门。等待着，没有人出现。

“艾玛不在这里，去医院?”

“对。林奇现在应该到那里了。”

当她回到车上时，电话响了，是林奇。“艾玛不在医院，但你……”

“怎么了?”博伊德问。

“嘘。”洛蒂说。

林奇还在说话。洛蒂说："我们几分钟后到。"

她挂断电话，看着博伊德，"我想我们刚刚找到罗肯·布雷迪了。"

"在哪里？"

"他是火灾的受害者之一。"

*

聚在医院的走廊里，林奇向洛蒂汇报情况，博伊德懒洋洋地靠在墙上。

洛蒂澄清说："罗肯·布雷迪就是其中之一，可是还不知道是哪一个？"

林奇点点头。

"你怎么知道这个名字的？"

"我查了在村舍找到的那辆车的登记。"

"但我们刚从布雷迪家回来，那里有一辆红色本田思域。"

"也许是另一个人的，我们仍然无法确定这两个人的身份。"

"我们最好查下本田的车牌。"洛蒂转着圈踱步，用手拍着腿。"受害者还在昏迷吗？"

"是的，严重烧伤，手指被砍掉了。"

"所以可能是罗肯·布雷迪，也可能不是。"

"是的。"

"布雷迪的信息系统里有，看看还有什么和这个匹配。他的房间有人看守吗？"

"有，玛丽安的也有。"

"情况越来越复杂了，"洛蒂说，"布雷迪是艾玛的男朋友，他可能是被烧伤的人，也可能是那个死者。”

“不过，这些都只是娜塔莎的话。”博伊德说。

“但如果这是真的，它可能会把泰莎的死和大火联系起来。我现在要去看看那座村舍。”

“我做什么？”林奇问。

“找到那辆本田车的主人，确认被烧伤的受害者的身份，发警报找艾玛·拉塞尔。”

博伊德说：“要我回玛丽安·拉塞尔家去吗？看看现场调查有没有发现什么？”

“跟进一下。首要任务是找到艾玛。那小丫头从第一天起就不讲真话，天知道她要干什么，也不知道她和谁一起，但必须把她找到。”

洛蒂不等回答就拎起提包，跑下楼去了。

第三十二章

快下午四点了，天空乌云密布，洛蒂来到烧毁的村舍。

她望着湿漉漉的村舍余烬，它已经被警戒线围了起来。她把夹克拉到脖子处，把头发塞进兜帽里。气温已明显下降，东风正加速吹过贫瘠的田野。

听着呼啸的风声，听着雨水从头顶光秃秃的树枝上滴落下来，她抻抻胳膊和腿。她觉得自己好像整天都被关在办公室里，而实际上她大部分时间都在外面。看着自己的名字被站在小铁门旁边的警察勾了一下，她便向村舍走去。

屋顶塌陷了，内部结构还有个人物品要么烧毁了，要么被消防水管和其他器械浇透了，所以没有多大区别。一旦认定里面是安全的，就会开始搜查了。她想，现场调查组肯定任务艰巨。

一盏耀眼的灯照亮了后面，她走过去。警察们和现场调查组正忙着装袋和标记在绝缘外屋里发现的植物，幸好火没有烧到那么远。

她注意到外屋左边有一间铁皮小屋。三堵墙杂乱地立着，前面敞开挂着一根松垮的晾衣绳，牛仔裤、慢跑裤和 T 恤全都被烟熏黑了。她想，也许到圣诞节的时候它们就干了。

她走到现场调查人员面前，他手里拿着一个记事板。“我猜在花园中心可买不到这些植物。”她说。

“当然不能了，”他回答，“对于那些地方来说，大麻的价格可是贵得很。”

“他们对这事也不是很谨慎哪，是吧？”

“在这乡下，你种什么东西都行，谁都不会说一句。如果你不清楚它们有什么不同的话，它们就只是植物而已。”

“这是锁着的吗？”

“锁链和密码锁，但是一把好剪刀什么都能剪断。”

他转过身去检查另一袋同事拖过来的植物，等着装运的技术局的面包车。

洛蒂在院子里走来走去，她可以从树篱上看到远处一所房子的烟囱里冒出烟来。这里没有什么可做的，回到车里时，她很想知道米克·奥多德是否知道在他奶牛吃草的地方附近长着什么。

*

路虎汽车胡乱地停在村舍的一边。窗框上挂着网眼窗帘，从饱经风霜的样子看，前门很久以前就漆成了绿色。烟囱上的卫星天线在越来越大的风中发出可怕的吱吱声。

一只大黑狗跑了出来，绕着她的车轮转。洛蒂关了引擎下车，祈祷它能走开，可它没有。

“走开，嘘。走开，好狗狗。”她转了几圈，试图不让那动物跳到她身上。是只黄牙、流着口水的罗威纳犬。“下去，狗！”

“怎么这么吵？”一个男人转过了屋角，“下来，乖。梅森，躺下。”

那条狗狂吠着，久久地看了洛蒂一眼，然后转身走到主人跟前。

“你是谁？”他问，同时把狗拴在谷仓墙上的钩子上。从他那顶尖顶的花呢帽子下面露出一缕缕灰白的长发，洛蒂猜想他至少有七十岁了。

“督察洛蒂·帕克。”她亮出自己的证件，“你是……”

“我想你已经知道我是谁了。”

“你的狗好像不喜欢我，奥多德先生。但你一旦了解我，就会发现我还不错。”听着自己试图开的玩笑，她笑了笑。

奥多德表情古怪，脸扭曲成一种难以理解的神情，“我希望你不会在这儿待太久，来不及知道。”他瞥了一眼证件，伸手紧紧地和她握了手，大掌把她的手包住，“我能帮你什么忙？”

当风把他身上的气味吹向她时，她尽量不明显地往后退缩。他闻起来像个做爱后没洗过澡的人。洛蒂打了个寒噤，心想这奥多德大概很久没有进行过这样的运动了。

她坚定地站住，面对着上升的风说：“我刚才就在附近，不知道你是否知道路那头烧毁的村舍的事？”

“今天早上我和一个侦探说过了。”他嗤之以鼻，摇了摇头，“你们相互间不聊的吗？”

他转身朝一个大棚子走去。

洛蒂跟上去，“聊哇，但我是那种好奇的人，喜欢听第一手的东西。如果你不介意的话。”

“我介意，我很忙的，我这一天已经够难过的了。奶牛在挤奶的棚里等着我挤奶呢。”

“别让我耽误你了，你忙你的，我就看着，听你说。”

他继续往前走，一只手举着，示意她这块需要穿惠灵顿长筒靴。

“这是个挤奶棚，是吗？”洛蒂扫视了一下大谷仓。两排奶牛，头穿过铁栏杆，嚼着干草，奶头连着后面的挤奶机。

“我敢肯定你不是来上农业课的。”他脱下挂蜡的夹克，挂在一根柱子上，然后开始检查机器，一边走一边拧紧和松开。

她在门口徘徊，“你有几头母牛？”

“三十头，以前有两百头。奶业的生意不多了，但它使我有事可做。我也进行肉牛养殖，小母牛和公牛。”他指着村舍另一边的一排动物。

“天哪，它们真大！”洛蒂打量着站在板条地板上的动物们说。它们看起来又高又壮。她转过身去看正在被挤奶的奶牛，“这样做，会伤害到奶牛吗？”

他讽刺地笑了，“你为什么不问问它们？”

她双臂交叉，靠在墙上。“也许下次吧，”她说，“跟我说说那座村舍吧，谁住在那里？”

“从来没见过任何人。听到过一辆排气量很大的车，一周有那么几次吧。肯定是他们把甜甜圈扔到路上，到处都是。但他们没有打扰我，所以我从来没有理由报警。”

“直到今天早上。”她张开双臂，进一步走近围栏，抓住一根栏杆。她旁边的牛抬起了尾巴。

“是喽，直到今天早上。”奥多德看了看，“如果我是你，就不会站得太近。”

“为什么不？”牛屁股上的屎蹿到了稻草铺的地板上。“好吧，我明白了。”

他笑了。她认为这听起来与其说是在开玩笑，不如说是在嘲笑。她退到门边守着，不得不在机器的噪声中大声喊叫。

“你看到火焰的时候正在家里，对吗？”

“我在家，准备开始新的一天。向窗外望的时候，就像篝火之夜一样。”他朝村舍的方向点点头，“坐上我的路虎，我冲到路上，一看到情况有多糟，我就打电话给消防队。”

“你注意到屋里或附近有人吗？”

“房前有辆车，但我不确定屋里是否有人。火焰熊熊燃烧，我也不年轻了，也不是一个胆大妄为的人，所以我没有冒险走过大门。”

洛蒂看着奥多德挨个儿走到奶牛身边，一边走一边踢着稻草。

“这么说你没有走近看看是否有人需要帮助？”她问。

在他长途跋涉回到她身边之前，奥多德宽阔肩膀上的肌肉似乎在格子衬衫下一收一缩。他在一堆干草上擦了擦手，穿上夹克。

“我不是英雄，探长。”

“你知道谁拥有或出租了这座村舍吗？”

“不清楚。也许是通过房地产中介。”

在谷仓门外，狗狐疑地看着洛蒂，咆哮着。

“你为什么养这么危险的动物？”

“我独自生活，这里很偏僻，养梅森部分是为了有个伴，主要是种保护措施。它是一条很好的看门狗。”

洛蒂本来要问他有没有养狗执照，但她决定不去碰运气。

“它不会追赶你的牲口吗？”

“我把它训练得很好。”他解开链子，拿在手里，狗拉在链子的另一头。“还有别的事吗？”

“你独自生活，结婚了吗？”

“没有。”

“孩子呢？”

“为什么要问这些问题？”

“我说过，我只是好奇。”

他抬头看着天上翻滚的云，“暴风雨就要来了，你应该回城里去了。”

“那些是什么？”洛蒂指了指第二个谷仓旁边的三个蓝色大塑料桶。

“苞米酸。”

“爆米花吗？你在骗我。”

“不是爆米花，是苞米酸，一种酸，与燕麦和大麦混合给牛吃的。这些酸用光了，我把它们洗干净，用来收集雨水。”

“那边的那台机器是什么？”她指着一件装有大型钢转子的设备说。

“你想上免费的农业课，是吗？”

“只是……”

“好奇。这是泥浆搅拌器。你问完了吗？我很忙。”他松开铁链，狗狂吠起来。

她的脑子里有一种隐隐的不安。奥多德是不是在隐瞒什么？还是他只是一个报了火警的市民？“我可以用一下洗手间吗？”她壮着胆子说，这是一个进入屋子窥探的诡计。

他朝她迈了一步，狗围着他的腿转。“里面正在装修，你可以用外面的，不过我不建议你用。”

他指着村舍旁边一扇开着的门。洛蒂看得到地面泛绿。

“啊，没关系。我会看着办，一会儿就回来。你必须对火灾做正式的笔录。如果你愿意，现在就可以做。”

“不，我不愿意。全都告诉你们警探了。”

“那是口头的。来警局一趟，或者我明天派人过来。”这会儿洛蒂对他已经忍无可忍了。

“我一有时间就去。满意了吗？”

“我想你听说在康默尔发生的谋杀和绑架事件了吧？”

“啊，我听说了。”

他脸上是闪过一片阴郁，还是只是风吹过树林闪过的阴影？

“你认识泰莎·鲍尔吗？”

他低下头，沉默了许久，她以为他陷入了恍惚。最后，他从起皱的眼皮底下抬起头来，鱼尾纹更深了，“上了年纪的人都认识泰莎。”

“愿意告诉我关于她的事吗？”

“没有可说的，她现在已经走了，就这些。”

“噢，拜托，我对她了解不多。”

“你还是走吧，让我回去干活。”

“你在这里务农很久了吗？”有什么东西让她无法离开。一阵风吹起一只铁桶扔过院子，狗叫了起来，奥多德没有理会。“我一辈子都在这儿。我和我父亲一起打理农场，后来他英年早逝，农场一直是我在经营。”

“你母亲呢？”

“你的问题也太多了不是吗？”

“这是我工作的一部分。”

“我的家谱与你无关，你最好记住你自己的家族史，帕克督察。不是所有的人都外表光鲜，不是吗？”

洛蒂正要向她的车子走去，却停了下来，转过头看着奥多德，觉得脸上的血在向上涌。他知道他戳中了她的要害，因为她看到他举起了手。在道歉吗？

“你这话是什么意思？”她急忙问道。

“什么都没有，”他笑着说，“我只是随便说说。”声音像猫铃铛，像打碎玻璃一样。

她走向他。狗向前蹿，铁链挣得紧绷着。她不在乎。她向奥多德走去，声音在大风中像耳语一样，她说：“你对我家了解多少？”

“嘿，别问了，”他抓紧铁链，又卷了一圈，把狗拖得离他的腿更近，“我的意思是，我们每个人都有不可外扬的家丑，我们都想把它们锁起来，不让别人窥探。你也一样。”

洛蒂的上衣猛地被吹开，风像一把锋利的刀锋穿透了她。

“我很想知道你什么意思。”

“我想你已经知道了。如果你不介意的话，我今晚很忙，我明天进城时再到警局去一趟。”他正了正帽檐，另一只手指着她的车，“你最好在暴风雨困住你之前离开。”

洛蒂还是觉得心里有只利爪在抓她，她上了车，倒车出了大门。开车离开时，她从后视镜里看到奥多德站在那里看着。楼上窗户上的窗帘抖动着，是风呢，还是有人在呢？

她摆脱战栗。他是在威胁她吗？他知道她父亲的事吗？或者是关于艾迪，她死去的哥哥？不管是什么，当她觉得他实际上是在试图转移她的注意力时，他却激起了她对他的兴趣。

还有火灾。难道一个正常人不是要确定在着火的村舍里没有人，或者尽一切力量拯救他们吗？但是很显然，奥多德目睹了这个地方在大火中被烧毁，一个人被烧死，另一个人命悬一线，消逝于指尖。她又感到脊柱一阵发凉。另一个人还没有手指。

*

奥多德看着探长的车开到山顶，向城里驶去，他如释重负地叹了口气。她没有注意到房子旁边的那辆自行车。他把奶牛赶到第二个牛棚里，在挤牛奶厅旁边。他关上了门，把狗拴起来。

他脱下靴子，在台阶上猛踢，把大部分牛粪都刮掉，让靴子自己晾干。厨房很干净，但空无一人。他走进大厅，朝楼上喊道。

“你现在可以下来了，丫头，警察走了。”

他等了一会儿，才看见她从栏杆上探出头来。

“不用害怕。”

她把眼镜往后推到鼻子上，小心翼翼地走下楼梯，眼睛也跟着往下看。

“你先坐下，我现在给你沏杯茶。”他边说着边去把壶里的水烧开。

第三十三章

洛蒂开到主路时突然掉头，向塔拉莫尔的尸检房开去。无论奥多德是有意还是无意的，都使她想起了她的父亲。

简·多尔把开水倒在甘菊茶袋上。

“洛蒂，你需要什么帮助呢？”

洛蒂把杯子握在手里，让温暖驱赶指尖的冰冷。

“今天早晨送来的尸体，你进行尸检了吗？”

“躺在桌子上呢。严重烧伤，但不是死于火灾。”

“什么？”

“我发现他肋骨上有几个伤口。还要做些检测，但我认为他是被刺伤的。肺里没有烟，说明他在火灾前就死了。”

洛蒂慢慢领会这一消息。被谋杀的。其实看到另一个受害者的手指被砍掉，她就已经如此怀疑了。

“贩毒团伙。”她自言自语地说。这会把爱尔兰国家毒品稽查部引到她的辖区来，“但就为了这些大麻，这样做也有点极端了。”

“上午我就会把初步结果用电子邮件发送给你。”

“我们怎么能确认他的身份呢？”

“我拿到了他的牙齿印模，今天晚些时候或明天上午就会有更多消息给你了。”

“谢谢你，简！”洛蒂喝了一口茶，让她稍微放松一下，只放松一点。

“你还有别的什么想聊聊吗？”

“是关于我爸爸的。你看，据说一九七五年他自杀了。”

“我很抱歉，”简疑惑地看着她，“你说‘据说’？”

“在过去的几个月里，我一直在私下调查他的死亡情况，跟进他以前的同事，询问、打听这些老年人的生活，却没有任何头绪。”

“你为什么要那样做？”

“我在想爸爸为什么开枪自杀？那时我才四岁，我哥哥十岁。”

“他患了抑郁症？工作压力？”

“他那些在世的同事，说他们不记得了，好像他们不想谈论他。我妈妈什么也不告诉我。”

“你试过和她谈谈吗？好好说说？”

洛蒂笑了，“试过。这么多年，我一直想知道到底发生了什么。几个月前，她给了我一个盒子，里面装着我父亲的东西。”

“这里有什么线索吗？”

“什么都确认不了，只有些剪报、笔记本，没有遗书，妈妈说根本没有。”

“当时有调查吗？”

“有审讯。我想，因为他是爱尔兰警察厅的一名现役警官，所以似乎没什么大惊小怪的。高级官员当时可能希望一切都平息下来。”

“结论是什么？”简问。

“用致命武器自杀。我很惊讶他竟然能按天主教的方式埋葬。”

“他从哪儿弄来的枪？”

“从警局的武器柜里拿出来的。偷了钥匙，偷了枪。”

“我猜验过尸吧，你想让我找找吗？”

“麻烦你了。我有一些照片和死亡证明，如果你能查下存档的东西就太好了。”

简瞥了一眼死亡证明，“我去看看。”

“谢谢你，简！”

“我不能保证什么。”

“我知道，但我想如果你能查一下存档文件，也许就能告诉我是怎么回事。”

“他在哪儿自杀的？”问得冷酷而专业，简的冷淡让洛蒂畏缩。

“在花园尽头的工具棚里。”

“据我的经验，警官通常是在自己的工作场所自杀。他会选择在家里，很不寻常。”

“我也是这么想的。”

“我只是在推测，洛蒂。”

“我知道，但你能给我任何东西我都很感激。”

“你真的想知道他为什么这么做吗？”

“如果是他做的。”洛蒂说。

“我只和事实和证据打交道。我查一下档案。”简呷了一口茶，“谁发现了他的尸体？”

洛蒂沉默了一会儿，一个影像掠过她的眼睛。一段记忆吗？不会，那时她还太小。

“我哥哥艾迪。据母亲说，这事让他性情大变。他后来去了圣安琪拉学院，在那里被杀了。”

“你的家史太悲惨了，洛蒂。”

“我知道。太悲惨，我妈妈都不肯帮我。”

“我敢肯定，如果你和她坐下来，告诉她这对你有什么影响，她会告诉你的。”

“你不了解我母亲。”洛蒂冷冷地笑着说。

“她给了你那盒纪念物，不是吗？”

“这么多年，我一直在苦苦寻求答案，但她只给了我这些，我现在都不知道是什么促使她把东西交给我的。”

“也许是因为你发现了哥哥的尸骨。”简拿起两个杯子，“和她聊你父亲去世前那几周的生活。如果有人能让她开口的话，洛蒂·帕克，那个人只能是你。”她从凳子上滑下来，把杯子放到水槽里。

“谢谢你，简。”洛蒂抓起提包。

“关于你父亲自杀的事，我不能保证什么，但明天上午我会把初步结果给你。”

“初步结果？”洛蒂转过身来，眉头紧锁在一起。

“烧焦尸体的。”

“哦，对。”

洛蒂离开简和验尸房，向停车场走去，差点被风吹得站不住脚。暴风雨来了。

第三十四章

洛蒂从塔拉莫尔回来的时候，办公室里很安静。她的车在高速公路上的时候被风一阵推搡，感觉就像飓风在她的脑子里吹过。她需要问问柯比他对米克·奥多德的印象。

坐在办公桌前，她立即打印了一份她与那农民谈话的记录，省去了他含蓄地影射她家庭的内容。复印机静悄悄的，电话异乎寻常地安静，她的侦探们都不见踪影。她希望他们是出去找艾玛·拉塞尔了。如果艾玛不在罗肯·布雷迪的家里，而布雷迪就是躺在医院里的那个人，或者是躺在简·多尔不锈钢床上的那个人的话，那么她在哪儿？

洛蒂打开抽屉，看到父亲的剪报，想起要把泰莎·鲍尔的信看一遍。她把桌上乱七八糟的东西移开后，找到了复印件。它们能不能给她一点线索，说明老太太为什么被谋杀？

“我已经仔细看过了。”博伊德说着走了进来，侧身坐在书桌前，长腿伸到前面，向后一靠，打着哈欠。

“当然了。”洛蒂默默地咒骂着，他总是领先她一步，“然后呢？”

“什么都没有。”他卷起衬衫袖子，“从外表看就是情书。她丈夫什么时候死的？”

“我怎么知道？”

“我知道。”博伊德傻笑，“蒂莫西·鲍尔在他们结婚四年后去世。一九七〇年死于心脏病发作。”

“守寡的日子可真长！”洛蒂想起了自己的母亲，她做寡妇的时间跟泰莎差不多，都没再婚。自己会吗？

博伊德说：“但所有的信件都没有注明日期和署名。”

“匿名信？她为什么要留着它们？”

“我们不能问她了，对吗？”

“真逗。”洛蒂说，但两个人都没有笑。她把复印件浏览了一遍。它们读起来确实像情书，为什么不署名呢？

“万一她丈夫发现了呢？”

“但它们可能是在他死后写的，所以这说不通。我们找到艾玛的时候，可以问问她外祖母的事。玛丽安·拉塞尔那儿有消息吗？”

“他们还需要几天时间才能让她从昏迷中苏醒。还有，不用你问，那个被烧伤的人仍然生命垂危。”

“罗肯·布雷迪肯定是火灾的受害者之一。”

“如果艾玛和他是一起的，她可能会有危险。”

“还是没有她的影子吗？”洛蒂把信折回去放进文件夹，博伊德摇摇头，“消失在风中。”

“我很担心，她遭到接二连三的打击，先是她外祖母，然后是她妈妈。她的父亲还是我们的头号嫌疑人，她的男朋友可能已经死了，或者在医院里奄奄一息。”

“她还不知道他的事。”

“也许她知道，我希望她与毒品无关。哦，我差点忘了。”

她把包拉到桌子上，拿出从玛丽安·拉塞尔房间里拿走的那本书。书下面，两个塑料证据袋依偎在一片混乱之中。

“我去给艾玛拿衣服的时候在她家里发现了这些。”

博伊德走了过来，坐在她的桌子边上。他拿起收据。“丹尼酒吧，拉塞尔家遭袭击的那天晚上，两品脱喜力啤酒，晚上十九点零四分。通过密码验证，是VISA借记卡。这是亚瑟·拉塞尔工作的地方。”

“酒吧经理也许能查一下他们的记录，看看是不是他的。”

“机会渺茫，但我们可以试试。亚瑟可能在回家之前喝过酒。”

“如果是他，大衣就证明他在犯罪现场。也和银行核实一下，看看这笔交易是不是他的。”

博伊德瞥了一眼卷起的钞票，“这钱，怎么回事？”

“藏在艾玛衣柜底下的一双运动鞋里。”洛蒂按照要求戴上乳胶手套，从钱上取下头绳。她把它们平放在一个塑料文件夹上，数了数，“九百五十欧元。”

“跑路的钱？”

“那么，如果她是逃跑了，现在却没带钱。毒品钱？”

“如果她和罗肯·布雷迪混在一起，那是有可能的。”

“他有前科吗？”

“有。”博伊德回到他的办公桌上，打开PULSE数据库，“藏毒，量不足不构成毒品供应。缓刑。去年三月份。”

“有没有任何已知的同伙？”

“没有。他被判持有毒品。在那之前和之后都没有过，滴毒不沾。”

“不沾得不够彻底。我们找到布雷迪家那辆车的注册车主了吗？看看那辆车是不是他在烧毁的村舍里的车。”

“柯比知道细节。”

“话说他在哪儿？”洛蒂走过去查看柯比的桌子，拿起一份电脑打印出来的资料，“登记的是罗肯·布雷迪，所以，这个小伙子名下有两辆车。他挣的钱肯定比他从救济那儿得到的多。”

“什么事他都插手。”博伊德说。

“现在手指都没了，”洛蒂说，“简说村舍的尸体是被人刺死的，并非死于火灾，案件又复杂了。”

“肯定和毒品有关。”

“似乎是，但为了一小点大麻就谋杀？我不这么认为。”

博伊德说：“毒品部门的家伙们会到这里来的。”

“科里根马上也要盯上我们了。”

“也会盯着他们的。”

“我需要仔细想想，明早专案小组一早就开会，我们必须弄清楚到底是怎么回事。”她站起来拿夹克，“我回家了。”

“我再做进一步调查，看看能查到什么。”

“和毒品部门联系一下，罗肯·布雷迪可能也在他们的监控范围。”

“亚瑟·拉塞尔呢？我还要把他带进来审问吗？”

“要。大衣和收据是新的证据，看看他有什么话要说。”

“我去叫柯比和我一起审讯。好好享受今晚剩下的时光吧！”博伊德头也不抬地说。

她没有回答，留他在那里，伴着暖气冷却的嗡嗡声过夜。

第三十五章

天黑了，教堂的钟敲了七下。洛蒂走出来，差点儿被风吹走，她抓住栏杆稳住自己，然后转身去院子里取车。

“你在这儿。”

洛蒂叹息道：“是你。”

卡瑟尔·莫罗尼一边站到她身旁，一边努力抓牢手里的大高尔夫伞。

“私下聊聊，”他迎着风大喊，“拜托。”

“随你说‘拜托’‘谢谢’，随你怎么拍马屁，但我什么都不能说。”她闭上嘴，在包里找钥匙。

“跟毒品有关，对吗？”

“不予置评。”

“我听说罗肯·布雷迪也参与其中了。”

“你从哪儿听到的？见鬼。”

一阵儿风把他的伞卷了起来，他却得意地说：“我就知道。”

洛蒂转过身来，一根手指戳在他的胸口，“在得到官方结论之前，你什么都不知道，明白了吗？”

“我想和你谈谈这件事。你看，我正在自己调查村镇的毒品问题，我想——”

“打住，莫罗尼。”终于，她的手指抓住了包底的钥匙。她把它们高高举起，指着大门，“这是私人财产，如果你不想让我逮捕你，我建议你离开，马上。”

“你大错特错了，探长。”莫罗尼双手抓住伞，“等你意识到这一点的时候，来跟我谈谈。我有很多你可能感兴趣的信息，有年头的信息，仔细想想吧。”

洛蒂弯下腰去开车门。也许她应该和记者谈谈，看看他有什么，如果有什么不同的话。但当她转过身来时，他正被伞拖着跑出了大门。

也不是必需的，她想。但是当她开车回家的时候，车子在空荡荡的街道上摇晃着，她在想，没听他说是不是太愚蠢了？正如她母亲常说的：“时间会证明一切。”

第三十六章

亚瑟·拉塞尔重重地坐在钢制椅子上，面对着两个侦探，一边听他们过流程，一边摆弄着录音设备。

“能来杯像样的茶吗？”他问，“我是自己来的，没带律师，至少给我弄杯茶来吧。”

“你要我们给你的律师打电话吗？”

“加两块糖的茶就不错。”他需要血液中的某种物质来保持注意力集中。到目前为止，律师给他带来了不少好处。他会听着，避免掉坑里。

那个胖乎乎、头发浓密的侦探，就是那个自称柯比的人，端着茶回来了。拉塞尔细细品味着，尽管它是装在纸杯里，但至少是热的。糖在他脑子里翻腾，不止两块，他想，这些家伙也要他保持警觉。

“你知道你女儿在哪儿吗？”

他没想到会被这么问。“你在说什么？你不是告诉我她在那个凯莉家里吗？”

“之前是，但她跑了，你看见她了吗？”

拉塞尔要站起来，那个魁梧的侦探把他往后推了推。“发生了什么事？艾玛在哪儿？我要离开，我得去找我的女儿。”

“坐下，拉塞尔先生。你知道她可能在哪儿吗？”

他喘不过气来，想把话从嘴里说出来，“试试我的工作室……小屋，她有时会过来听我演奏音乐。你打电话来的时候我正在上班，她可能在那儿。”

“我们确认过了，她不在那里。早些时候她骑走了娜塔莎的自行车，娜塔莎说她可能去找她男朋友了，你知道吗？”

“艾玛没有男朋友。”

“你确定吗？”

他的手疯狂地抓着头，努力思考。没有，他从没听艾玛提起过任何人。“他叫什么名字？”

“罗肯·布雷迪，有印象吗？”

“没有。”他的大脑疲惫不堪，无法运转。罗肯·布雷迪？他感觉听说过，但他不打算告诉这两个傻蛋。

“这是你的吗？”博伊德把放在塑料袋里叠好的黑夹克放在桌上。

“我有一个像那样的。”拉塞尔说。他放下杯子，把袋子拉向自己，“看起来太新了，不可能是我的。不是我的。”

一张 A4 纸被放在他面前，他可以看到纸张的中心是一张收据的复印件。

博伊德说：“泰莎·鲍尔被谋杀那晚你的说法，有什么要改动的吗？”

拉塞尔把复印件推给侦探，问道：“我为什么要改呢？这是事实。”

“你说你下班后直接回住处去了，而这说明你没有。”

拉塞尔拉了拉胡子，“我就喝了一品脱，好吗？没有犯罪。”

“是两品脱，谁和你在一起？”

“没人哪，我一起点了两份，这样喝更快。”拉塞尔扫视两个侦探的表情，知道他们认为他在胡说八道。

头发浓密的那个哼笑了一声。

“什么事这么好笑？”拉塞尔问。

“我经常这样。”

“你看，我早就告诉过你了。”

博伊德说：“你从没提过喝酒的事，为什么？”

“我忘了。直到你给我看了……收据，我才想起这件事。”

“我们在房子里找到了你的夹克，凶器上有你的指纹，你能解释一下吗？”

“凶器？”

“棒球棒。就是你送给你女儿的那个。”

拉塞尔认为进攻是他最好的防守方法，他说：“为什么我的指纹在棒球棒上？这该死的东西是我买的！”

“那夹克呢？”

“这不是我的。”

“你的收据在口袋里。”

“我说它不是我的。”

“收据吗？”

“不是，蠢货，夹克。”

“可是你说过你有一个和它一模一样的夹克，酒吧经理向我们证实这两品脱酒是你买的时候，也说看起来像你的。”

“它可能看起来像我的，但它不是。去看看我的住处，你会找到我的。比这个更旧，被雨淋得湿漉漉的，我把它挂在那儿了。”

“我有你在那个家庭旅馆房间里所有东西的清单，没有夹克。”

“一派胡言。”

“这是事实。”

“去你的。”拉塞尔交叉着双臂，靠在椅背上。

小不点儿和傻大个儿都不能把泰莎的死归罪于他，“不管我有多少次真的想过要杀了那个老太婆，但我都没做。”

“你承认你有杀人的念头？”头发浓密的那个一惊。

“现在，我就想杀了你们两个。因为这个要逮捕我吗？”

“你承认谋杀那天晚上在丹尼酒吧喝过酒吗？”

“承认。”

“一个人？”

“是的。”

“你有一件黑色的夹克吗？”

“没有律师在场，我一个字也不会说。”

“谢谢你，拉塞尔先生。”

“我现在可以走了吗？”

“很抱歉，我们会打电话给你的律师，现在我们有了新的证据，你会因为谋杀泰莎·鲍尔而被捕。所以，除非你开始告诉我们一些有用的东西，否则你会在这里待上一段时间。”

亚瑟注视着两个侦探，他们关掉了录音设备，密封了光盘，做了其他必须做的事情。他喝干了茶，用手指抹了抹杯子底部，把剩下的糖舔掉了。

当他被带出审讯室等候律师时，瞥了一眼装着夹克的塑料证据袋。亚瑟·拉塞尔知道他今晚睡不着了，但绝不是因为茶里有糖。

第三十七章

安娜贝尔·奥谢深深地吸了一口气，推开前门，驱散了不祥的预感。她的手在颤抖，腿也疼得像走了好几英里路。

她探头向起居室里看去，十七岁的双胞胎皮尔斯和布朗娜正在看电视上的美国篮球赛。没有课本的踪迹，咖啡桌上摊开了两袋爆米花。她希望在奇安下楼之前他们把它们收拾好。

“嘿，妈妈！”布朗娜说，挥着手，却没有回头。

“你回来晚了。”皮尔斯站起来说。

安娜贝尔拥抱了儿子，儿子开始收拾咖啡桌。她摩挲着女儿的长发，“你们俩回自己的房间开始做作业吧。”

双胞胎收拾起书包，关掉电视，上了楼。她朝厨房走去。

厨房里干净得闪闪发光。奇安又神经质了，她叹了口气，每次爆发后他都这样做，满心忏悔。他认为打扫房子能让事情变得更好。柑橘的香味附着在每样东西上，她的眼睛湿润了。

有那么一会儿，她真希望他死了。不，她不该那么想。她想起了洛蒂·帕克守寡的苦苦挣扎，努力抚养三个十几岁的孩子和一个外孙，还要应付一位好胜的母亲。那母亲只有在心情好的时候才会帮忙。“我是幸运的。”安娜贝尔对自己说。

她把手提包和从车上拿下来的装着杂货的塑料袋扔到桌子上，拉出一把椅子坐了下来，等奇安下楼要求开饭，他对家庭生活的执念还没有扩展到烹饪。她想叫外卖，中国菜，也许印度菜，都应该不错。如果昨天的事让奇安足够忏悔的话，他可能会同意。但他的情绪爆发越来越频繁，他的悔恨也越来越不真诚了。自从他发现了她和汤姆·瑞卡德的风流韵事后，他变得更有兽性而不是人性了。难道他的愤怒和暴力一直在表面之下酝酿着吗？她是不是一直沉浸在自己的世界里而没有注意到呢？

他出现在门口，没有微笑，手握紧又松开。她做好迎接猛攻的准备，祈祷只是口头上的谩骂。他不敢孩子在家的时候碰她。

“你回来晚了。”他低声咆哮着。

“外科今天很忙，雨天好多人都感冒流鼻涕。也不是说我可以用任何东西来治疗他们的感冒，但这并没法阻止他们来。”她凝视着他。他黑暗而坚定的眼睛也盯着她，她知道自己语无伦次了。“你今天工作效率高吗？”她继续说。

“你觉得呢？”他把身后的门关上。

安娜贝尔闭上眼睛，疲惫渗透进她的骨头，疼痛在她烫伤的手上悸动。

“看着我。”他说。

她感到他的手指向上捏她的下巴，她的眼睛睁得大大的。“奇安，住手。你弄疼我了。”她试图把他的手从脸上拿开，他更加用力。“你会留下瘀青的。”她噘着嘴咕哝着。

“我要你把你今天的动向一五一十地告诉我，每一分钟都要说，别忘了什么，我会知道你是不是在撒谎。”

自从他发现了她出轨的事，他就一直监视着她，好像她是个重罪犯，而他是个侦探。她无可奈何地叙述了一天的活动，没有提洛蒂的来访，这事奇安用不着知道。

突然，后脑勺上挨了一巴掌，使她措手不及。“说谎。”他说，嘴唇靠近她的耳朵。

“我说的是实话，我可以调出笔记本电脑上的日志，你可以检查。”

“我知道你的日志，和我的账户联着。”

安娜贝尔试着正常呼吸，他离得太近了。她应该知道，像她丈夫这样的电脑怪才能拿到她所有的数据，但日志里没有记载洛蒂的来访。她是突然到访。奇安不可能知道她来过。

她说：“这样你就知道整天都有谁进进出出了。”

“洛蒂·帕克，你为什么不提她？”

他放开了她的下巴。

安娜贝尔抑制住想要伸手去抚平肉体疼痛的冲动，“我得准备晚饭了，除非你想叫外卖？”

“别想转移话题，我问你问题呢。”

他怎么会知道洛蒂的事呢？他一直在跟踪她吗？

“日志里没记录她，因为她临时来的，手术前来的。有什么大不了的？”勇敢点，她鼓励自己。

“我告诉你有什么大不了的。你是个谎话连篇、水性杨花的婊子。现在是我掌控着你的生活，如果你做了什么事，哪怕是一件小事而不告诉我，你将再也看不到两个孩子。”他朝天花板扬扬头。

“我明白了。”

他的手抓住她的肩膀，手指掐进骨头里。一点一点向喉咙处移去，每动一下都掐得更紧。她不敢呼吸，试图瞪他让他退却，但不得不眨眼睛。像是有肿块把她噎住了，她咽不下去。他的手指压得更紧了，她双腿变软，膝盖弯曲。

正当她觉得自己肯定要晕过去的时候，他放松了力道，把手拿开。

他把嘴唇贴在她的耳朵上，使劲儿地吮吸着，牙齿咬住耳垂。她想要尖叫，但设法抑制住了。

“我在监视你的一举一动，”他冷笑着说，“一——举——一——动。”

他放开她，安娜贝尔瘫倒在桌子上，试图喘口气。当她听到门在他身后关上时，她跑到水槽吐了起来。

*

他走进书房，锁上门。

“贱人！傻婊子！”他说着，在电脑控制台前坐下。他有四个屏幕：一个是工作用的，一个是玩游戏用的，一个是查看家里各处的摄像头，另一个是查看她办公室里的摄像头。

他检查了她的手机，都是通常的琐事。他确信她没有新情人，但这一次他不会放过任何机会，尤其在那个混蛋瑞卡德诱惑她之后。

不，奇安·奥谢不会给她留下任何机会的。

他在屏幕上轻轻一弹，打开文件夹，调出照片。

“你会付出代价的。”他说。

但首先，洛蒂·帕克需要被疏远。

第三十八章

她回家比平时早一点。没什么影响，房子还是老样子，她的家庭依然如故。

肖恩在楼梯下大喊:“老妈，你知道光合作用吗?”

“问问克洛伊或者凯蒂。”

“他们不帮我，作业必须明天交了。”

洛蒂靠在门上，闭上了眼，深吸一口气。

“对不起，肖恩，我不知道哇!”

婴儿的尖叫声使她警觉到他在客厅里。她把头探过门，凯蒂躺在地板上，睡得很熟，小路易斯被毯子裹着，躺在她臂弯里。

洛蒂把他抱起来，没有吵醒女儿。她把小男孩抱在胸前，来到厨房。她“啪”的一声打开电暖器，瞥了一眼时钟，想着克洛伊这会儿可能在哪儿。她在消毒器旁找到一整瓶配方奶粉，坐在扶椅上开始喂婴儿。也许是她那咕噜噜响的肚子让他平静了下来。

路易斯吮吸着奶瓶，洛蒂想，这种平静与她所忍受的忙乱的一天相比，简直是天壤之别。工作与生活的平衡，这不是管理理论里总说的吗?她怀疑住在顶层套房的人是否过着和她一样的生活。然后又想起莫罗尼，他那血猎犬鼻子，是嗅到什么故事了吗？而她的母亲仍然拒绝告诉她关于她父亲去世的任何事情。

外孙的蓝眼睛闭上了，她羡慕他长长的睫毛。她想到了孩子的父亲贾森·瑞卡德。汤姆和梅拉妮有权知道他们有孙子了，她必须和凯蒂谈谈这件事。很快，明天吧，也许。

“你要做晚饭吗？”肖恩摇摇晃晃地穿过厨房门，头几乎碰到了门楣。如果他再长高，她就得把房顶掀起来。她笑了。是宝宝让她放松了吗？

“我喂完他，再做点饭。”

“我可以把东西从冰箱里拿出来。”他说。

她想这对他来说比做作业容易多了。

肖恩去了储藏室，拿着一个冷冻比萨和一袋薯条回来了。

“哪个开关是开烤箱的？”

*

肖恩给大家做了晚饭。克洛伊回来了，她脾气很不好，咚咚地爬上楼，“砰”的一声关上了卧室的门。

“男朋友问题？”肖恩说着，回了自己的房间。

洛蒂想问问克洛伊关于艾玛的事。两个女孩曾是朋友，尽管艾玛在学校比克洛伊高一年级。但她想，让女儿再次卷入案件中合适吗？不，也许不合适，尤其是上次之后。

凯蒂把路易斯放进童车里推来推去，想让他睡觉。

博伊德打电话说他们正准备逮捕亚瑟·拉塞尔。很好，现在也许他们会把泰莎·鲍尔的案子结了。洛蒂决定是时候和妈妈严肃地谈一谈了，于是她留孩子们在家，向暴风雨中走去。

*

罗斯正搅着锅里炖的汤。

“你能坐下来待五分钟吗？”洛蒂问，想把她飘散的头发弄平。从车里跑到门口十秒钟，她差点弄了个冲天版玛丽·波平斯发型。

“我站着也能说话，小姑娘。”

开场不顺，她不得不低声下气。

“妈，拜托，这很重要的，我需要跟你谈谈。”

“你说，我听得见。”罗斯·菲茨帕特里克在考验洛蒂的耐心，简直到了极点。

“我已经和我能找到的所有和爸爸一起工作的人谈过了。”

“肯定有所启发，那些老顽固。”

洛蒂对自己笑了笑。她母亲从不承认她自己老了。

“我无法理解他……他在工具棚里自杀，在家里。”

“那几个月，你父亲已经不是他自己了。工作不顺利，对他来说压力太大了。”

“可是从警察局偷支左轮带回家？为什么不在兵营里，或者在湖边呢？除了这里，其他任何地方都行啊！”

“洛蒂，这正是我不想让你调查这件事的原因，你得到的问题会比答案还多。”

洛蒂把亚麻台布的一端绕在手指上，说：“这说不通，也没有遗嘱。为什么不查呢？”

罗斯转过身来，手里拿着勺子，汤滴到了地上。

“你把桌布弄得一团糟。”

洛蒂放开桌布，正想要说汤的事，却克制住了自己。

“我给了你那盒文件，都在那儿了。”罗斯摇了摇勺子。

“肯定还有更多。”

“你永远不知道什么时候该放弃，小姑娘。”

“小？我真的觉得自己很老了。我能再去阁楼看看吗？”

“不行！”罗斯把勺子“砰”地摔在桌子上，橙色的液体溅在白色的亚麻布上，溅到了洛蒂的脸上。

她跳起来抓住妈妈的胳膊，“来坐下。”

“我刚才做了什么？”罗斯扔下勺子，坐在椅子上。她突然看起来很老。

“你怎么样？”洛蒂问，“你脸色不太好。”

“我很好。”

“夜里你能不跑来跑去吗？”

“我听说健康服务管理局可能会采取措施，说是要把施粥所注册为慈善机构。”

“这不是施粥所，我们只做汤。完全不同的东西。”

“都是一样的。”

“不，洛蒂，我想这么做。”

“至少去看看医生。天气不好，你可能需要补充些维生素。”

“我不需要维生素，我得让自己忙起来，让我的大脑保持活跃。”

洛蒂叹了口气。她今晚不可能说服罗斯。她转移了话题：“你们今天有编织课吗？”

“我们给泰莎念了玫瑰经。”

“有人知道为什么有人要杀她吗？”

“没有，但是……”

“但是什么？”洛蒂弯下腰来，现在她对这个话题很感兴趣。她心里记着，要问问柯比有没有去调查编织俱乐部的成员。

罗斯起身，把勺子放在自来水下冲。“我不知道，只是有种感觉。你知道那房子是泰莎的，后来她把它转给了玛丽安，住进了她现在的公寓。”

“我会跟进的。”

汤已经沸腾了，没有告诉母亲，洛蒂就走过去关掉了炉火。她说：“我觉得这汤已经好了。”

“是好了。”

“你确定你没事吗？”

“为什么不呢？我很好。”

“我能不能去看看上面的——”

“不能，洛蒂，随它去吧。”

她还会回来的，等她确定房子是空着的时候。

当洛蒂离开母亲家的时候，自来水还在勺子上流着，溅在地板上。洛蒂毫不怀疑，罗斯·菲茨帕特里克一定是出了什么问题。

*

关了水龙头，罗斯环顾四周，发现自己弄得一团糟。这可不像她，一点也不像她。她用拖把拖地板，把桌布捆起来，打开洗衣机。滚筒里已经有一小堆衣服了。她看了洗涤剂盒，洗涤剂还在那里，她忘了打开开关。

她叹了口气，把桌布塞了进去，然后按下按钮开始洗。

她还想做什么来着？洛蒂的话像洗衣机的滚筒一样在她脑子里转来转去。回到桌边，她试图回忆起刚才的谈话。哦，是的，阁楼?

她从客厅门的上方把一根横杆取下来，放到阁楼的楼梯下。

爬到梯子最上面，打开灯，向阁楼里面探望。到处都是盒子和纸。她停下来想了一会儿，觉得有点儿奇怪。平日里她总是把阁楼收拾得井并有条，所有东西都摆放得整整齐齐，还贴上标签，做上标记，好准确地找到想要的东西。

现在这里却是一片混乱。

是她干的吗，还是洛蒂在她出去的时候来过？就算是她，肯定也不会弄得一团糟。

突然间一阵寒意袭来，她呆住了。风在瓦楞间呼啸，从壁炉的烟囱倒灌进来，好像整个屋顶都快要被掀翻了。

她又看了眼那凌乱的阁楼，关上灯，小心翼翼地爬下楼梯。是她自己把这里弄得一团糟，然后忘记了？如果是的话，那她到底要找什么？她恍惚了，不知道到底怎么回事。

第三十九章

艾玛在粗糙的毯子下颤抖，强忍住眼泪。哭是没有用的，她的外祖母死了，她的母亲正处于昏迷，她的父亲是个谋杀嫌疑犯，这都是她的错。她从来就不应该听什么远大抱负的话和小镇上的闲言碎语，有些人只能带来坏消息。她现在知道了，但事情的发展已经过火了，太多的东西被掩盖，而她的家人付出了最大的代价。

她听见他在楼下走来走去，在做晚饭。她不饿，吃不下，也不想吃。她想死，如果她死了，活该。她为什么来这儿？因为有人告诉过她，如果她家出了什么事——如果她有什么麻烦——米克·奥多德就是那个可以求助的人。他应该保护她的安全。哦，我的上帝！她甚至不认识他。他可以奸杀她，把她的尸体扔进他的泥浆坑，也没有人会知道。她为什么到这里来？这会不会是她一生中最大的错误？

她拿起手机，思量着把卡和电池放回去。如果她这么做了，就能被追查到。她真的需要打电话吗？她知道她必须把偷听到的告诉别人，还有她看到的。她能再等一天吗？

一阵风吹得窗框上的玻璃呼呼作响，罐子和垃圾箱在下面的院子里也哗啦啦地响。狗在嚎叫，她听到奥多德和着大风吹口哨。

她该怎么办？

她把毯子拉起来盖在头上，发霉的气味让她知道，它已经在亚麻盒子里放了好多年了。她躺在黑暗中，听着外面的暴风雨。

她想念她的母亲。

她想找她的父亲。

艾玛·拉塞尔吓坏了，不是害怕暴风雨，而是害怕接下来可能发生的事情。

第四十章

风雨吹打在窗玻璃上，洛蒂醒着，躺在床上，窗帘未拉，她望着外面的暴风雨。

她渴望得到一个男人的怀抱，她想再喝一杯，她渴望逃脱，被人遗忘。

她手里的杯子在颤抖。她喝干了清澈的液体，黑暗中又从床边的瓶子里倒了一杯。

她妈妈有点不对劲儿，一直都不对劲儿，现在情况更糟了。是不是因为她窥探她父亲的自杀事件？但在泰莎·鲍尔被谋杀后的这几天里，罗斯的病情似乎恶化了。她知道了什么吗？关于泰莎的过去她说了什么？

酒在她的血管里慢慢地流着，洛蒂感到头没那么重了。她放下杯子，然后放下瓶子，在风声中睡着了。

第四十一章

阿丽克伊斯不喜欢用 Skype，她不喜欢他们能看见她。老实说，她也不想见到他们。她站在办公桌的一边，桌面是黑色玻璃的，按下连接键。

“言简意赅地说。”她说。

“一切都很顺利……”

“这意思是还有‘但是’，说吧。”阿丽克伊斯不希望有任何“但是”，它们通常预示着新麻烦。她离开办公桌，眺望着曼哈顿下城午后的天际线。

电脑里一片寂静，她开始以为打电话的人已经断线了，这时她听到了咳嗽声。

“你说对了，是有‘但是’，不过在这方面我们没有什么做不到的。”

“我在听。”

“这与另一件事有关。”

阿丽克伊斯知道他指的是什么。

“继续说。”

“嗯，我从老太太的阁楼上找到了你要的东西，但那个病理学家找到了验尸文件。”

“原始文件吗？”

“是的，女士。”

阿丽克伊斯讨厌这个词，她不是任何人的女士。“你能毁掉它吗？”她问。

“除非我从她那儿得到。”

“她？”

“州病理学家。”

阿丽克伊斯想知道档案中是否有任何证据能够证明案件可以重新审理，她不能冒这个险。

“得到它，什么时候拿到再联系我。”她走回办公桌，挂断了电话。

她要参加一个晚宴。她知道，这是消除她对拉格穆林事件的任何痛苦担忧的一种方法。这一切她以前都处理过，她还会这么做，就算是督察洛蒂·帕克也阻止不了她。

七十年代末：那个孩子

我不知道自己的年龄，他们也不会告诉我。但我知道我还小，是个孩子，他们叫我“孩子”。

为什么这里的人都这么老？

拖着破拖鞋进进出出。他们用指甲把墙上的油漆剥下来。他们的头撞在铁散热器上，血从伤口和溃疡中源源不断地流出。

噪声不断。

大声地呼喊和尖叫。难道他们没有意识到没有人在听吗？没有人关心他们。我们都是孤独的，一起孤独。

今天，他们让我在洗衣房工作。

天气太热了，我想我可能会死。

天花板那么高，我感觉自己那么小，也许我是个侏儒。

要洗衣服。

臭烘烘的床单和毛巾，成百上千，高高地堆放在手推车上的篮子里。

我那干瘪的胃因臭味而翻腾。我恶心呕吐，把拳头使劲儿往嘴里一塞，想止住呕吐物。我的后脑勺儿“砰”的一声，我向一侧倾倒，撞到已经堆在地板上的床单上。如果我不小心，我可能会倒进洗衣机里。

我把拖鞋重新套在脚上，这双拖鞋大了十码。我开始把篮子里的脏亚麻布拖到地板上，最后拖到洗衣机里。

我想我要晕倒了。太热了，令人窒息的热。一串串汗珠从我苍白的鼻子上滴下来，我把它们擦掉。我得快点，这样我才能回到我的床上。

我听到有人在说话。

在喊谁。

低声说出一个我不认识的名字。

然后大喊一个我认识的名字。

“嘉莉，”他们说，“嘉莉在哪里？”

我也想知道。

嘉莉在哪里？

我被带到这里是她的错，我被留在这里也是她的错。他们把我忘了，都是她的错。嘉莉，婊子。

第四天

第四十二章

油漆的味道已经变淡了，但科里根警司办公室的家具中还是渗着新家具的味道。现在是早上七点半，她还没来得及脱夹克，他就把她叫来了。她想，他也一样。

“坐。”他命令道。

她坐下，发生了什么事？她用手捂住嘴，吹气，闻了闻，没有酒精的味道，很好。

“昨天早上八点钟你在哪儿？”

“在这儿，长官。”她不喜欢他从眼镜边上看她的样子。

他朝她的方向伸出一根粗手指，“回答之前他妈的仔细想想，帕克督察。”

洛蒂一动不动地坐着。他在说什么？昨天早上？好像是一辈子以前的事了。她努力思考。她曾和博伊德一起办案，与艾玛交谈，搜查玛丽安·拉塞尔的家。艾玛跑了。打电话到罗肯·布雷迪家。在那之前，早晨……安娜贝尔的手术。他肯定不是那个意思吧？

“我……我……不明白，先生。”

“我帮你理理，帕克督察。你去了奥谢医生的诊室，现在还记得吗？”

洛蒂倒吸一口气。据她所知，去看医生并不犯罪。“私事，长官，安娜贝尔是我的朋友。”

“继续。”

“我是去问关于路易斯的事情。”现在快想，话刚说出口，她就编造个故事，“他是我外孙。”

“我知道路易斯是谁！”

她认为科里根可能会爆炸。他光秃秃的脑袋变粉，脸颊发红，眼镜后面的眼睛凸出来。他不停地用钢笔敲着一张纸，每敲一下声音就更大一点儿。

“你在骗我！最后的机会，你为什么……”

“好吧，好吧，长官，”洛蒂举起双手，“我去看医生，因为我觉得不舒服。我还以为我得了流感呢。”

“流感个鬼。”

她能感觉到他的目光穿透了她，“长官，到底怎么回事？”

“我来告诉你是怎么回事，”他厉声说道，“我这里有一封电子邮件，和你刚才所说的一切都不一致，你打算什么时候告诉我事实？”

洛蒂觉得额头的汗直流，她的 T 恤紧贴在脊椎上。如果她之前没有得过流感，现在可能就得了。“你是要闭着嘴坐在那儿，还是要告诉我？”他怒吼。

她慢慢地摇了摇头，“我不知道那封邮件里写的是什么，长官，是关于什么的？”

“证据确凿，关于什么的你知道，如果你有健康问题，你应该向我报告，然后我就可以决定你是否适合处理像你手头这样严重的案子。”

糟糕。“我去看安娜贝尔是因为……我……”

“说。”

决定编些类似真相的话，她说：“我需要一些东西来帮助我应对。家里，自从那孩子出生以后就有点乱套，而且——”

“我不想听你的家族史，”科里根挥舞着打印好的那页纸，打断了她的话，“这封邮件说你是酒鬼和瘾君子。”

“什么？”洛蒂跳得太快，把椅子打翻了。她想抢过那页纸，但同时科里根也抓住了它，纸从中间撕开。

“谁送的？肯定是匿名的，我敢打赌。”她看着自己手里抓着的那半张纸。

“是的，但是我想听听你说这是不是真的。”

她把椅子扶正，一屁股坐在上面。

“你又喝酒了吗，帕克督察？”他问。

他的声音过于温柔，反而让人难以安心。危险！

“每个人都会喝一杯。”她知道这理由很差劲儿，绞尽脑汁想找出一条出路。唯一的好处是这封邮件是匿名的，警队的政策是不处理这种往来信件。不过话说回来，这是私人恩怨。他妈的。

科里根摘下眼镜，揉了揉那只不太好使的眼睛，这只眼睛过去几个月里已经略有好转了，然后他又戴上眼镜。“你总是做些使我心烦意乱的事，”他说，“我现在开始觉得你会让我早早入土的。”

“长官，我很抱歉。但这是恶意的垃圾信息，扔掉吧。”

“我会的，但首先我需要知道你的想法。这几个月你的工作不合格，领导能力不称职。”

“我知道。对不起，长官。”

“你一直在向老人们询问关于你父亲自杀的事，让他们心神不安。那是四十年前的事了，不许查了。”

“好的，长官。”

科里根靠在椅子上，“你告诉我说这封邮件里没有任何事实？”

“是的，长官。”她的手指在膝盖上紧紧地交叉。

他叹了口气，“我想你有麻烦了，帕克督察，大麻烦。你要是越轨一步，我就会知道。明白了吗？”

她点了点头，嘴唇紧紧地抿在一起。思考到底是谁发的邮件。

“长官，能给我一份邮件副本吗？”

“为什么？”

“我想调查一下是谁对我进行了不实指控。”

“你不许做任何调查，我会调查的，你只要走正道就行了，做你应该做的。”

“是的，长官。”

他还没来得及说一句话，她就离开了他的办公室。她随手把门关上，靠在门上。

安娜贝尔肯定不会出卖她吧？不会，有医患关系间的保密协议呢。她也没有预约，她是突然到访，有人跟踪她吗？但是他们怎么知道她吃药呢？还有她喝酒的事？博伊德？不会，他不会出卖她，博伊德肯定不是。

但是除了他没别人了，她一边想着，一边用手摆弄着头发。

博伊德，你……你这个混蛋。

*

在小组会议之前，洛蒂把博伊德逼到专案室外面。

“多谢！”她咬着牙小声说，两腿分开站着，双手在牛仔裤口袋里紧握。她看见他眼里的点点淡褐色在管状的灯光下闪闪发光。

“你在说什么？”博伊德说。他的下颌的轮廓线条分明，“你什么意思？你看起来和这鬼天气一样疯。”

“别说话，博伊德，别和我说这个。有人给科里根发了封匿名邮件，我可不会忍着，你听见了吗？”

他眼中的光渐渐暗淡，“你认为我会那样做吗？”

该死，猜错了，帕克。她紧握着他的手。

“我很抱歉，我只是太紧张了。谁会这样对我？”

他从她紧握的手指里抽离，“嗯，不是我干的。”

他转身就走，推开专案室的门就消失了。

洛蒂靠在墙上，用手指揉着眼窝，想驱散即将爆发的疼痛。她从牛仔裤口袋里掏出一颗药丸，把它从泡沫包装里拿出来，直接一口吞下。现在好了，她不得不面对手下们，里面还有一个正逆反呢。

第四十三章

在专案组会议上，洛蒂说：“今天我们要找到艾玛·拉塞尔，要进一步证明她的父亲亚瑟·拉塞尔杀害了他的岳母泰莎·鲍尔，重伤了他的妻子玛丽安。我们把这些都落实了，好吧。”

一阵毫无热情的低语声在人群中回荡。玛丽亚·林奇坐在那儿，拿着手机发短信。柯比懒洋洋地向后靠着，椅子两条腿着地，吸着电子烟。洛蒂并不完全清楚是否可以在室内吸电子烟，但现在不是说这事的时候。其余的探员和穿制服的警察们同样没有动力。而博伊德正怒目而视。

“来吧，我们有几起谋杀案要侦破，浑浑噩噩是不可能破案的。”

“几个？”林奇抬起头，把手机放进口袋。

他们终于参与进来了。

她指着泰莎·鲍尔的照片。不是那张蒙面尸体照片，而是她的驾照照片，她看起来是个活生生的人。这两张照片并排挂在白板上。

“好，到目前为止，我们知道以下信息：泰莎·鲍尔，七十六岁，退休律师。五个月前，她把房子签给了女儿玛丽安·拉塞尔，在那之前，泰莎自己一直住在那里。然后她搬到了已废弃的圣德克兰医院旁边的一套公寓里。”

柯比不安地在椅子上蹭来蹭去。他们都对去年五月圣德克兰教堂腐蚀的墙壁内发生的事情记忆犹新。

洛蒂概述了袭击的细节，最后说：“死因是颅骨后部受到的钝力创伤导致的致命的脑动脉破裂。在后门外发现的棒球棒与使用的武器一致。上面发现了泰莎的DNA，还有玛丽安、亚瑟·拉塞尔以及他们的女儿艾玛的指纹。拉塞尔说，这支棒球棒是他大约五年前送给艾玛的礼物。”

“送女儿这样的礼物真奇怪。”博伊德插嘴说。

洛蒂不理睬他的话，继续说下去，“没有在上面发现其他人的指纹或DNA，凶手要么戴着手套，要么就是关系更密切的人。”

“关系更密切的女人。”博伊德说。

“你知道我的意思。”洛蒂匆匆翻阅着她面前书桌上的书页。

“动机呢？”博伊德继续问。

“我正要说。亚瑟·拉塞尔是头号嫌疑犯，他既有动机，也有机会。玛丽安有针对他的限制令。”

博伊德说：“他目前被收押了，昨天深夜他的律师来了之后我们就逮捕了他，科里根警司又延长了六个小时。”

“好吧，我们得抓紧时间，因为时间一到，他就得向总警司申请额外的十二个小时，之后要么提出指控，要么释放。我们需要更多的证据。袭击发生的那天晚上，玛丽安从家里失踪了。第二天，在医院外，她从一辆汽车上被扔了下来。她遭受过殴打，舌头被割掉了。她目前处于昏迷状态。医院的闭路电视有什么信息，柯比？”

“我和保安一起检查了一下，发现那是辆蓝色丰田。登记得很清楚，足以证明这是玛丽安·拉塞尔的车。”

“能看见里面的人吗？”

“玛丽安被从后座上扔了出来，所以里面肯定有两个人。两个人都穿着连帽衫，戴着巴拉克拉瓦帽，所以无法确定他们是谁，也无法确定他们到底是男还是女。”

“看看技术人员能不能提升照片的清晰度。”

“正在做。”

“舌头是怎么被割掉的？”林奇问。

房间里充满了叹息声。洛蒂吸了一口气，翻开书页，找到了医生的报告。当她读到上面的文字时，她的胃紧绷着，“可能是小修枝剪。”

“他们怎么能把剪刀放进她嘴里呢？”柯比问道，他把手伸到面前，好像在保护自己的舌头。

“用于修剪灌木或植物的剪刀比家用剪刀大一点。玛丽安被打了一顿，所以可能在割舌头的时候她已经失去了知觉。”

“他们是想让她闭嘴吗？”博伊德说。

“有可能。也许她想告诉别人一些他们不想暴露的事情，或许他们是在向其他人发出警告。”

“或者他们可能是虐待狂。”博伊德说。

“我们不知道她失踪的那几个小时被关在什么地方？”柯比说。

“还不知道。”洛蒂承认道。

林奇说：“无论在哪里，肯定非常血腥。”

“我们找到绑架者，案子就结了。”柯比说。

“然后我们就要看多兰镇村舍的案子。”洛蒂指着一张烧成灰烬的照片说，“最初的调查指向汽油，可能是从信箱倒进去的。现场发现一具男性尸体和一个奄奄一息的伤者。死者并非死于火灾，他被捅了很多刀。”

“着火之前就死了，”博伊德说，“是谋杀。”

洛蒂默默地数到五。他为什么老是打断她？也许她不应该在小组会议前和他争论，会后说就好了。

“这是州病理学家的观点。死者是两个受害者中年纪较大的一个，但我们还没确认身份。另一名受害者的右手手指被砍掉，严重烧伤，靠机器维持生命。我们认为这个人可能是罗肯·布雷迪，他因持有C类毒品于三月被捕，被判缓刑，我们得再去他家彻底搜查一次。”

“也许玛丽安·拉塞尔就是被关在那儿的。”博伊德说。

“娜塔莎·凯莉说布雷迪是艾玛·拉塞尔的男朋友，除此之外，这两件事情并没有任何关联。我们的技术团队已经把大麻秧子从温室转到村舍后屋去了。我们还没拿到许可，进不去那已经烧毁的房子。今天晚些时候，我们才能知道是否需要毒品调查部门介入。”

“更糟糕的是，艾玛·拉塞尔已经从她住的邻居家潜逃了。我说过，根据她朋友娜塔莎的说法，艾玛和罗肯·布雷迪有关系。我们需要确定泰莎被杀那晚布雷迪在哪里，以此来确定艾玛是否真的像娜塔莎说的那样在她家。我要再和凯莉一家谈谈，我怀疑艾玛那天晚上可能没和他们在一起。无论是无缘无故地去见男朋友，还是参与了犯罪活动，我们都需要弄清楚。”她指着艾玛衣柜里发现的钱的照片说：“她从哪儿弄来了九百五十欧元？”

“她有一份兼职。”博伊德说。

洛蒂故意不理他，“我们已经派人去找她了，现在是时候在社交媒体上加速宣传她的失踪了。我让新闻处再发表一份声明，我们得尽快找到她。”一想到要给莫罗尼更多的弹药来伏击艾玛，洛蒂的脸都白了。

“接着说米克·奥多德，是他发现的村舍着火。有人知道他的事吗？”

柯比说：“他对雪茄很有品位。”

洛蒂摇摇头，“我昨天下午和他谈过了，关于他，我还不能完全下定论。”她不想说他给她带来了多大的麻烦。她接着说：“他提到不时听到一辆汽车发出很重的排气声。除此之外，他说他对村舍里的居民一无所知。”

“如果他们闹哄哄的，开毒品派对之类的，”博伊德说，“他们也许会给奥多德一个自己烧房子的理由。”

“既然那样，他为什么不打电话给我们呢？没有必要那样大费周章。”洛蒂说。

“他有没有做正式笔录？”林奇问。

“他今天要来。”

“说回动机，”博伊德说，“唯一把泰莎·鲍尔的谋杀案和村舍那个谋杀案联系起来的人是罗肯·布雷迪，且是基于道听途说的微弱联系。”

“除了亚瑟·拉塞尔，我们目前只知道这些。”洛蒂说，“我认为它们应该被视为单独的调查，至少现在是。”

“当然喽。”博伊德耸耸肩，抱着手，不再说什么了。大家都转过身来看着他。洛蒂心中十分恼火，他故意在她的下属面前装傻充愣，挑战她。

“我想——”他开始说。

“我想，”洛蒂打断他说，她等着他的声音逐渐变弱直到变成窃窃私语，心想我们两个可以一起装，“我认为除非有足够的证据表明它们有联系。我们应该小心处理这两起案件。我们必须证明亚瑟·拉塞尔在泰莎·鲍尔谋杀案的现场。我们在房子里发现了一件夹克，已经送去做法医分析了，可能是亚瑟的，凶器上有他的指纹。动机呢？钱？毒品？”

“柯比，泰莎为什么把房子转让给玛丽安？这对调查是否有意义？我们需要确定泰莎是首要目标，还是不幸在错误的时间出现在错误的地点。我们知道玛丽安那天晚上给她母亲打了电话，对话是友好的，还是带着胁迫的？不管是什么，泰莎来了。”洛蒂停下来喘口气，“一旦玛丽安从昏迷中苏醒过来，我们就会知道她能告诉我们什么。”

“她不能——”博伊德说。

“说话，”洛蒂说，“我知道，但我相信她还会写字。她的笔记本电脑或手机上有什么发现吗？”

柯比从膝盖上的文件中取出一份打印文件，“已经确认二十一点零七分她给她母亲打了电话。那天除了打给艾玛的电话，其他就只有这一次通话。历史通话记录也没有什么重大意义，没有发现她生活中有任何伴侣。”

“她在学什么？”洛蒂问。

“社会研究和谱系学，是在线课程。笔记本电脑摔坏了，硬盘受损，不过我们已经把它送去看是否可以修复。”

“联系课程的负责人。”

“联系过了，授课教师正在澳大利亚度假，和我谈话的那个女孩帮助不大，她还以为课程已经结束了。”

“所以，这条线是死胡同了。”洛蒂想了一会儿，这个案子不是与家庭有关就是与毒品有关。“柯比，你去问问土地登记处，看看那座别墅的主人是谁。”

“好的，老大。”

“针织俱乐部那边有什么线索？”

柯比不安地在椅子上蹭来蹭去，皱起眉头，放下一份文件，又拿起另一份，“天哪，老大，一群老太太捣鼓织针和毛线，根本不是我的菜。”

洛蒂笑了，“挺有趣的访谈，不是吗？”

“现在，就像如何治疗感冒，教皇在哪里出生，这些问题我全都知道了。”

大家都笑了，洛蒂觉得房间里的紧张气氛稍稍缓和了一些，“有任何关于泰莎的消息吗？”

“谁也没说她一句坏话，让人觉得她可能是个圣人。”

“也许她就是呢。”博伊德说。

洛蒂皱起了眉头。

“只有一个女人例外。”柯比的手指滑向下一张单子，然后从胸前的口袋里拿出笔记本，“在这里，叫基蒂·贝尔菲尔德。她一开始说的并不是关于泰莎的，而是关于村舍的火灾。原话是：‘在拉格穆林，一场大火毁了一个家庭，这也不是头一回了。’大家正听得专注，房间里一片寂静，她却不说话了。”

“贝尔菲尔德？”洛蒂沉思，“贝尔菲尔德 & 鲍尔曾经是一家律师事务所。再和基蒂·贝尔菲尔德谈谈，趁没人的时候。”

“好的。”柯比站起身来，从裤子口袋里先拿出电子烟，然后是一根粗雪茄的烟头。似乎是经过了仔细思考，他把电子烟放了回去就出门了。

“你们都清楚该怎么做了吗？”

“一团糨糊。”博伊德咕哝着。

“你还有什么要补充的吗？”洛蒂不想失去团队的支持，尤其是现在，有人在她背后偷偷摸摸地向科里根警司打报告。

“没有，一切都好。”

当大家把椅子挪开，朝门口走去时，洛蒂说：“借一步说话，博伊德警长。”

房间里空无一人时，她坐在一把废弃的椅子上，抬头看着博伊德懒洋洋地倚在门口，双手插在口袋里，一只脚靠在墙上。

她说：“你真没必要那样做，刚才分明就是故意作对。”

博伊德什么也没说。

她讨厌道歉，尤其是对博伊德，尤其是她错的时候。但有一件事她是对的，他真是个讨厌鬼。

“确实，我很抱歉就这封邮件指责你，是我太过分了。”她说。

他还是什么也没说。

她高举着双手，“你要我卑躬屈膝吗？我不应该怀疑你会做这样的事。我刚从科里根的办公室出来，就碰见了你，所以我把气出在你身上。你在错误的时间出现在错误的地点。”但是她确实怀疑过他，她脸上泛起了红晕。妈的，她知道博伊德能读懂她，“你接受我的道歉吗？”

“我考虑考虑吧，”靠着墙的他站直了，“洛蒂，我没有背着你捣鬼，我不知道是谁干的，但你得小心行事，因为有人在等你犯错。”

洛蒂想起了玛丽亚·林奇。她是为了让她接替家庭联络员在报复她吗？她抬起头来，博伊德站在她面前，面带微笑。

“谢天谢地！”她想。

“来吧，我们还有工作要做。”

她笑了，“嘿！你抢我台词了。”

第四十四章

洛蒂和博伊德把车开进罗肯·布雷迪的车道时，风没有停息，也没有加剧。一只浑身长满了虱子的柯利牧羊犬坐在门廊上，看上去又冷又饿。到处都潮湿和幽暗，房子周围树上的树枝向下倾斜，打着旋儿，在屋顶的瓦片上噼啪作响。

“十月的天气糟透了。”洛蒂说。

“不管是几月份，感觉像糟糕的冬天。”

“放轻松，好吗？你让我很压抑。”

“那只可怜的狗看来应该被关在狗栏里。”博伊德说。

“他们会把它放倒。”

“没错。”

“你真是个残忍的——”

“别说。”博伊德说。

他们下了车。狗抬起头，但没有动。“也许你可以把它带回家，小路易斯会喜欢狗的。”

“你能不说了吗？”

他们从罗肯·布雷迪烧焦的牛仔裤残骸中找到了钥匙，洛蒂开了前门。她把门往里推时，一堆信件也跟着移动了位置。她戴着手套把它们捡起来，仔细看了一遍。

“垃圾信件。”她说着，把那堆东西扔到了门厅的桌子上，上面已经堆满了垃圾。

“这味儿真难闻。”博伊德一边说，一边嗅着空气。

“潮湿。”洛蒂说。她走进她左边的房间。曾经是一间客厅，现在看起来像是成了某种巢穴。

“很明显他妈妈不在了。”博伊德说。

“可怜的女人。”他们发现罗肯的母亲两年前死于癌症，没有任何有关他父亲的记录。

房间中央放着一张小桌子，桌子上凌乱地摆放着空啤酒罐和一根蜡烛。

“真恶心！”洛蒂看着桌上的碎屑说。脆皮袋，薯片袋，两个吃了一半的汉堡。地毯上满是面包屑和灰尘，壁炉里堆满了快餐包装纸，地板上放着一个比萨盒，里面有一些碎屑。角落里的架子上堆满的不是书而是啤酒罐。椅子的扶手就像烟灰缸，一连串的烧痕。

“没有吸毒的迹象。”博伊德说。

“说得好像是会被留在明面上似的。”洛蒂说。

“其他的也是。”

她检查了其中一个架子，“博伊德，你在哪儿看见鱼缸了吗？”

“没有，也许在厨房。怎么了？”

“看那些鱼食。”她数了数，是二十七个包装盒，“我们去厨房看看吧。”

门开着，洛蒂正要进去，却停住了。她伸出一只手，阻止博伊德进来。

“我想我们已经找到玛丽安·拉塞尔被关押的地方了。”她说。

博伊德从她的肩膀上望过去，“我的天！这就像是《行尸走肉》里的情节。”

“联系现场调查组。我上楼去看看。”

“你不觉得我们应该等一等吗？”

“你等吧，我想知道我们是在和哪种疯子打交道。”

博伊德指着厨房，“这还不够清楚吗？”

洛蒂几乎没听见他说什么，她已经到了楼梯口。楼板是用旧木头做的，在她的头顶上，一个临时的电器配件里装着一只灯泡，配件连着一根横梁。没有天花板，墙板似乎都被拆走了。电线沿房梁走，电灯开关没有用螺丝固定，从墙上斜挂了下来。总共有两间卧室和一间浴室。

洛蒂走进最近的房间，断定那是罗肯母亲的房间，很可能从她死后就没被动过，金缎床罩上积了一堆灰尘。从窗帘的缝隙照进一道暗黄的光，把房间切成两半。她关上门，走进第二个房间。

屋里不仅气味难闻，还有令人作呕的脏衣服。她用戴着手套的手捂住嘴。用过的安全套散落在光秃秃的木地板上，到处是灰尘和啤酒罐。床垫上凌乱地堆着一团肮脏的床单，天鹅绒床头板上满是烟头烧的洞。窗前放着一个五斗橱，洛蒂想要走过去，却又提心吊胆的，生怕有虫子从床底下爬出来。

大约六罐山猫牌除臭剂随意地摆放在饮料罐和空烟盒之间。三个大抽屉，她还没打开第一个，就差点恶心得吐了。

“我的天哪！”她喃喃地说。

“什么？”

洛蒂吓了一跳，梳妆台上的东西都被碰倒了。

“博伊德，你混蛋，你吓死我了。”

“看这地方。布雷迪整个就是一个要饭的。”

“脏兮兮臭烘烘的，艾玛·拉塞尔怎么会和他在一起？”

“爱情是盲目的。”博伊德说。

“爱情肯定也没有嗅觉，才会走进这个房间。我真无法想象艾玛能待在这个猪圈里。”

“抽屉里有什么？”

“我看看。”洛蒂小心翼翼地挪开内衣，戴着手套的手指在里面搜寻。她什么也没找到，便关上抽屉，打开下一个，是T恤和背心。最底层抽屉里也没有什么东西，“只是些衣服。嘿，等一下。”

“是我想的东西吗？”博伊德靠在她的肩上。

“如果你想的是一包海洛因的话，那就对了。”她把它举得高高的。

“那值不少钱。”

“你觉得有多少？”

“里面至少有十盎司。”

“值得别人杀他？”

“肯定还有。我去看看浴室。”

“那你估计要戴防毒面具。”洛蒂打开手提包，找出一个证物袋，把海洛因放在里面。她最后看了一眼抽屉，关上了。

她走过床边时，弹了弹捆好的被单，被卷成一团的脏床单绊了一下。她看见一块紫色的布料，小心翼翼地扯出来，是件女孩的连帽衫。她最近见过一个类似的，但颜色不同。在哪里？谁穿过？艾玛·拉塞尔！那女孩真的来过这里吗？和布雷迪做爱？这与她对她的印象不相符，但她自己从前也犯过错。

“找到了！”博伊德在浴室里喊道。

洛蒂摇摇头，把连帽衫折好，带走。博伊德正趴在地上从浴缸边上取下鳄梨绿色的塑料盖。

“妈的。”她说。

“这量不少哇！”博伊德又拿出了三袋海洛因。

“但是论贩毒，这些还不算多，对吗？”

“罗肯·布雷迪的手指被砍断了，玛丽安·拉塞尔的舌头被割掉，扔在那儿等死，一名身份不明的男性被刺伤、被烧死。一定还有更多的毒品。”

“也许村舍着火，都化成灰了。”

“我们最好在其他人被杀之前找出真相。”她说。

“我们需要确认死者的身份，那样我们才能找到凶手。”

博伊德站起来，“要看看水箱吗？”

洛蒂把马桶水箱的盖子打开，“只有水，什么都没有，但是……”

“什么？”

洛蒂把水箱盖合上，扫视了一下脏兮兮的浴室，塑料装饰和单调的瓷砖。“如果罗肯·布雷迪热衷于贩毒，你不认为他会住在比这更好的地方吗？”

“可能吧。”

“他的手指被砍掉了——我想他可能偷了大家伙的东西，被抓住了。他是中间商，还是链条上最低的一环？是不是发生了什么更大的事情？”

外面传来重型货车的轰隆声和刹车声，她抬起头来，“是麦格林和他的团队。”

博伊德说：“等他看到厨房里的血……”

洛蒂又朝卧室里看了一眼，脊梁骨感觉到一种熟悉的寒意。

“博伊德？”

“怎么了？”

“我们最好找到艾玛。”

第四十五章

吉姆·麦格林不喜欢出外勤。

“我真希望你们两个到别的部门去。我不是跟你们说过，我就等着轻松愉快地退休吗？你们总是搞乱我的计划。”

“不是我们的错。”洛蒂说。

麦格林正忙着准备拍摄案发现场的设备，“等我在这儿弄完，我就到村舍去。终于认定现场是安全的了。”

“如果你发现什么，请告诉我们。”洛蒂走到门口转过身来说，“能让你的人把后面的垃圾袋翻一翻吗？”

麦格林点了点头，“这里的一切看起来都有点疯狂。”

博伊德说：“也许袭击者吸毒吸嗨了。”

“可能吧。”

洛蒂看了看那张横在地上的粗糙木桌，上面有着一道道血痕。椅子被掀翻了，橱柜的门就挂在那里，陶器被摔在地板上，信封和纸到处都是，水槽看起来好几个月没人洗过东西了，桌上堆满了食物，还有两只死老鼠。

“没有鱼缸，”洛蒂说，“为什么会有这么多鱼食？”

“也许他就是用这个喂狗的。”

“发现什么就告诉我们。”洛蒂对麦格林说，然后从博伊德身边小心翼翼地走进大厅。她从现场调查人员那里拿了一个证物袋，把紫色的连帽衫放了进去。

经过门前台阶上那只顺从的柯利牧羊犬时，她弯下腰想去抚摸它的头，却停了下来。它的毛里有一团蠕动的蛆。

“天哪，博伊德，这只狗需要看兽医。”

博伊德耸耸肩，“我会联系捕狗员。”

“但是——”

“它需要被处理掉。”

博伊德扶着她的胳膊肘，领她上了车。

*

回到警局，博伊德去把海洛因作为证据进行登记，洛蒂站在办公室中央，不知道从哪儿着手调查。

“帕克督察，来我办公室。”科里根警司冲进门来说。

“这都养成习惯了。”洛蒂对他后退的背影咕哝道。

柯比抬起头来说：“坏习惯。”

洛蒂溜达着，走进警司的办公室。

还没过几个小时，已经第二回了，很不好的。

“坐。”

“怎么了，长官？”

“我这里有一份报告，详细介绍了在村舍里的发现。”

“动作挺快。”

“什么意思？”

“十五分钟前，我刚和吉姆·麦格林聊过，他说那座村舍刚刚确认安全。”

“不是那破房子。非要这么较真的话，是它后面的那个棚子。”

“哦，对了。抱歉，长官。”

他把眼镜拉到鼻梁上，读着手里的报告，“一百六十千克大麻，潜在的市值为三百万欧元。”

“好家伙，就在眼皮底下。”

“还有一部分正在长，但大部分都被包装起来了，装在埋在黏土下面的板条箱里。确认受害者身份方面有进展吗？”

“有，长官。我怀疑幸存者是罗肯·布雷迪。他二十一岁，所以符合描述。我刚从他家回来。除了厨房看起来像个屠宰场外，我们还发现了大量的海洛因，目前还不确定市价。”

“所以我的决定是正确的。”

洛蒂在座位上动了动，她知道这是怎么回事。

科里根继续说：“我已经通知了国家缉毒局，他们派人去接管。应该明早上到这儿来。那么，督察，这对你的调查意味着什么？”

“明早之前我必须结案。”

“正确。快点找到那个逃跑的女孩，她可能是这一切的关键。”

洛蒂点点头，尽快溜走了。她知道艾玛可能是其中的一个环节，但无论怎么看，她都没有看到这个女孩与毒品团伙的关系，这个假设有些不对劲儿。

*

麦格林联系他们说，他把手下留在布雷迪家了，他回村舍搜寻一下灰烬。洛蒂带着博伊德向多兰镇疾驰而去。她走近烧毁的建筑物时，看见麦格林的白色防护服像幽灵一样在发黑的外壳里移动。

“很难相信棚屋里竟然有这么多大麻。发生了什么？”她说。

“有人想杀死那两个人，但只杀了一个。然后嫌疑人烧毁了村舍，但没有拿走大麻。倒很奇怪。”博伊德说。

“袭击者知道这些毒品吗？有什么信息是我们没注意到的，博伊德？”

“我不知道，但也许现场调查组可以找到一些东西来帮助我们确认另一个受害者身份。”

他们穿上防护服，戴上鞋套和手套。洛蒂沿着小路走向焚毁的棚屋时，风几乎要把她吹起来。现场调查组用帐篷尽可能地盖住这个区域，但风却像吹风筝一样玩弄着它们。

洛蒂的防护服兜帽戴不上，她就放弃了，任凭头发拂过脸颊，走近烧焦的残骸。

“啊，死神来了。”麦格林透过纸口罩说。

“那是什么？”洛蒂指着麦格林手里烧焦的东西。她不知道他们站在哪个房间里，所有的家具和装置都被毁了。

“一根骨头。”麦格林说。

“骨头？”洛蒂又走近了一步。

“人类的？”博伊德问。

麦格林一言不发，把它放进了证据袋，然后弯下腰又捡起一个。

“上帝呀！”洛蒂喊道，“它们是……手指？”她感觉大口胃液涌上喉咙，她想她可能是病了。风从窗的缝隙中呼啸而过，这窗已不能像以往那样保护室内免受风雨了。听起来像女妖，是死亡的前兆吗？她哆嗦了一下。

麦格林说：“我会把所有东西都收集起来，贴上标签，然后回实验室检查。我会告诉你我的发现。”

“还有别的吗？”洛蒂问。

法医皱起了眉头。她很高兴看不到他的脸，她知道他肯定一脸嘲讽。

“好吧，好吧，”她说，“我们就不打扰了。”

她和博伊德向汽车走去时，她的手机短信响了。

“谁？”他问。

“柯比。猜猜这村舍是谁的？”

“我没有心情玩猜谜游戏，洛蒂。”

“米克·奥多德，那个骗子。”

第四十六章

挤奶棚的门关着，没有狗的踪影，也看不见奥多德的路虎。

博伊德说：“也许他在警局录口供。”

“撒谎的混蛋！”洛蒂说，“我问他知不知道这村舍是谁的，他说不知道。”

博伊德大步走向前门。没有门铃，他用门环捶打。“你怎么了？”他问。

洛蒂依然站在被大风吹得满是粪便的院子里。

“我正试着回忆我问过他的问题。”

博伊德回到她身边，“问什么？”

“有关村舍的。”她拍了拍额头，“糟糕！我好像没有问他是谁的，我只是问他知不知道是谁租的。”

“可是他为什么不主动提供这些信息呢？难道他不想被牵连到谋杀案的调查中去？”

“他已经受到牵连了，他发现村舍着火了，还报了警。”

博伊德说：“我想如果他参与其中，他会躲得远远的。”

洛蒂摇摇头，“他给我的感觉是狡猾的，我不知道他在搞什么鬼，但我会查出来的。”

博伊德耸耸肩，用拳头重重砸门。“没人在家。”他说。

里面有一只狗在叫。

此刻的洛蒂已经忘了面对奥多德时的无能所带来的失望。她瞥见屋棚的一扇门突然打开，砰的一声撞在后面的墙壁上。她朝它走了过去。

“嘿，我们需要搜查令才能进去。”博伊德出现在她身旁。

“门是自己开的，邀请我们进去呢。”她走进昏暗的室内，摸索着找电灯开关，没找到，她问，“有手电筒吗？”

博伊德打开了手机上的手电筒，一束光射进黑暗深处。一辆四轮脚踏车，仿佛从暗处浮了出来，停在一辆红色拖拉机旁边，车轮上沾满了臭烘烘的粪便。

“梅西·弗格森牌。”博伊德说。

“你怎么知道的？”洛蒂问。

“这里写着呢，标牌上。”

他把手机向下照，洛蒂便笼罩在了黑暗中。

屋棚被风吹得摇摇晃晃的，仿佛周围的一切都在颤抖。她小心翼翼地走着，博伊德拿着灯跟在后面。

“那是什么？”她指着铲子和铁锹中间的一个工具问。

“是大镰刀，过去用来割草的。”

“看起来是极具杀伤力的武器。它能砍断手指吗？”洛蒂举起工具，“有点重。”

博伊德在手机的强光下审视着刀刃，“没有血迹，我们不应该在没有搜查令的情况下待在这里，我们会有大麻烦的。”

“你以前从来没有阻止过我。”她把镰刀放回她捡起来的地方，开始检查剩下的工具，“这里的一切都可以用作武器。”

“这些是农具，你过度解读了。”

一阵狂风从屋顶上振翅欲飞的镀锌铁皮中透进来，发出一声阴险的哨声。

突然，洛蒂停住脚步，一只手捂住嘴。“哦，天哪！”她说。

*

米克·奥多德开车经过烧毁的村舍，他想知道警察要多久才会发现这个地方是他的。他想，现在泰莎·鲍尔已经死了，应该没有多长时间了，没给他留下多少时间来处理他的事了。他已经开始处理自己的账户，需要尽快弄完。

开出约一百米，他放慢了路虎的速度，挂了空挡。从后视镜里看成群结队穿着白色西装的人们像鹅一样在被熏黑的废墟上站着。他们现在应该已经在棚子里找到了藏的东西，但这和他无关。但是他们还会发现什么呢？他得快点。

一阵狂风使汽车摇晃起来。奥多德望着天空，至少牛还在外面的谷仓里，他不需要跋涉穿过湿漉漉的田地把它们带回来。

他点燃一支雪茄，吸了两口才放下。他知道他必须做些什么。他松开手刹，慢慢地往家开。

第四十七章

博伊德用手机照了一下吓着洛蒂的地方，灯光反射回来，跳跃着。

“只是一辆自行车。”他说。

“是她的。”洛蒂低声说。

“谁的？”

“艾玛的。我是说娜塔莎·凯莉的。”她走近那辆红色山地车，戴着手套的手抚摸车把。

“你从没见过她的自行车，你怎么知道是这个呢？”

“你认识自行车吧，你说，这是男式的还是女式的？”

“女式的呀！但这也不代表什么。”

“为什么它在米克·奥多德的谷仓里？”

“也许是他的妈妈、姐姐或朋友的呢。天哪，洛蒂，我不知道。”博伊德用手捋了捋头发，“走吧，我们必须离开这里。”

“不带上自行车，我是不会走的。”

博伊德用手机的灯光扫视了一下谷仓的内部，“看见那些摄像机了吗？那是闭路电视，奥多德在录像。”

“什么？为什么谷仓里有摄像机？”

“保护拖拉机？我不知道，但我知道我不愿意这样。”

手电筒暗了下来。洛蒂等了一会儿，等着从门口射进来的微弱的光线使她的眼睛重新聚焦。

“我们不能把自行车留在这儿，这是证据。”她说。

“这是非法搜查,动脑筋想想。我们得回警察局去申请搜查令。”

“以什么理由？我们不能说我们知道它在这里。”博伊德又打开了灯。他弯下腰检查轮胎，气很足，大量的泥土和粪便结块沾在上面。它今天没有被骑过。”

“如果是艾玛骑的这车，她为什么来这儿？她在哪儿？”

一个可怕的念头突然出现在洛蒂的脑海里，就像那只从屋顶飞下来掠过她头顶的鸟一样。

她尖叫起来，“我讨厌鸟，我们出去吧！”

博伊德没有争辩，跟着她出去了。乌云像飞弹一样划过天空，细雨又开始了。她抬头看着村舍的窗户。

“她可能在里面，被强行扣押了。”

“如果——假设很有这种可能的话——她是骑着那辆自行车来的，那看起来她是自愿来的。”

“是呀，她可能是骑着车扑进这个疯子怀里的，也或许他是在路上碰到她的。”

博伊德叹了口气，他说：“我认为你的思想已经扭曲了，总以为在任何情况下都会出现最坏的状况。”

“死神。麦格林是这么叫我们的吧。也许我们真是。”

她向另一个棚子走去。里面两边都是牛，咀嚼着食物和干草。

她沿着过道往下走，瞥了一眼板条地板，地上满是粪便和尿液。她抬起头来，“又是摄像机。”

“他是在保护这群昂贵的动物。就这么回事，没什么坏事。”

洛蒂不高兴地叹了口气，离开了村舍，大步走到房子的后门。她大声地敲门。

“艾玛，艾玛·拉塞尔，你在里面吗？我只是想确定你没事，然后我就走。”

她把耳朵贴在木头上，侧耳倾听。“什么都没有，我们再到前门去试试。”

博伊德抢先了一步，他使出浑身解数，拍打门环，转动把手，仍然没有得到回答。狗狂吠的嚎叫声吓得他猛地从门口跳开。

“是梅森。”洛蒂说。

“瞧，这儿没有别人。别告诉我她被绑起来了或者被谋杀了。我们做好我们的工作。我们申请搜查令，然后去找奥多德。”

洛蒂一听到路上有车辆驶来，便转过身来，“我想他发现我们了。”她靠在前门上，交叉着双臂，等着奥多德把车停在房子的一边。

“你们俩在这儿干什么？”几乎车子一停，奥多德就跳下了车，匆忙中门没关。“离我的房子远点，我受够了你们这群人。”他举起拳头，摇了摇，把脸凑到洛蒂的脸上。

“嘿，等一下……”博伊德说着，挺直了胸膛。

“没事，让他说完，”洛蒂说，“我想听听他要说些什么。”

“我什么也不必对你说。滚，你们两个混蛋。”

发现他嘴角上还残留着风干的肉汁，洛蒂挑衅地说：“午饭在城里吃了顿大餐哪？”

奥多德往后退了一步，似乎在让自己的内心平静下来。“你想要什么？”过了一会儿他问道。

一阵风吹过房子的一侧，似乎偷走了他的话。

洛蒂说：“我们需要一份正式的笔录，说明村舍火灾的相关情况。”

“你们以为我这半天到哪儿去了？”

“我不知道。”

“城里，去你们警局，等着有人听我说话。”

“他们听了吗？”

“什么？”

“听你说了吗？”

“都弄完了。现在，如果你能好心地离开……”

洛蒂勉强地笑了笑，“好心？嗯，我真的不是那种人。”

“我要叫——”奥多德的话没说完。

“警察吗？”洛蒂得意地笑，“噢，多走运，我们已经在这里了。”

“你觉得你是个聪明的婊子，是不是？就像你父亲一样。还记得他的下场吗？”

虽然她努力不让自己失去笑容，但洛蒂脸上的笑容还是消失了。“奥多德先生，我的同事博伊德警探和我想礼貌地和你谈谈，你不邀请我们进去吗？”她真希望自己能提起棚里的那辆自行车。

奥多德凑近她，她脸上带着坚忍的表情。博伊德在后面等待，随时准备干预。

奥多德的嘴唇因愤怒而颤抖，唾沫飞溅。“你无权侵占我的财产。”他的咆哮带着一种威胁。

“说到财产，”她说，“你怎么从来没有提起过你拥有这座村舍呢？”

他上下打量着她，嘴巴绷得紧紧的，做了个鬼脸，“你从来没问。”

“你应该说的。”洛蒂抓了抓头发。他成功地给了她一种虱子在头皮上爬来爬去、抓住发根的感觉，“如果是你的，你肯定知道是谁租的吧？”

“我已经告诉过你了，我不知道。”

“我认为你有意隐瞒许多事情，奥多德先生。”

“而我认为你一不小心就可能会把自己的配枪戳到自己的额头上。”

洛蒂咽下怒火，举起手，使劲儿甩到他脸上。他离她很近，使她并没有给这一击加力，却得到了一丝满足。

奥多德笑了，像磨玻璃的声音：“人身攻击加非法入侵，我想我现在能把你安排得妥妥帖帖的了，督察。”

博伊德把洛蒂从农夫高大的身躯旁拉开，“我们现在就走。”

“我要告你，督察。除非你有搜查令，否则就不要回来了。”

洛蒂站稳了脚跟，这样博伊德就不能把她拉得更远。“跟我们说说那个自——”她开口说。

“洛蒂！”博伊德用力抓住她的胳膊肘，把她领到汽车跟前，“现在不是时候，好吧？”

博伊德打开车门时，她的斗志似乎瞬时消失了，瘫倒在座位上，透过挡风玻璃看奥多德。他用一只手捂住嘴，顺着下巴上的胡楂儿往下蹭。他用另一只手捏了捏鼻梁，打了一个长长的喷嚏，才把痰从喉咙里喷了出来。一团黏液落在汽车的引擎盖上。

博伊德把车倒出院子时，洛蒂打开门，探出身来喊道："你这个蠢货！你这个老傻瓜！"

汽车突然停下，她感到博伊德把她拉了回来，然后弯下腰"砰"的一声关上门，飞快地离开了农场。

*

艾玛从一楼的窗户看到米克·奥多德在自家的院子里发火。她应该在侦探敲门时下楼去开门吗？但他告诉她待在原地别动。再加上他的疯狗被锁在楼下前门里面。她想，绝对不应该下去。

当她听到下面厨房里传来他的声音时，她又往墙上缩了缩，把那条旧毯子拉到下巴。粗糙的羊毛摩擦着她的脸颊，她想尖叫。警察来的时候她怎么不喊？她不知道她可以信任谁，但有人告诉她要相信奥多德，不是吗？

"丫头，我在锅里放一些土豆，一会儿就可以吃晚饭了，好吗？"他的喊声传到楼上。

艾玛点点头。

"你在上面吗？"

她听到狗在叫和上楼的脚步声。"我在，我在。太好了，不过我不饿。"她大声回答。

"你得吃东西，小姑娘。人是铁，饭是钢啊。"她听着他下楼了，发出突然而响亮的笑声。

他没有碰她，他一根手指也没有碰过她，但她现在比以前更害怕他了。

“如果你愿意在我做饭的时候帮我一下，我去做些书面工作。”她听到他的声音从厨房的天花板传到她的房间。

“等一下，也许吧。”她说着，把拳头塞进嘴里，不让自己叫出声来。

她能信任谁？

第四十八章

回警局的路不长，路上洛蒂一句话也没说，她的怒气在愤怒的表面下隐隐燃烧。

当博伊德把车开到大街上时，她说："他很可能把她剁碎了，喂牛或者喂狗了。你看那把镰刀和……那个转子机器。天哪，博伊德，我们必须拿到搜查令。"

"冷静下来。"

"你要我冷静下来？那个男人……用那样的借口威胁我。"她挣扎着把话说完整。

"你犯错了。你不应该打他，他有权利让我们离开他的房产。"

洛蒂两臂紧紧地抱在一起，下巴抵在胸前，怒火中烧。

"如果你继续这样，"博伊德说，"耳朵里就要冒烟了。"

"我们需要从娜塔莎那儿得到自行车的详细描述。"洛蒂在包里摸了摸手机，然后停了下来，"最好还是开车去凯莉家，我要亲自跟她谈谈。"

他说："警局的口供里有一段描述，你必须放权了，你不可能事事亲力亲为。"

“去凯莉家，我需要和娜塔莎谈谈。”她突然说道。

他掉转车头，绕过环形交叉路口，朝康默尔的方向驶去。

余下的短途中，洛蒂一直在生闷气。她想到了自己的孩子，想到了肖恩和克洛伊失踪时她的感受。除了她的爸爸，艾玛真的没人在乎她了，而她爸爸可能是个杀人犯。她拿出手机往家里打了个电话，她告诉自己，就是想听到他们都没事，没别的。

蓬头垢面的伯妮·凯莉打开门。几天前自信满满地化了妆的脸，现在却发现有了皱纹，头发更是乱得像鸟巢。

“现在又要干什么？”她问。

“我得跟娜塔莎谈谈。”洛蒂说。

“现在不方便，三番五次的，我受够了。”

洛蒂沿着走廊从她身边走过，进了厨房。

娜塔莎靠在敞开的后门的门框上，使劲儿吸着烟。桌子上是吃了一半的晚餐，一只盘子碎在地上，意大利面和酱汁粘在桌子腿上，凝结在地砖上。

“这里发生了什么？”洛蒂问。

娜塔莎把香烟弹到外面，然后进来关上门。她面对着洛蒂，得意地笑着嘲弄她。

“不关你的事。”她说，挑衅似的叉着双臂。

洛蒂听见伯妮从背后说：“争吵而已。就像她说的，不关你的事。”

“我们只想聊聊。”博伊德说。

洛蒂忘了他在那儿。她转过身来，看见他搂着伯妮·凯莉颤抖的肩膀。那个女人紧紧地抓着一件黑色开襟羊毛衫，牛仔裤上沾着红色的酱汁。

“我真的觉得你们应该离开，”伯妮说，“我想和我女儿说句话。”

“娜塔莎，”洛蒂说，“坐下。”

“我愿意站着。”

“我不管你和你母亲之间发生了什么，你们可以自己解决。我是来问你的自行车的，它是什么颜色的？”

“我的自行车吗？我不知道。我已经很多年没有用过了。”

“是黑色的还是白色的？红色的还是蓝色的？”

“红色的。我想是。”

洛蒂抬头看了看博伊德，又看了看伯妮，“你有它的序列号吗？或许保险单据上有。”

伯妮摇了摇头。

洛蒂把注意力转回到娜塔莎身上，说道：“泰莎·鲍尔被谋杀的那天晚上，你能告诉我你和艾玛究竟干了些什么吗？”

“看电视呀！我已经告诉过你了。”

“我不相信你。”

“这不是我的问题。”她张开双臂，在身体两侧握紧拳头。

洛蒂把博伊德叫过来，在他耳边低声说了什么。他走向汽车，过了一会儿拿着一个大的塑料证据袋回来了，他把它举起来。

“你知道这是谁的吗？”

娜塔莎睁大了眼睛，却闭着嘴唇。

伯妮插嘴说：“亲爱的，你有一个和它一模一样的。”

“也许吧，”娜塔莎说，嘴唇向上翘着，她慢慢地把目光移回到洛蒂身上，“你在哪儿找到的？”

“罗肯·布雷迪家，你去过那儿吗？”

“我告诉过你，他是艾玛的男朋友，她一定和他在一起。”

“不，她没有。罗肯住院了。”

“住院？”伯妮说，“我以为……他还好吗？他怎么了？”

“出了点小事故，失火了。”

“他没事吧？”娜塔莎问道，她少女的那种高傲渐渐消失了。

“不太好，真的。”

“他会死吗？”又是伯妮。

“我又不是医生，”洛蒂说，“所以我不能回答这个问题。回到连帽衫上，我需要确定其主人。”

伯妮思索了一会儿说：“艾玛在这里的时候，都是穿娜塔莎的衣服。如果罗肯住院了，你知道艾玛在哪儿吗？”

“我不知道，”洛蒂承认道，“你认识米克·奥多德吗？”

伯妮摇了摇头，“不，我想我不认得那个名字。”

洛蒂看着厨房里乱糟糟的红色酱汁，说道：“你真的不打算告诉我这里发生了什么事吗？”

伯妮说：“只是家庭琐事，是吧，娜塔莎？”

洛蒂望着一动不动地站着的娜塔莎，她的脸像她母亲的脸一样琢磨不透。“就算是吧。”

“如果你还记得那件连帽衫的事或者你认为艾玛可能在哪儿，就联系我们。”洛蒂说着，慢慢地跟在博伊德后面离开了。

她不确定她在这里看到了什么，但有一件事她是肯定的。没有人比她更有经验，更知道母亲和十几岁的孩子之间的关系会有多混乱。

第四十九章

“我要看奥多德的笔录。”洛蒂“砰”的一声把一捆文件从桌子的一边扔到另一边。

博伊德走过去，开始整理文件。她“啪”的一声把手压在他的手上。

“住手！”她说着抬头看着他。

“你住手，”他说，“你快把自己逼疯了，连带着我们也要疯了。”

“我们需要和亚瑟·拉塞尔谈谈米克·奥多德的事。”她说。

柯比走进办公室，挥舞着笔记本，“吃完咸肉和卷心菜，基蒂·贝尔菲尔德又和我聊了一会儿。我的天，她可真能吃。”

林奇从电脑前抬起头来说：“他已经被释放了。”

“谁？”洛蒂、博伊德和柯比一起说。

“亚瑟·拉塞尔，”林奇说，“科里根警司的原话是‘我们无法用一条直线堵住一条缝隙’。他还说，总警司告诉他，除了旁证，我们没有别的新线索，所以他被释放了。”

“啊，看在上帝的分上！”洛蒂跳了起来，把桌上的文件扫到地上。

“还有我们必须把一切移交给毒品部门，立即。警司的话，不是我说的。”林奇说。

洛蒂“啪”的一声关上影印机盖，关机，它不再嗡嗡作响了。回办公桌的路上，她撞翻了一堆文件盒。

“你认为现在谁会负责处理这堆事？”博伊德问。

“抱歉，一会儿再说。”她扑通一声倒在椅子上，双手捂着脸。

办公室里一片寂静，每个人都害怕呼吸，所有人都在等待下一次爆发。

“我真的很抱歉。”洛蒂说。她深吸了几口气，抬起头来，“好吧，柯比，跟我说说基蒂·贝尔菲尔德吧！”

第五十章

摆脱律师后，亚瑟去了丹尼酒吧。他得来一扎啤酒，他得吃点东西。见鬼，他只想喝一杯。

走上主街，雨下得很大，他的光头还被无用的雨伞夹夹了一下。他想起自己的外套还在警察那里，但那是他的外套吗？他得回去找找。喝一杯再说吧。

在丹尼酒吧门外，他停了下来。修士街传来警笛和骚动的声音。他透过雨水凝视着。两辆消防车停在了马路对面，消防队员们匆忙地铺开软管。到处都是水，暴风雨带来的洪水肯定让镇上的那条河决堤了。

他想起了老泰莎被谋杀的那个晚上，想起了他的夹克。见鬼，他想，我必须找到艾玛。

他无心再想什么啤酒，又回到了街上。

第五十一章

当博伊德把狗放到外面的院子里后，为了安抚他，艾玛吃了一些由土豆泥、豆子和煎蛋做的晚餐。她尝都没尝，就把它们吞进肚子里。

“我得去看看小母牛，”奥多德说，“你可以洗碗吗？”

她点了点头。

“注意看着摄像机，你知道，越小心越好，尤其是现在发生了这么多事。”

她瞥了一眼冰箱旁边角落里的小电视，几块屏幕上显示着大门、院子、谷仓和棚屋。当他穿上惠灵顿长筒靴，从后门出去叫梅森时，她收拾了桌子。

她往水槽里灌满了水，找不到洗洁精，她就拼命地擦洗，想把锅里的油洗掉。她真希望自己就在家里，在那儿，她会高高兴兴地为妈妈把洗碗机里的碗摆得整整齐齐。她忍住哭泣，擦干碗碟，放进碗柜里。她看了看他堆在桌子中央的那堆会计书。

雨点敲打着她身后的窗户，方形玻璃窗咯咯作响。她在牛仔裤口袋里摸着手机，想起了刚才打过的电话。也许她应该等一等。周围还有太多危险吗？她把手机拿了出来，坐在桌旁把它拆开。她取出电池，取出 SIM 卡。她的手因恐惧、寒冷而颤抖，卡片掉在地上。它去哪儿了？她扫视了一下地板。也许它还在桌子上。当她在那堆书里找的时候，她注意到有一本书斜伸出来。她拽出那本书，看起来很眼熟。打开封面，她瞥了一眼内页上的名字。她惊呼一声，认了出来。发生了什么？奥多德到底是谁？

她摘下眼镜，用衣角擦了擦，又戴上，再次拿起书。风猛烈地打在窗户上，雨水像珠子一样敲打着瓦片屋顶。艾玛坐着，等着，听着，颤抖着。

门开了。

“干什么？”她说着，拿着书从椅子上跳起来。

她不动了，感到血液不仅从脸上涌出，而且从全身涌出。

第一拳打得她倒在桌子后面，书从她手里飞了出去，手机摔在地上。第二拳砸在眼镜上，镜片碎了，划破她的脸，鼻子也破了。

艾玛·拉塞尔都没有感觉到还有第三拳，就昏倒了。

第五十二章

柯比拉过一把椅子，坐在洛蒂的桌旁。她想让他抱她一下，只是想感受一下与人之接触而已，但想了想还是放弃了。一种孤独感袭上了她的肩头，她渴望来粒药丸。但也不可能在他们都盯着自己，就好像她应该被关起来一样的情况下偷吃一粒。

“基蒂·贝尔菲尔德。”柯比一边翻看笔记本，一边说。

“说大概。”洛蒂建议道。

“她的丈夫斯坦·贝尔菲尔德是泰莎·鲍尔在贝尔菲尔德 & 泰莎律师事务所的合伙人，也就是六十年代到八十年代早期的事，一九八二年事务所关门大吉了。”

“好吧，你的重点是什么？”

“基蒂告诉我，上世纪七十年代初期至中期，事务所卷入了一些非常有争议的案件里。其中有个特别案件是泰莎处理的。据基蒂说，泰莎对那个案件异常感兴趣，她不让斯坦参加任何会面或咨询。”

“什么案件？”

“她说得很含糊。她老态龙钟，口齿不清。我追问她，她说，她只记得那次案件是一位母亲试图烧毁自己的房子，房子里有两个孩子。母亲被强制入院治疗并安置在圣德克兰精神病院。一九七六年发生了一起入室盗窃案，事务所里与那个案子有关的文件全都被盗走，可别的东西一样都没少，现场也没有被翻得乱七八糟。看来窃贼很清楚该往哪儿找。很有趣，不是吗？”

“说清楚。”

“这指向泰莎，不是吗？她处理了这个案子，她知道所有的文件都放在哪里，她肯定参与其中了。”

“我看不出一九七六年的一件事与四十年后泰莎被谋杀有什么关系。”

柯比哼了一声，“我认为这很重要。”

“文件有被找到吗？”

“没有。”

“那个想杀孩子的女人是谁？”

柯比用手指划着笔记本找，然后说：“金嘉莉。”

“好吧，”洛蒂说，“这可能会把我们带进兔子窝。我们人手不够，暂时搁置吧，看看会有什么发展。”

“好的，老大。”柯比站了起来，耷拉着肩膀，把椅子推回到自己的桌子旁。

“奥多德今天的笔录在哪儿？”

博伊德敲着电脑说：“奇怪。”

“有什么奇怪的？”洛蒂问。她确定没有同事在看她，便从包里偷偷拿出一粒药，迅速吞了下去。保持冷静，她命令自己。

“系统上没有相关的内容。”博伊德转过身来，“林奇，是你给奥多德录的口供吗？”

“不是。”

“柯比？”

“不是我，我问问前台。”他举起手机，过了一会儿，他说，“值班警官那里没有奥多德的来访记录。”

洛蒂把椅子往后一推，站了起来。

“机会难得，真是机会难得。”她说，“柯比，你是怎么知道村舍是奥多德的？”

“土地登记处。”

“不知道是谁租的？”

“没有通过镇上地产中介，我连镇外的中介都询问过了。”

“前面那句，”洛蒂说，她走过去，坐在柯比桌子边上，“你有土地编码或地契副本吗？”

“我把它调出来。”

洛蒂深深地吸了一口气，看着柯比粗壮的手指按在键盘上。他点击了一份文件。

“打印出来。”

“好了。”

洛蒂接过了那一页，“博伊德，看看这个，看看在奥多德之前村舍是谁的？”

“我的天哪！”

她拿起包，把夹克卷在胳膊上，“柯比，对米克·奥多德的村舍和土地发出搜查令。博伊德，走吧，我们得再跟奥多德谈谈。这一次他得跟我说实话。”

第五十三章

博伊德在阴暗的乡间小路开着车，他试图避开满是水的坑洼，汽车左摇右晃。乌黑的云朵在无星的天空中相互追逐，倾盆大雨砸在挡风玻璃上，雨刷的速度有些跟不上了。

“应该带一双惠灵顿长筒靴来。”洛蒂咕哝道。

“你的时尚品位更上一层啊！”博伊德使劲儿扭着方向盘。

“奥多德的院子肯定成泳池了。”

“更像是一个泥浆坑。”

“嘿，该转弯了。”

“什么也看不见，抓紧。”

博伊德向右急转弯时，洛蒂的脚紧紧地贴在地板上。她感到自己被甩到了一边，她的安全带猛地搭在肩上。“放轻松，我知道我说过要快点，但我想活着到那儿去。”

“哪儿都没亮灯。”博伊德说，车“嘎”的一声停在了奥多德的院子里。

“路虎在这儿，我们看看。”她拉上夹克的拉链，下了车。博伊德关上了前灯，他们陷入黑暗中。

“你不能让它们开着吗？”

“我有手电筒。”

他从靴子里掏出两个。洛蒂拿了一个，检查了一下，好用，就顺着锥形的灯光走到前门。

她用手电筒照着门上的门环，光反射回来，晃得她什么也看不见了。

“以为我看见了鬼。”她转向博伊德，却看不见他，“博伊德，你在哪里？狗可能松着呢，回来。”她发疯似的把灯一闪一闪。

“它不是松着的，”风把他的声音从屋子的一边吹到洛蒂的耳边，“它受伤了。”

“什么？怎么会？”她跑过去，水坑里溅起水花，风把她吹到山墙边，摔倒在弯腰的博伊德旁边。

“哎哟！”她喊道。

仰面躺在泥泞的、溅满粪便的地上，她试着用胳膊肘撑起自己，却又滑倒了。

“洛蒂，你还好吗？把你的手给我。”

“该死的，手电筒在哪儿？”她挣扎着跪了起来。博伊德用光束照了照院子四周，她看见了那条狗，“哦，我的上帝，发生了什么事？”

“可怜的家伙死了。”

她用手捂住嘴说：“它是只讨厌的狗，但不应该是这样的下场。”

“肯定不是奥多德自己杀死狗的吧？”博伊德拿起手电筒问道。

洛蒂伸手去拉博伊德的手，让他把她拉起来。他温暖的手指并没有驱散她皮肤上翻滚的寒意。

“情况不对。”她说着，甩掉了他的手。

“我们应该白天再来。”

一阵强风把一个锡罐吹过院子。

“等一下，我们先从后门试试。把手电筒给我。”

她接过手电筒，领着博伊德走到屋后，敲了敲门。

“这样毫无意义。”博伊德说。

一块玻璃在门上嘎嘎作响。“我们明天早上再搜吧。叫一辆警车，在这儿看着。”

“什么？”

“以防奥多德回来。”

“但是他的车在这儿。”

“不过他人没在，而他的狗也死了。我需要检查一下自行车是否还在车棚里。”

刚才摔的一下让洛蒂摇摇晃晃的，她走在手电筒投下的光锥里。雨继续下个不停。在棚子的门口，水滴落到一个蓝色的塑料桶里。棚里，拖拉机隐隐约约像一个变换颜色的怪物。没看到四轮摩托，也没有……

“博伊德，快，来这儿。”

她感觉到他正在向她靠近，感受到了他吹在她的脖子上的气息。

“自行车不见了。”他说。

“之前你不让我带走，这是艾玛在这里的证据。”她的声音平静。药起作用了，她没有冲他吼。

博伊德说话也语气平和：“你知道那时你不能带走，我们需要搜查令。”

她转过身。他离得那么近，她可以从他手里的手电筒里看到他皮肤上的毛孔。四周的阴影向她蜂拥而来，镀锌的屋顶像外面的暴风雨一样起伏不定。远处有什么东西在嚎叫，一声巨大的嘎吱声，然后是一声巨响，说明一棵树要倒了。洛蒂畏缩了一下，靠向博伊德。他搂住她，太近了。但她想感受他的亲密，感到安全。她靠在他身上，让自己的脸颊碰到他的脸颊，短暂地，呼吸着他的气息。

然后他开口了，差点打破魔咒，差点。

“你累了，浑身也湿透了。今天太累了，你得回家。”他用手指抚摸着她湿透的头发。

她说：“你说得对，总是这么对，我们走吧。”

但是她没有动，动不得。

当他的嘴碰到她的嘴时，他放下了手电筒。他们的嘴唇轻轻地、迅速地掠过，她的内心有些激荡。一种沉寂了很久的东西，她几乎认不出来了。

“哦，博伊德，不要这样对我。”

“你想让我停下来？”

“不！”

他的手滑过她的后背，她的身体紧紧靠近他的身体。她也能从他身上感觉到这一点。一种渴望，一丝渴求。无论是什么……是她想要的。她那沾满泥巴的手不由自主地抬起，绕着他的脖子，把他拉到唇边。

又一声巨响把他们分开了。风成功地把屋顶掀了起来，把它高高地抛向漆黑的天空和田野，雨涌了进来。

“诸神都有了脾气。”博伊德勉强笑着说。他用手电筒照了照天空。“没有屋顶，奥多德的所有设备都会被毁了。”

“这混蛋活该。”洛蒂绕着拖拉机的一侧，谨慎地走过去，身子还在发麻。“我看到排水管和屋顶一起脱落了。”她走过时瞥了一眼塑料桶。

一道闪电划破天空，照亮了院子。亮光一闪中，她停了下来。刚才流过她身体的温暖已经消失了，她的血液凝结成坚硬的冰柱。

她向后退了一步，低声说道:“博伊德……在……在那里，看。”她指着木桶说，“我……我看到了什么东西。”

“可能是只落汤鸡，和我们一样。”

他把手电筒转了一圈，光束落在了曾经装着奥多德的苞米酸桶里的水上。洛蒂的眼睛随着光看过去，觉得腿发软，大叫一声，喘不上气来，努力遏制着胃里翻上来的酸水。

她斗胆又看了一眼。

一绺头发在两只睁着的眼睛周围荡漾，眼睛从水汪汪的坟墓深处望着她。

不是落汤鸡。

洛蒂尖叫起来。

第五十四章

那人绕着车转，雨拍打在他头顶上。

他要打电话，一通非常艰难的电话。他一点也不确定他的信息有没有发过去。他点了一下电话号码，雨水打湿了他的屏幕。没有信号。好……还是不好呢？他转过身来，看到鸣着警笛的汽车向他的方向开来，刺耳的声音似乎在和还没有达到顶峰的暴风雨竞争。

看着警车和救护车在山上消失，他决定等一等。他上了车，随着灯光进入黑夜。

他知道他们要去哪里。

第五十五章

即使把博伊德的大衣披在肩上，洛蒂还是不停地哆嗦。她的牛仔裤像一条潮湿的护套套在腿上，头发缠在头皮上。她攥起拳头猛击自己的头。

“她在这儿，博伊德，一直都在。全能的上帝呀，这都是我的错。”

“这么责备自己也没有用，洛蒂。”

“这是问题的关键，我们在这里呀！早些时候，我们看到了自行车，我们应该进屋去的。”她抬头看着他的眼睛，淡褐色的光芒已经变成了黑色，“别管我。”

博伊德没有回答，只是耸了耸肩，向谷仓走去。

她颓然倒在门前台阶上，抬头望着天空，任由雨水和着无助的泪水顺着她的脸颊流下。身穿白衣的现场调查人员，围着装着艾玛·拉塞尔尸体的水桶团团转，她在水幕里什么也看不见。

天空中没有星星，只有雨点像子弹般从黑暗中射出。暴风雨像女妖一样嚎叫着欢迎死者，树枝嘎吱嘎吱地倒在地上。第二个棚里的牛发出悠长洪亮的叫声。又一道闪电照亮了天空，接着是一声霹雳。

勘查组架起了聚光灯，洛蒂独自坐在湿漉漉的台阶上，心想这个夜晚是多么离奇。一个十七岁的女孩，被水淹没直到淹死，没有同情或怜悯，没有祷告或忏悔，没有悔恨或内疚。雨水冲击着她的身体，水淹没了她的肺，直到她生命的最后一口气游走，她的生命在窒息中熄灭了。

洛蒂觉得她的脑袋乱作一团，一阵骚动使她把注意力转移到脚下。一只小鸟，它的翅膀湿透了，很可能飞不起来了。它小小的身体在颤抖。这是无用的，她也一样。她强迫自己去思考发生了什么事，她要对付的恶魔是谁。有件事是肯定的：罗肯·布雷迪和他的同伴与艾玛的死无关。布雷迪躺在医院里，那个无名男子已经死了。那么是谁？是奥多德杀了那个女孩吗？看起来很有可能。一切都指向他。棚里的自行车，他已经消失了的事实，他还说了谎，隐瞒了真相。

为什么艾玛的祖母泰莎·鲍尔要把村舍转给奥多德？她是怎么拥有它的？火中被刺死的人是谁呢？艾玛为什么来这里？她为什么会死？为什么？

洛蒂觉察到博伊德的存在，抬起头来。灯光映出他的侧影，雨夜背景下，他像疲惫的希腊神一样站在那里，香烟的烟雾在寒冷的夜晚盘旋，奄奄一息。

“想抽一支吗？”他问。

“好。”她低声说。

他蹲在她旁边，为她点燃了一支烟。

听到轮胎在水中碰撞的声音，他们彼此对视一眼。洛蒂挺直了身子。车门“砰”的一声关上了，接着是沉重的脚步声。

“这他妈的是怎么回事？”警司科里根低着头迎着暴风雨。

“艾玛·拉塞尔，我们找到她了，淹死了。”博伊德说。

“淹死了？发生了什么事？”

“好的，长官。在一个装苞米酸的桶里。”博伊德开始解释，“它是一种酸，用于动物饲料。你把它——”

“好吧，好吧，她在这里干什么？”科里根伸手指着谷仓。

“这个我还需要弄清楚，长官。”洛蒂说。她扔下香烟，双手插进潮湿的口袋里，等着听长篇大论。

“快点。”科里根向现场调查的人员走去。

博伊德呼出：“死里逃生。”

“不要说得太早。”洛蒂看着警司和麦格林聊天，然后他马上回来了。

“明天一早来我办公室。”他冲回自己的车里。

简·多尔来了，一位警察为她撑着的一把大伞下，她穿好工作服。看到州病理学家来了，洛蒂点了点头，然后和博伊德一起走过去，看着现场调查人员把少女的尸体从桶里取出来。

一个人推着轮床手拿装尸袋在没有屋顶的谷仓里等着，而雨还是不停地落在谷仓上。

博伊德抓住洛蒂的胳膊肘，她甩掉了。

“我没事，我以前见过尸体。”

这时，木桶倒了过来，水很快就倒光了，只剩下艾玛的尸体还在里面，穿得严严实实的。

洛蒂发现麦格林在他的口罩上方盯着她，眼里的一泓绿宝石色，因他看到的景象黯淡了。就和她的一样，她猜。他和另一个现场调查人员一起，轻轻地把艾玛从塑料桶里拽出来，放到一张防化布单子上。

洛蒂走近些，低头看去，女孩圆睁的眼睛似乎在瞪着她，仿佛是在问她为什么让她失望，为什么没有救她。她的鼻子和前额上都有伤痕。

“验尸之后，我才会知道死因。”简抢先回了洛蒂的一个问题。她审视了下尸体。穿着衣服的，牛仔裤、衬衫和毛衣。她的手指在潮湿毛衣和棉布下摸着，仔细检查伤口。

“我猜她是淹死的。”洛蒂说。

“你知道我们怎么推断吗？”简说。洛蒂叹了口气，“把你的发现告诉我。”

“当然可以。”

“你没有给我机会。”洛蒂低声说，伸手去拨艾玛毫无生气的脸上的一缕头发。麦格林垂下眼睛发出警告，但洛蒂已经转过身去了。

第五十六章

洛蒂派博伊德去找亚瑟·拉塞尔，告诉他他女儿的死讯，并核实他拘留释放之后的行踪。她看着两名警察在犯罪现场奥多德的厨房里仔细地辨认、打包和标记可能的证据。

艾玛破碎的眼镜、裂屏的手机、散落在一旁的手机卡和电池，这些是她在这里留下的唯一痕迹。

还有财务分类账。走近一点儿，洛蒂用戴着手套的手指翻开一本账簿。一列一列的单词和数字，它们对她毫无意义。还有一份牲畜编号的清单。现在谁来喂小母牛，谁给奥多德的奶牛挤奶呢？如果他不回来，如果他杀了那个女孩，如果……

翻动着账簿，突然灵光一现，恍然大悟。她认得那笔迹。

“给我一个证据袋。”她说。

账簿封好后，她又迅速地环顾了一下四周。她确信这就是艾玛被袭的地方，闭路电视监视器被摔在地板上。

“有录像带吗？”她问正在柜台上搜集指纹的现场调查人员。

“我还没有看到，但是如果我找到了，我会通知你的。”

“请务必这样。”

她看够了，腋下夹着证据袋，离开了屋子，心里纳闷为什么艾玛会在这里，而米克·奥多德又在这场令人惋惜的混乱中扮演了什么角色。她希望玛丽安·拉塞尔很快就能给他们答案。

*

屋外，林奇从一辆警车里跳了出来，低头穿过警戒线，追上了洛蒂。

“你想要好消息还是坏消息？”她问。

“现在不是玩游戏的时候，”洛蒂说着，把证据袋塞进夹克里防雨，“我要回家看孩子。”

林奇坚持说：“只是想让你稍微好受一点。”

“好吧，”洛蒂不再拒绝，“好消息是？”

林奇深吸了一口气，又呼了口气，“我们怀疑是罗肯·布雷迪的那个人，不再需要靠机器维持生命了，但目前无法说话。”

“这是好消息吗？”

“是呀，老大。现在说坏消息？”

“噢，说吧，只能是雪上加霜。”

“玛丽安·拉塞尔半小时前死了。”

*

“帕克督察？”

卡瑟尔·莫罗尼从一辆白色货车后面出来，货车顶上有个卫星接收器。他只走到了大门，两名警察成功地把他隔离在警戒线外。

“请问你对这里发生的事情有什么看法？”

“你真的想知道我在想什么吗？”洛蒂紧紧地抓着夹克衫下的证据袋，走到警戒线跟前，小心翼翼地，免得在倾盆大雨中滑倒。

莫罗尼把麦克风塞到她的鼻子底下，“是的，请说。这又是一起谋杀案吗？就是那个从你眼皮底下逃走的姑娘？”

洛蒂走上前去，用手指着他说：“你个人渣，怎么能这么冷血？”

莫罗尼在她的手碰到他之前，抓住了她的手。

“帕克督察，这次我就不谈这个了。不管你在那里看到了什么，我就当你受到了惊吓。但是我告诉你，我可以用人身攻击来告你。”

洛蒂哑口无言，他说得有道理。

“所以无可奉告，是吗？”

她点了点头，低头弯腰钻过警戒线，朝林奇下车的警车走去。她还没走到跟前，就觉得莫罗尼在拽她的袖子。

“明天在乔伊斯酒店见我，十二点三十分，有件事你得知道。”

她甩开他的手，打开车门。

“别忘了。”他说。

“如果我忘了，我相信你会提醒我的。”

她上了车，“砰”的一声关上车门。她有更多的事情要做，而不是明天去见卡瑟尔·白痴·莫罗尼。她把头靠在座位上，紧紧地闭上眼睛。她还能看到艾玛·拉塞尔在盯着她看，她立刻想到了她的孩子们。这是漫长而无情的一天。

*

他的外套一直都在，在他的音乐桌下卷成一团。或许他有两件？他不记得。但是他必须戒掉大麻。他分不清什么是真实的，什么是想象。

吉他没有给他带来任何安慰。他拨了一根弦，叹了口气，把琴放回原处。他扫视了一下他这间小小的避难屋，感到墙壁正在侵蚀他的灵魂。

他要从哪里开始找艾玛呢?

也许他应该冲到医院去，把玛丽安摇醒，看看她有什么要说的。女巫，还有她那些植物和咒语什么的。大多数时候，他确信她疯了；其他时候，他确信她只是可悲。

一阵儿敲门声把他从沉思中唤醒，他还没来得及挪动，门就向里开了，亚瑟·拉塞尔那悲伤的小世界又一次地动山摇了。

第五十七章

年轻的警察把警车停在警局的院子里。过了好一会儿，洛蒂才意识到她身在何处。车窗被人重重地敲了一下，座位上的她被吓了一跳。

“什么？”

一张脸凝视着她，挂在墙上的灯光在他身后照耀着。

她迷迷糊糊地下了车。

一只手伸向她。她低头看着它，然后抬头看看那人的脸。她不认识的人，一头黑发说明他可能比她年轻。即使在昏暗的灯光下，她也能看到他的皮肤是深色的。晒黑了吗？她辨认不出眼睛的颜色，不管怎么说，不是这里的人。在他退后一步给她关车门的空当，她注意到他的头比她高，肩膀宽得足以挂一扇门。他傻笑着，还没等他开口，她就知道他的每个毛孔里都渗透着傲慢。

“我是大卫，”他说，“大卫·麦克马洪督察，来自国家缉毒中心，从都柏林城堡借调过来指挥的。你一定是帕克督察。”

指挥？傲慢的混蛋，她想。“想要什么你都拿走，但是谋杀案还是由我负责，还有刚刚发生的。”

“刚刚发生的什么？”

“谋杀案。”洛蒂从他身边擦身而过，轻巧地登上台阶，进了门。她真想把门摔到他脸上，但是门有缓冲器。她留他站在雨中，她知道他肯定目瞪口呆。

*

“我就用这间办公室，好吗？”

他走进即将成为她新办公室的房间，还没有完工，没有门。

“不行，你不可以，那是我的。”

“看起来没有人搬进来，这个就可以。”他大步走进来，脱下外套，在新铺的米黄色地毯上甩甩雨水。他把梯子从一面墙挪到另一面墙上，打量着那张装修师傅的桌子。

她把从奥多德家拿走的账本“啪”的一声扔到桌子上，扑通一声坐在椅子上。

“我能要一把椅子和一台电脑吗？”他问。

“你可以滚回都柏林去。”她低声说。

“说什么？”

“你可以和科里根警司说。”

“我会的。”

他的声音低沉：男中音，还是低音？天哪，她太累了，就快哭了。

“还以为你明天才来。”她说。

他来到博伊德的桌前坐下。她想冲他喊，让他把他该死的屁股从她朋友的椅子上挪开，但她没有力气了。

他说：“火灾受害者被确认身份后，我知道你没有处理此事的专业知识。”

“你说什么？罗肯·布雷迪就是个三流的骗子，也没有必要大晚上惊扰你。”

“罗肯·布雷迪？不是，不是那个自以为是的家伙。”

“那是谁呢？”

但其实她知道，麦克马洪比她先得到消息。那个被刺伤和烧伤的人一定是通过他的牙科记录被辨认出来的，肯定是个重罪要犯，否则怎么可能在暴风骤雨之际，让一个督察离开他舒适的都柏林办公室，来到这里。

“杰罗姆·奎因。”他说。

“奎因家族的？”

“美国第二大毒品家族。杰罗姆几年前和他同父异母的弟弟反目成仇，之后，便从我们的视线里消失了。有趣的是，他很可能一直在你眼皮底下，在拉格穆林。”

“他从未引起我们的注意。”

“没错，但他种的大麻可不少啊，是吧？”

洛蒂听得出他语气里的责备，等他知道他们在布雷迪家里发现了海洛因，还不知道会怎么样呢。

“更不用说布雷迪家里的海洛因了。”

他竟已经知道了。她一时不知道怎么接话，只好缄口不言。

“你好像很累，”他说，“我要去酒店办理入住了，明天早上再来处理这件事。这案子很容易搞定，我很快就可以不在这里烦你了。”

她下意识地伸手理了理自己乱蓬蓬的头发，完全是条件反射。

心想他也许并没那么糟。

“首先，我想在这里放一台电脑。”她还没来得及整理好思绪，想出一个合适的回答，他就拿起外套出了门。

“搞什么呀？”她对着四面墙说。

手机响了，是凯蒂。

“之前打电话来的时候，我就想问来着，妈妈，你能去超市买点吃的吗？再带一罐路易斯的配方奶粉。哦，买的时候，再买一包尿布。就这些。你最好了。”

“当然。”洛蒂说着，电话就挂断了。她弯下腰把头靠在书桌上，直到她感到有人拍了拍她的肩膀，她才意识到自己睡着了。

“你最好回家去，洛蒂。”博伊德说。

她伸了个懒腰，瞥了一眼仍在证据袋里的账本，“我需要你看看这个。”

“明天吧，”他说，“家庭旅馆，还有丹尼酒吧，都没有亚瑟·拉塞尔的影子。他被释放以后，再没有人看见过他。”

“见鬼。他肯定不能杀自己的女儿吧？”

“一切皆有可能。”

“我想知道他是否知道玛丽安死了？”

“我不知道。”

“我们来总结一下，”她尽量挺直腰板坐起来，“泰莎·鲍尔死了。玛丽安·拉塞尔，她的女儿死了。玛丽安的女儿艾玛也死了。一个家庭的三个成员都死了，谁会从她们的死中受益？动机是什么？谁有动机？亚瑟？奥多德？我想不明白。”

“洛蒂？”

“什么？”

“可以等到明天再说，回家吧。”

“其他人都在哪儿？”

“还在奥多德那儿，有一个搜寻队在搜寻他和亚瑟·拉塞尔。但是风暴正在肆虐，小镇被洪水淹没了，河水冲破了堤岸，我不得不绕远路开到这儿来。”

洛蒂跳了起来。

“我希望我家没事。”这条河绕过她所居住的庄园，她记得凯蒂的电话。如果房子有淹水的危险，她肯定会提起的吧？不过再说……

“你愿意和我一起去杂货店买东西吗，博伊德？我没有力气了。”

“什么？”

“好吗？”

“我愿意。”

第五十八章

每天晚上都一样，在他周围都要小心翼翼、如履薄冰，好像地板上都是锋利的玻璃碎片。不管她怎么努力，总有什么东西惹怒他。

今晚，安娜贝尔发誓会有所不同。

房里每件东西表面都闪闪发光。柜台的台面一尘不染，地板干净得可以在上面吃晚饭，有一次她试过，当他用脚踩着她脖颈的时候。

一定有办法离开这个地狱。可以去旅馆，但他会找到她的。而且她必须继续从医，双胞胎必须跟着她。

和奇安在一起的生活一直让她觉得了无趣味，她再也记不起为什么要嫁给他了。有一段时间，她曾用婚外情来填补这一空缺，但她与汤姆·瑞卡德灾难性的关系让奇安忍无可忍。当他发现的时候，他的内心有什么东西迸发了。她感觉这个和她结婚二十年的男人在几周内就变成了一个暴虐的控制狂。

都是她的错，他说。她是那个睡过别人床的人，那个让别人乱搞她的人。她就是那个用无数谎言欺骗她丈夫的人。她就是那个没用的人。是吗？所以他对她的每一巴掌和羞辱都是她应得的。难道不是吗？

不，她不是，她告诉自己。安娜贝尔·奥谢不会被人踩得一文不值，她必须做点什么。

她揭开烫伤的手腕上的绷带，用药膏护理，并用干净的绷带包扎渗脓的伤口。现在应该已经痊愈，但没有。她一瘸一拐地走到炉子前，像机器人一样搅拌着炖肉。

双胞胎在他们的房间里做作业，奇安的书房里没有声音。仔细想想，自从她下班回家后，就没听到他的任何动静。她看了看钟，通常这个时间他该来厨房看她，咒骂了。

但是今天晚上一片寂静。

她停止搅动，专心地听着。布朗娜跟着曲子哼，皮尔斯在地板上的脚步声，奇安的书房里没有任何声音。

她打开后门，透过雨向车库升起的门望去。他的车不在那里。她从不问他去了哪里、做了什么，因为她不在乎。这正好给她几个小时不受打扰的安宁。但是这么早就出去了？时钟指向十九点零五分。

她脱下靴子，穿着袜子爬上楼梯，屏住呼吸站在他的书房外面听着，没有声音。当她的手指抓住把手时，她缓缓地喘了口气。然后她注意到门上的密码键盘。他什么时候安装的？

奇安在做什么，连自己的家人都进不了他的书房？她还是试了试把手，打不开。她听天由命地叹了口气，正要转身下楼去，这时，在暴风雨的嘈杂声中，她听到一辆汽车呼啸着驶进车道，绕过房子的山墙，进了车库。

她跑下楼梯，冲进厨房，当他走进来时，她正在搅拌炖肉。一句话也没有，眼都没抬一下。直到他走到她身后，用胳膊搂着她的腰，粗暴地把她的身体拉到他的怀里时，她感受到冰冷的寒意，这才抬起头。当他的手指开始摸索的时候，一股潮湿的霉味从他的衣服上散发出来。

她曾经喜爱他抚摸她修长的脖子，现在他冰冷的嘴唇触到她最敏感的地方，她却僵住了。然后他掐她，掐没人能看到的地方。她咬着嘴唇，忍住尖叫声不发出来。保持着沉默，等待着她能自由地表达自己承受的痛苦。

他的手绕着她的身体，在她的牛仔裤裤腰下摸索，玩弄着她的短裤的花边，手指在探索。她喘着气，希望他不会误以为她回应了。他没有。他最后掐了一下，一句话也没说，就拿出手来，捶了下她的膝盖窝。她双腿发软，但没有摔倒。他离开她时，她的手还在平底锅上方拿着勺子。她竖起耳朵，听见他走进书房，关上了门。她慢慢地倒在地板上。

擦去眼泪，她在内心深处下定决心。

这种情况不能再继续下去了。

不管有没有双胞胎，奇安都得死。如果他不死，她就会死。早晚的事。

但首先，她得先弄清楚到底什么如此珍贵，她的丈夫要把它锁在书房里。

第五十九章

洛蒂抑制住想在前门转身，径直走出去的冲动。感觉她好像和三个大人住在一起，他们却坚持要表现得像两岁的孩子。他们把她的四居室半独立式住宅挤得满满登登，每天晚上下班后都给她布置大量的任务。但她爱他们，她比他们更需要他们，只是他们不知道。他们使她脚踏实地、光明磊落，帮助她把工作中的黑暗挡在门外。

但是今天晚上，她需要喝一杯。不行，她想，现在还不行。

她把那袋杂货拖到柜台上，开始往碗柜里放东西。看起来她妈妈今天没来，厨房一片狼藉。工作，管理家务，照看孩子……事情太多了。她把头靠在碗柜门上，把一罐豆子“砰”的一声扔在操作台上，没听见自己在发出什么声响，“砰”的一声又扔一个。

“妈！”凯蒂跑了进来，“你在干什么呢？你把路易斯吵醒了。我得再摇他一个小时才能让他重新睡着。”

“我告诉过你不要养成摇晃他的习惯。”

“我太累了……任何能让他入睡的事我都愿意。”洛蒂往碗柜里塞了一罐咖喱酱和两包汤。已经有三包汤了，她习惯性地检查了保质期，已经过期两年了。这到底是怎么回事？

“你在听我说话吗，妈妈？”

洛蒂转过身来，她的目光呆滞，不知道自己在做什么，她把汤包扔到地上。

“上帝呀，妈，住手，你怎么了？”

洛蒂眯起眼睛看着她的女儿，“凯蒂？”

“我去叫克洛伊。”凯蒂飞奔出厨房。

一个黑影闪过洛蒂的视线。她想抓住操作台，但她的腿软了，她滑到了地上。她仰起头，大口吸气，她喘不过气来了。

“凯蒂……”

要呼吸，她警告自己，呼吸。她死了的话，对孩子们就没什么用了。她喘不过气来，看见黑色的星星在她眼前游来游去，然后是一片黑暗。

*

等她睁开眼睛，有那么一会儿她不知道自己在哪里。她把腿伸直，跪了起来。她终于可以呼吸了。她的手，她手上拿的是什么？她看了看四周，地板上覆盖着粉末，汤包炸开了，汤溅得到处都是。是她干的吗？当然是。疯了，疯女人！

在那一刻，她不在乎自己下了多少决心，她需要喝一杯。

凯蒂抱着路易斯冲了进来。

“妈，你有点不对劲儿，你喝醉了吗？”

“没有，我只是太累了。”

“我不能住在这里了，你知道吗？我得走了。我不在乎你说什么，我得离开这个家。”

“别傻了，你能去哪里？你没有钱，外面还下着雨。”洛蒂不知道是谁在说话，肯定不是她吧？

“我儿子有爷爷。”

“什么？汤姆·瑞卡德？别傻了，凯蒂。”

“妈，我们得谈谈。”凯蒂坐在桌旁。

洛蒂拖着身子坐了下来，“汤姆·瑞卡德不知道路易斯的事。”

“我找到了他，发了邮件给他，他想看看他孙子。”

“你应付不了我们这么多人，所以几个星期后我要带路易斯去看他。”

“我为你和小路易斯做了那么多，我一直为你担心，你不能抬屁股就走。”

“只是度个假，没有最终敲定。我只是发了几封邮件。”

“路易斯太小了。”

“不，他不小，我已经申请了他的护照。”

“你不能那么做。”

“我可以，我也那么做了。妈妈，我们都需要分开一段时间。我需要离开几周，你也需要空间。”

洛蒂觉得她的嘴张了又闭，一句话也说不出来。就在几分钟前，她还有些希望他们离开家，现在她不知道发生了什么。小心你许下的愿望，确实呀！

第六十章

博伊德站在门口的台阶上。

“你要请我进去，还是？”

“还是什么？”洛蒂说着，把门敞开。

“屋里也下雨了吗？”

“我刚洗完澡。进来吧。”

他把一只装有塑料瓶的棕色袋子塞到她手里，一边走一边脱下夹克，走进了厨房。“什么好吃的这么香？”

“你连撒个谎都不会。饭点已经过了。除非你想吃碗方便面。”

“我就算被爆头，也不愿意被毒死。”他说着，在桌子旁边坐了下来。

“不用拘束，就当在自己家。”洛蒂看了一眼瓶子，“健怡可乐吗？特易购没有葡萄酒？”

“叫花子不嫌饭馊。”

“你今晚心情不错啊。”

“彼此彼此。”

“你到底来干吗？”

“我……洛蒂，别那么凶。我就是过来看看你。你说今儿这一天，可真是……

“我很好。”她咬着嘴唇，不喜欢这段谈话的走向。

“根本不像凯蒂说的那样……妈的！”

洛蒂一手拿着可乐，一手拿着杯子，惊讶地望着他。她没料到是这样。“你说什么？赶紧，博伊德，说出来。”

“没什么。凯蒂打电话给我，说你精神崩溃了，问我能不能找你聊聊。”

“上帝啊。”她把杯子递给他，“那你应该带点酒来。”

“谢谢！”他把酒杯转过来。

她给自己倒了一杯。电话响了，她看了一眼，看到了来电显示。

“你不接吗？”他问。

“是安娜贝尔，她可以留口信。我猜凯蒂也联系过她。她可能是要问我有没有服过量的药物。”

“别顾影自怜了，大家都还是关心你的。有时候，你不得不承认自己需要别人的帮助，如果此时恰好有人愿意伸出援手，你就应该接受。”

“所以现在坐在我桌旁的是菲尔医生，不是我的朋友博伊德。”

“我是你的朋友。你还不明白吗，洛蒂？你今天过得很糟糕，这一周都很糟糕，你需要发泄。自欺欺人是没有用的。”

他们一边啜饮着饮料，一边听着另一个房间里传来的路易斯的呜咽声，凯蒂安慰他的声音，以及雨滴敲打着窗户的声音。

洛蒂说：“我不知道我怎么了，没有人能明白。”

“跟我说说。”

她垂下眼，晃着杯子里的可乐。

“我感觉要被淹死了，博伊德。就是这种感觉，我身体里就是这种感觉，就在这儿。”她用拳头捶着胸脯，“它要把我吞噬了，我觉得自己太自私了，我不能爱任何人，甚至我的孩子也不行。你知道为什么吗？”

“告诉我。”他的脸上是深深的关切，眼睛里满是难以名状的情绪。

“我害怕，”她说，在他的凝视中垂下眼睛，“如果我爱，我就会失去。我不能失去他们，不能失去我的孩子们。哦，天哪，要是他们出了什么事，不管是他们中的哪一个，还是小路易斯，我都要投卡利翁湖自尽。你能理解吗？”

“我知道你爱你的孩子们和路易斯，你太爱他们了，以至于你不敢说出来。你认为如果你表现出你有多在乎他们，你就会受到伤害。这就是生活，洛蒂。我们都会受伤，但我们是成年人，我们能应对，对吧？你爱亚当，然后他死了。这是你唯一的问题。你不知道如何应对这种内疚。”

“内疚？”

“也许不是内疚，也许是恐惧。我可不是医生，但我相信你是如此地害怕失去你所有的爱，以至于你把所有人都推开了。这是一个巨大的障碍，就像……就像你周围的力场，排斥你在乎的每一个人。你得把它拆开，洛蒂，不然它会弄垮你。”

她微微一笑，“谢谢你，博伊德，你用语言表达了我的感受。”她知道他是对的。她对失去的恐惧意味着她也把他拒之门外，“现在不要再谈我了，我会没事的。”

两个人都安静下来，不再说话。

“我不明白艾玛为什么被杀了。”他打破了沉默。他的话立刻给房间里带来一阵寒意，落在了洛蒂的肩上。

“也许她看到或知道了什么，”她说，“我怀疑我们错过了泰莎遇害那晚的一些事情。我们明早要再回顾每一个证据，这案子不解决我是不会安心的。”

“不，不要自责。不管是谁杀了她都是想把这个家族灭了。他们是有任务在身，我认为你或其他人都阻止不了他们。”

“但是为什么呢？我们需要挖掘问题表面之下的东西。”

前门开了又关上。

“好吧，如果不是他自己……博伊德，我说的对吗？”

“你好，菲茨帕特里克夫人。”博伊德站起来和她握手。

罗斯把雨伞扔进水池里，脱下雨衣，递给博伊德挂在门厅里。“今天晚上不适宜出门。”

“你为什么出门？”洛蒂问，没有注意到博伊德在她母亲背后警戒的目光。

“顺便来看看是否一切都好。”

凯蒂给她妈妈打电话了吗？她要杀了那个女孩。

“一切都很好，为什么不呢？”

“我听说了，那个可怜的孩子，泰莎的外孙女，这事情太可怕了。”

“您想喝杯茶吗？”博伊德。

洛蒂瞪着。这是她家！

“当然，为什么不呢？”

博伊德往水壶里倒水时，洛蒂问：“你听说玛丽安·拉塞尔今天也死了吗？”

罗斯脸色煞白，“没有，从来没听说。”

“你确定你不能告诉我任何关于泰莎和她家人的事吗？”

“我确定。”

“七八十年代的时候她是一名律师，你和爸爸跟她有什么来往吗？”

洛蒂端详着母亲。罗斯的手微微颤抖着，但她的眼睛却坚定地注视着前方。

“我想不起来我们和她有什么关系。”

“老爸的遗嘱呢，也许呢？”

“不是，你知道他把一切都留给我了。一旦我走了，它们就是你的了。”

“米克·奥多德，你认识他吗？”

罗斯摇了摇头，“认识谈不上。怎么了，他做了什么？”

“我还不知道，我想他可能是泰莎以前的男朋友。”

“我怀疑不是。除了她的女儿玛丽安，她没有时间和任何人在一起。她把那个女孩惯坏了，弥补她年纪轻轻就失去的丈夫吧。”

洛蒂想要听她是否话里有话，但听不出来。罗斯很安静，太安静了。洛蒂端详着她的母亲，她似乎迷失在自己的世界里，眼眶盈着泪。

“妈妈，怎么了？你还好吗？”

罗斯耸了耸肩，拍了拍洛蒂的手，站了起来，“我最好回家了，你这里有人照顾你。”

“水快烧开了。”博伊德说。

罗斯笑了。洛蒂相信博伊德肯定和母亲关系不错。

“下次吧。”

在门口，罗斯转过身来，“米克·奥多德？辉煌的时候，他可是个很讨女人喜欢的男人，如果他就是我想的那个人的话。”

“住在多兰镇那边。”洛蒂说。

“就是他了。”

“我们认为他可能杀了艾玛。”博伊德说。

“艾玛？他连一根头发也不愿伤害她的。”

“为什么不呢？他认识她吗？她在他的村舍被杀了。”

“他是我们的嫌疑人之一。”

“他不会伤害那个女孩的，你最好查查别的。”罗斯走到雨中，打开伞，在风还没来得及抓住它之前又把伞合上了。

“你这话是什么意思？”洛蒂问着母亲离去的身影。

“您要搭便车吗？”博伊德问。

“我有车。”罗斯消失在路上。

雨打在他们身上，洛蒂盯着博伊德。

“把门关上。”博伊德说。

他们坐在厨房的桌旁，默默地琢磨着罗斯·菲茨帕特里克说过的话。

“起初她什么都不知道，后来她又知道这么多，我真是一点儿也搞不懂她。”

“可能是米克·奥多德给泰莎写的情书吗？”博伊德说。

“这一切都有点疯狂，我真的觉得我妈妈身体不好，你注意到她脸色有多苍白吗？”

“也许瘦了一点。”

“我要和安娜贝尔谈谈她的事，给她做个体检。”

“安娜贝尔给你留言了吗？”

“我没看手机，如果有急事，她会给我打电话的，但我知道她……”

“洛蒂，你需要做个检查，别管你妈妈。”

“别说了，喝完你的，我要去睡觉了。”

博伊德喝干了可乐，洛蒂拿起杯子放在水槽里，“明早见。”

他起身向门口走去，“你知道，如果你母亲暗示的是对的，那么玛丽安·拉塞尔可能就是泰莎和奥多德的女儿。”

“猜测是没有意义的，不管她是不是，这和我们正在处理的案子有什么关系？”

“也许没什么，或许……”

“或许非常有关，现阶段我们还不知道。晚安，博伊德。”她简短地拥抱了他一下。

克洛伊走下楼梯，“早上我和治疗师约好了，不过别担心，我可以自己去。”

“再见啦。”博伊德眨眨眼说。

“再见。”克洛伊说。

洛蒂锁上前门，关上客厅的灯。

“嘿，我要去看会儿电视。”克洛伊说。

“不要熬到半夜。”洛蒂警告说。她的女儿在大厅里从她身边走过，像个十几岁的孩子那样翻白眼。

洛蒂的心跳停了一下，有一个拉格穆林少女再也不会翻白眼了。

她伸出手，摸了摸克洛伊的胳膊。女儿停下来，“妈妈，你没事吧？”

洛蒂紧紧地抱着她的二女儿，女儿也回应她。她和克洛伊保持着一臂的距离，说：“一旦我有了家人，我就会一直很好。”

“好，你刚才吓着我们了。你是个好妈妈，虽然有时有点古怪。”

“谢谢你，克洛伊。”

“随时，现在我可以看电视了吗？”

“你也很好，对吗？”

克洛伊挽起袖子。洛蒂看见手臂上的旧伤疤，不禁倒吸一口气。但是没有新的伤口。“我现在很好，我知道，如果我再感觉那么糟糕的话，我必须和我的治疗师或者和你说。”

“肖恩和凯蒂呢？他们还好吗？”

“妈妈，你应该问他们，而不是问我。”

洛蒂最后拥抱了克洛伊一下，看着她美丽聪明的女儿昂首阔步地走进客厅。是的，她真的必须和肖恩和凯蒂谈谈，但首先她需要睡觉。

第六十一章

阿丽克伊斯坐在长桌的一头，坐在那儿，她可以看到全部在座的宾客。他们沿桌而坐，每边八个人。这十六个人都是纽约电脑游戏行业最有影响力的人物。长桌的尽头，正对她的位置仍然空着，和过去几周一样。

但是一旦事情都解决了，她的孩子就会回来了。

这是个重要的时刻，繁忙的时刻，她需要确保自己收拾好了拉格穆林的烂摊子，这一团乱麻正在威胁着她用毕生精力建立起来的世界。她四十年前逃离了这一团乱麻，希望永远把这一切抛在脑后。她哪里知道，一九七五年一位无足轻重的爱尔兰警察的死，有一天会再次浮出水面，那具骷髅会从壁橱里掉出来，来敲她的门。陈年尸骨起死回生，使她十分忧虑。

倒不是说他的死与她有多大关系，没有。是那之前一年发生的事情使她非常担心。但在去年一月发现了男孩的尸骨之后，阿丽克伊斯知道，这件事可以让这位老妇人解开谜团，让她说出她多年来可能或可能没有怀疑的事情。阿丽克伊斯需要控制住所有的可能性。计划已经落实到位，但事实证明，她被打了个措手不及。不管现在发生了什么，她必须确保她的孩子永远不会发现。

餐桌上的说话声与笑声此起彼伏，对此阿丽克伊斯未加理会，她正盘算着下一步的行动。

这一次，过去的将被埋葬。

她不能冒失去孩子的风险。

发生一次就够了。

她必须确保这种事不会再发生。

八十年代：那个小孩

他们就是这么叫我的：那个小孩。

他们不知道我的名字吗？我以前有过名字的。很久以前了，我已经不记得了。

现在也不重要了。我可以成为任何人了，只要我愿意。

我现在在农场工作。农场？哈哈，那是开玩笑。连我也笑了。这只是疯人院高墙内的一小块地。是的，我现在可以叫它疯人院了。因为事实就是这样。这就是我被遗弃的地方。我很有可能死在这些墙里。

但是今天我出来了。

约翰尼·乔教我如何播种草药。他说，草药可以治病。可惜他没有把它们用在自己身上。那个棕色手指弯曲，因吸烟而咳嗽不止的疯老头。

我不再多想我的母亲了。那些叫喊她名字的声音也没有了。也许她已经死了，也许有人放了她。他们为什么不放了我？大家都忘了我在这里吗？一天，我问护士我什么时候能回家。她笑了，还弄乱了我的头发。

“你永远也回不了家了。”

“为什么呢?”

“你的家被烧成灰了，你这个疯孩子。”

“我没疯。不像其他人，我只想出去。”

“孩子，你离开这儿的唯一办法，就是要那个签字把你送进来的人回来找你，再签个字带你出去。”

“他们为什么还没回来?”

“我想他们忘记了你的存在。”

然后她走开了。

当我把另一颗种子放进约翰尼·乔那粗糙的双手上时，想起了那次谈话。我看着他的手指在那小小的生命之源上弯了弯，然后才把它扔到干燥的土地上。我用手指把泥土铺在种子上，然后到罐子里拿另一颗。我们重复这个过程六百六十五次，然后我哭了。

他抬头看着我，眼白发黄。他抓住我的手，举到嘴边。我想他会咬掉我的手指，但他却温柔地吻了我的指尖。

“在这里不能哭，孩子。哭的时候已经结束了，魔鬼就在我们身边，哭也挡不住他，他就在你的灵魂深处。现在继续干活吧。”

我把最后一粒种子递给他，“六百六十六。”

第五天

第六十二章

早晨醒来时，天空一片漆黑，乌云低垂，水汪汪的。暴风雨在夜间平息了，但留下了毁灭的痕迹。

洛蒂第一个到了警局，没有麦克马洪的踪迹。她在手机应用上快速浏览着新闻。

中部的农田被洪水淹没，河水冲破堤岸，泛滥成灾。还有一条拉格穆林的特殊报道。是卡瑟尔·莫罗尼，还有他闪亮的白牙。小镇的下游正在河水中下沉。灰狗体育场成了个迷你湖，在可预见的将来，所有比赛都取消了。其中一张照片显示，棕色脏水从凯里的电器店门前流出，门里面有一台塑料盖的洗衣机在水中漂。由于饮用水水源卡利翁湖被来自周边农场的径流污染了，委员会发布了煮沸水的通知。

她在想今天上午米克·奥多德的农场里到底是什么情况？他藏到哪里去了？会不会是他杀的艾玛？艾玛和他之间到底是什么关系？

她拿起电话，给简·多尔打了个电话，询问艾玛尸检的情况。

“希望今天晚些时候能出结果吧。玛丽安·拉塞尔的尸体也在这里，她的伤逐渐恶化成败血症了。等我把初检写好了，就送过去。”

洛蒂挂断了电话。玛丽安的死将被正式归为谋杀，一个家庭三名受害者，是同一个杀人犯吗？

镇上会有不止一个疯子在作案吗？她希望不是。

柯比慢吞吞地走了进来，大衣挂在胳膊上，咕哝着说：“老大，早上好哇！这暴风雨过后，外面一片狼藉。”

“这里也一片狼藉，”洛蒂说，“他们一来，就告诉大家来专案室。我们需要处理好这件事。”

“处理什么？”

洛蒂抬起头来，督察大卫·麦克马洪站在门口，他那蓬乱的黑发湿漉漉地闪着光。

“长官。”她说着，拿起一份文件，匆匆离开了。她为什么叫他“长官”？他和她的级别一样啊！振作起来，洛蒂，她责备着自己。

在专案室的白板上，她把艾玛·拉塞尔的照片移到了受害者一边，和她的母亲和外祖母在一起。她把一只手环在腰间，然后把另一只胳膊肘支在手腕上，凝视着这些照片。那个被烧死的人现在也有了名字，杰罗姆·奎因。

“他这个人有点格格不入。”她大声说。

“也许他是把这一切联系在一起的纽带。”

她没有听见麦克马洪走进房间，现在他站在她身旁，高大而傲慢。王八蛋。

“你有什么证据支撑你的说法？”她问。

“我也可以问你同样的问题。”他说。

博伊德、柯比和林奇也来了，和其他几个看起来疲惫不堪的侦探一起坐了下来。这一定很有趣，洛蒂想，这时麦克马洪和她一起转过身来，面对着探员们。

“你能自我介绍一下吗？”她问。

他扣上修身衬衫外面的西装外套，向前迈了一步。他的影子罩住了洛蒂。

“我是督察大卫·麦克马洪，别叫我巨无霸之类的，叫我长官或者大卫。”他笑了，这让洛蒂想起了卡瑟尔·莫罗尼那苍白的假笑。他还在说话，她放下双臂，伸直放在身体的两侧，试着让自己看起来和他一样高，因为她知道她没办法让自己看起来像他一样重要。

“我来自爱尔兰国家缉毒局，由于你们对泰莎·鲍尔谋杀案的调查发现了大量毒品，我现在负责这项调查。”

“嘿，等一下！”洛蒂猛地一动，抓住他的衣袖，当他低头看她时，她迅速地放开了手，“抱歉，但我们保留与您一同调查的权力，我相信这不仅仅是一起毒品犯罪。”

麦克马洪慢慢地转过身来，用手指指着那个被烧死的人的照片。

“杰罗姆·奎因，”他说，“他是他同父异母兄弟亨利·汉默·奎因的副手，现在你们都明白我们在和谁打交道了吗？”

他的问题引起一阵窃窃私语。他继续说：“我们怀疑他有一个长期的女朋友，但他没有结婚，他周围很多绿茶婊。”

“绿茶婊！天哪，你怎么能那样说话！”洛蒂说。

“你懂的。捞点钱的，找点儿刺激的，蹭点东西的，诸如此类。”

洛蒂皱起了眉头。

麦克马洪说：“杰罗姆十五个多月前失踪，转入地下。”

“藏在拉格穆林吗？”博伊德说。

“这个镇外有犯罪分子在活动。有人太贪婪了。拉塞尔一家被卷入其中。”

“他们的谋杀可能与毒品毫无关系。”洛蒂在团队成员都不愿上前的时候说。

麦克马洪解开上衣的扣子，把手插进裤兜，大摇大摆地在房间四周走来走去。“玛丽安的舌头被割掉了，她的女儿和一个三流的骗子罗肯·布雷迪有一腿。玛丽安是要告密吗？是有人试图阻止她吗？”

“等一下。”博伊德从椅子上站起来，“我们只是听说艾玛·拉塞尔和罗肯·布雷迪有过一腿。”

“您没有在她的房间里发现藏着现金吗，探长？”麦克马洪没有看博伊德一眼，问道，“你没发现她穿的连帽衫吗？”

“这倒是真的，可是——”洛蒂开口说。

“她的尸体不是在布雷迪和奎因被袭击和焚烧的几英里远的地方被发现的吗？”

“是的，但是——”

“你没有在拉塞尔家发现一些不知名的植物吗？”

洛蒂点点头。

“我的案子结了。”

“胡说。”柯比说着，把电子香烟塞进嘴里。洛蒂闭上眼睛，等着听那傲慢的长篇大论。她数着，四周死一般的寂静。她数到了十九，麦克马洪才开口说话：“柯比警探，你能提出一个更合理的假设吗？”

洛蒂睁开眼睛时，麦克马洪的西装外套又扣上了扣子，他站在公告板的另一头。

“如果要我同意你的设想，”她说，“现在我还没准备好，先告诉我为什么泰莎·鲍尔会被杀。”

“错误的时间，错误的地点。”他说。

“废话。”博伊德说。

“那你说。”麦克马洪说着，交叉着双臂。洛蒂不敢回头，可是她可以想象，他那张刮得光光的脸上，一定满是讥讽。

“好！”博伊德说，他模仿了麦克马洪早些时候在房间里踱步的样子，“玛丽安·拉塞尔在泰莎被谋杀的那天晚上二十一点零七分打电话给她的母亲。我们认为艾玛是在十八点半去了娜塔莎家，在二十二点半之后回到了家。我们可以假定玛丽安让她认识的人进了她家，因为没有强行闯入的迹象。不管是谁，都是想让泰莎过去，那就是打电话的原因。我们可以假设那个人就是亚瑟·拉塞尔，因为他从那天晚上十九点半起就没有不在场证明——是个失控的家庭纠纷。”

麦克马洪说：“我先暂时接受这个说法，泰莎遭到了袭击和谋杀，玛丽安被人开着她自己的车送到罗肯·布雷迪的家里，她在那里受到折磨和残害。第二天，她被人在医院门口从车里推下来。经证实，罗肯·布雷迪和杰罗姆·奎因在拉格穆林郊外的一间村舍里被拷打和焚烧的同一天早上，他们在卡利翁湖发现的那辆车被烧毁。”

“那座村舍曾经属于泰莎·鲍尔。”洛蒂说。是时候由她自己控制调查了。

“然后被一个犯罪分子租了。”

“她转给了米克·奥多德。”

“她的外孙女在这个农民的农场被谋杀，而奥多德把村舍租给了奎因，因此他可能也参与了毒品团伙。”

洛蒂无法反驳他的论点，但这并不意味着她必须接受。“我们还在找奥多德，等我们找到他的时候，我们会得到一些答案。”

“这要取决于他是死是活。”

“他当然还活着。”

“在我看来，到目前为止，你没能保证很多嫌疑人或证人活着。你觉得这个奥多德扮演什么角色？我相信他的路虎还在农场。”

“一辆四轴自行车不见了。”洛蒂说。

“这不是一辆理想的逃跑车，是吗？”

“他可能已经——”

“够了！”

警司科里根走到房间前面，洛蒂没有注意到他来了。

他和麦克马洪握了握手，拍了拍他的背，“有你来我们这儿真好。”

两面派的混蛋。洛蒂脸上挤出笑容，小心翼翼地不让博伊德看见。

“很高兴来到这儿，警司，几个小时内我就能破了这案子。会开完，我就去和罗肯·布雷迪谈谈。”

“布雷迪不能说……”洛蒂停了下来。难道那条线索她也被排除在外了吗？

麦克马洪说：“早些时候有人告诉我，他已经准备好和我聊了。”

“我想应该是我——”

“太棒了！”警司科里根打断了她的话，“你先去吧，大卫，我跟我的团队聊一会儿。”

洛蒂注意到麦克马洪渐渐明白过来了。阴沟里翻了船。她看着这个都柏林督察和科里根握手离开房间时，忍不住咧嘴一笑。

“关他妈的门。”麦克马洪一走，科里根就命令道。

“乐意效劳。”柯比说着，从椅子上慢慢地站起来。

“现在，我希望从高级调查官员那里得到全面的最新情况。帕克督察，说的就是你，以防你被那个穿西装的都柏林帅哥误导了。你有十分钟的时间和你的团队商量，然后到我办公室来，带着答案来。明白了吗？”

“是的，长官。”

第六十三章

两个人一走，大家都松了一口气，洛蒂觉得四堵墙也发出了一声愉悦的叹息，气氛似乎好转了。即便只是暂时的。

“我不想让这件事拖得太久，我要找到亚瑟·拉塞尔和米克·奥多德。你们都做了什么？”

林奇坐直了身子，“本地区的每一位官员都被动员起来了，整个州都在追捕他们。自从艾玛的尸体被发现，检查站就一直在运作，机场和港口已经接到通知，大家都在找他们。”

“那么，我们的整个调查有什么收获呢？”

林奇说：“我刚刚收到玛丽安·拉塞尔笔记本电脑硬盘上保存下来的信息记录，我得空看一眼再跟你汇报。”

“好。柯比，捡到钱了吗？你有什么消息吗？”

柯比咧嘴一笑，洛蒂也只好报以微笑，尽管她想叫他去理理发。

“昨天在村舍发现的……”

“布雷迪的失踪的手指？”

“是的，老大。”

“我们在泰莎的公寓里找到的那把枪，”洛蒂说着，迅速转移话题，“有弹道学方面的消息吗？”

柯比坐在椅子上，把身体重心从一边屁股挪到另一边。

“快说。”洛蒂说。

“你可能不喜欢听。”

“这个让我来判断。”手机在牛仔裤口袋里振动着，她没有理会，而是做好了心理准备，准备接受柯比认为她不会喜欢的任何内容。

“是一把韦伯利 & 斯科特牌左轮手枪，七十年代爱尔兰特警使用的枪械。”

“特警？”洛蒂说，“那怎么会落到泰莎·鲍尔的手里？”

“不知道，”柯比说，“但奇怪的是……

“接着说。”

柯比深吸一口气，脱口而出：“弹道检测显示，这颗子弹与很久以前一枚被用于自杀的子弹吻合。”

洛蒂咽回了她正准备要问的问题。她明白柯比所说的意味着什么。便问了一个别的问题。

“你的意思是说，几天前我们在一个谋杀案受害者家里发现的那把枪就是我父亲四十年前自杀时用的那把枪？”

柯比咬着嘴唇，点了点头，头发也跟着甩动。

博伊德说：“这是……这是我听过的最牵强的话……这……这么多年了。”

洛蒂在房间里踱来踱去，琢磨着这件事的意义。泰莎认识她父亲吗？她怎么会有这把枪的？到目前为止，在她自己的私人调查中读到的所有报告中，都说彼得·菲茨帕特里克是从爱尔兰警局的安全柜里偷了枪。她用拳头猛捶前额，她没有读到后来那把枪怎么了。她在哪儿都没有发现和泰莎·鲍尔有任何联系，但是她真没看到过吗？想想看，洛蒂，她对自己说。思考，然后她想起来了。她父亲的笔记本，有一页纸中间潦草地写着律师的名。

“哦，天哪！”她说。

“什么？”博伊德问。

“记得我给你看的笔记本吗？上面有我父亲亲笔写的‘贝尔菲尔德 & 鲍尔律师事务所’，谁能告诉我发生了什么事？”

“等一下，”博伊德说，“没有必要妄下结论。它可能是七十年代拉格穆林唯一的律师事务所。你父亲是警察，他每周都要和法院打交道，所以他写下这个名字并不稀奇。”

“但我不明白为什么泰莎会有枪。”

林奇说：“这可能与我们目前的调查无关，只是偶然巧合。”

“我不喜欢巧合，”洛蒂厉声说道，“偶然的还是怎样。”

“还有从贝尔菲尔德 & 鲍尔律师事务所那里偷走的文件呢。”柯比一边说，一边用电子烟头挠着头。

“我同意这可能与谋杀案无关，”洛蒂说，“但我要亲自和基蒂·贝尔菲尔德谈谈，也许还要和那个老记者巴斯·弗林谈谈，他可能还记得在报社的日子。你认识他吧，柯比？你能告诉他我会给他打电话吗？”

柯比点点头。

“你认为我应该把艾玛被谋杀的事告诉伯妮和娜塔莎·凯莉吗？”林奇问。

“我忘了。博伊德和我一会儿再打过来。我相信他们已经知道了，但是正式拜访了解这一切并没有什么坏处。”洛蒂停顿了一下，然后补充说，“不知道罗肯·布雷迪对这一切有什么要说的。”

“我相信我们的都柏林朋友回来后会告诉我们的。”博伊德说。

“还有一件事，”他翻阅着麦格林的报告，“布雷迪的房子。”

洛蒂转过身来看着他，“厨房里的血迹是玛丽安·拉塞尔的吗？”

“是的。但这个和房后的垃圾袋有关，里面有重要的证据。”

“血衣？”

“是的，被送去做分析了。”

“你一有消息就告诉我。”

“不止这些……”柯比犹豫了，“在垃圾堆里，他们还发现了玛丽安的舌头。”

第六十四章

在办公室里，洛蒂尽量控制住胃里的翻腾。

“我给你拿杯咖啡？”博伊德提议。

“不，我想我可能会吐。那些混蛋，为什么折磨她呢？为什么不杀了她，一了百了呢？这里对不上啊，博伊德。”

“说到对上，你从奥多德家拿走的账本怎么样了？”

洛蒂戴上防护手套，在桌上铺了一张塑料，从证据袋里取出账本。她从抽屉里拿出在泰莎公寓里找到的信件副本，她把它们放在账本旁边，指着那笔迹。

“发现了什么？”

博伊德坐在桌子边，俯身越过她的肩膀，声音离她的耳朵特别近。“字迹看起来很像。”

“不是像，是一模一样。”她转过身来看着他的眼睛，眼里淡褐色的斑点在跳舞。

“这是缺少的那一环？”

“也许是另外一环，但我想我们还没能连上整环。”

洛蒂从那堆信的最上面拿起一封，没有签名，没有日期。她大声读着：

我的心上人：

我知道我们不能在一起，但是我想让你知道我每天都在想你。别人做了决定，让我们必须分开。不是我，我希望你相信这一点。如果按照我的意愿，我们会在一起。你值得被爱，我可以给你无尽的爱，我想这样。但不幸的是，情况并非如此。我会尽快再给你写信。

请相信我真的爱你，永远爱你。

“都是这样，”她说，“其余的都是类似的风格。”

博伊德又拿起一封，“所以，如果我们对笔迹进行分析，考虑到过了这么长时间，我们能够肯定地说这些信是米克·奥多德写的吗？”

“我是这样认为的。”洛蒂把它们放回文件夹里，合上账本，把它放回证据袋里，“但它们读起来有点……就像柯比说的，奇怪。你不觉得吗？”

“我们不知道他们为什么分开，她的丈夫当时可能还活着。”

“他在婚后不久就去世了，让泰莎自由了。他们有点不对劲儿，我想不明白。”

“我们知道泰莎和奥多德之间有联系。看在上帝的分上，她把房子都卖或者给了他。”

“她是律师，也许她是奥多德和什么人的中间人呢。”

“但她保留了这些信，从来没有投递。”

“是的。”洛蒂用一只手摸了摸她那欲裂的额头，“还有枪……我要和巴斯·弗林谈谈，看看他能不能把有关我父亲的任何事情告诉我。”

“没错，小报记者们知道的比我们警察还多，我去看看有没有人看到我们要找的那两个人。”

“去吧，其中一个一定是杀人犯。”

“或者两个都是。”

“我们还需要知道麦克马洪从布雷迪那里找到了什么，最好我们可以亲自去和布雷迪谈谈。”

她抓起夹克时，手机振动了。她看到一个红色的圆圈，表示她之前有语音留言。她应该给安娜贝尔打电话，她接了电话。

“嘿，简，有艾玛尸检的消息吗？”

“你能快点儿来这儿吗？有件事你得知道。”

“我正要去审问一个人，但如果你觉得很重要，我先去找你。”

“很重要。”

“我半个小时后到。”

第六十五章

上午，天气又回到了往日的灰蒙蒙。洛蒂在高速公路上追逐着云朵，雨点打在挡风玻璃上。

验尸房似乎比平常更冷了，洛蒂觉得这让这里气味更重了，她不禁感到不安，挠了挠眼眶周围。尸体解剖桌上摆着两具尸体，盖着的。很好，她想，很高兴她没看到年轻的艾玛那双惊恐、已无生气的眼睛。

“到我办公室来，我需要单独跟你谈谈。”简说。周围没有别人，她还没有穿好大褂。为什么没来得及穿？洛蒂想知道。

她把洛蒂领进狭窄的办公室。洛蒂脱下外套，挂在椅背上。简坐在她对面，双手紧紧地攥在一起，仿佛如果她松开手，手就会挣脱手腕似的。她的脸，通常非常精致，现在看起来像是布满裂纹的陶瓷杯子。

“来点咖啡？”她提议。

洛蒂摇摇头，“我很好，谢谢！你看起来糟透了，发生什么事情了吗？”

“有人破门而入，”简说，声音略高于耳语，“昨晚。”

“那太可怕了！”洛蒂说，心里想着所有可能被干扰的证据，“说说。”

“警报被关闭了，所有的监控摄像头要么被砸碎，要么被盖住了。今天早上七点半我第一个进来……”

“什么被拿走了吗？有证据遭到破坏或篡改了？”

“我们无法确定是否有证据或尸体受到干扰，但这可能会影响样品的保管和核查工作。当然，除了闭路电视，没有其他设备受损。我打电话给塔拉莫尔的警察了，他们非常棒。”

“都记录下来，报告了吗？”

“是的。”

“那为什么要破门而入呢？”

简从桌下拖出一个大皮包，用颤抖的双手取出一个巨大的绿色文件夹，“我昨晚把这个带回家了，要是他们在找这个呢？”

洛蒂皱起了眉头，“这是什么？”

“你父亲的验尸文件和相关的询问记录。”洛蒂不由得张大嘴。她眨眨眼，向前倾，抓住简的手。“你拿到了？过了这么久，你认为为什么有人在追查它？”

简把文件推到桌子对面说：“我复印了一份，我想在别人不知道我有的情况下把它换掉。当然，它肯定在某个地方的计算机系统上留下了痕迹。”

“所以这是一份复印件？”

“不，这是原件。我昨天复印了一份，但我没有时间把原件还回去，所以我把它带回家通读了一遍。也许在我的内心深处，我认为它们和我在一起更安全。”她把包扣好，双手放在上面。“副本就在这里，在我的桌子上，是唯一丢了的东西。”

“哦，上帝，我对这一切感到很抱歉。”

“这不是你的错。我是通过正当的渠道得到这些文件的，我没有理由怀疑它会给某人发出危险信号。但是洛蒂，这也许意味着你是对的，你父亲的死并不像表面上那样。”

“我知道。很抱歉让你处于尴尬的境地，你告诉调查人员了吗？”

“我也不知道为什么，但我什么也没说。不管怎样，我还是留住了原件。”

洛蒂伸出戴手套的手，放在档案上面，她终于可能要找到一些答案了，也或者她打开了潘多拉的魔盒，“你说你昨天晚上看了？”

“是的。”

“你觉得他的死有什么蹊跷吗？”

“我想你父亲确实是自杀的。”

洛蒂瘫倒在椅子上，眼泪不争气地刺痛了她的眼角。她懊恼地抹去泪水。

简继续说：“但我认为他可能是被胁迫的。我研究了尸检的照片，发现了他胸部受过过度的压力，他胸前也有奇怪的凹痕。我猜想他可能是被绑在椅子上。我相信是有人强迫他扣动扳机，然后他们解开了绳子。”

洛蒂咬了咬下嘴唇，拼命忍住不哭。

她一直是对的，这么多年来，她一直挣扎着，纠结父亲不够爱自己，才会不想活了。

“谢谢你，简！”她低声说，“非常感谢！”

她感到简的手压在她的手上。

“洛蒂，你现在得把它放下，不要一直查了。你找不到答案，它会毁了你。”

“可是你没看见吗？我父亲是被谋杀的。我必须找出原因，把罪犯绳之以法。”她又开始纳闷，为什么泰莎·鲍尔会拥有那把夺走她父亲生命的枪？

“不管是谁，现在可能都已经死了。”病理学家说。

“肯定有人知道的，简。某个人，某个地方有人知道的，不然他们为什么要偷那份文件？”

第六十六章

洛蒂回到拉格穆林，开车穿过被洪水淹没的街道，把车停在威利·巴斯·弗林的公寓外面。

巴斯带她走进凌乱的客厅。壁炉里有一个两小节的电加热器在燃烧，房间中央煤气加热器正在燃烧释放出难闻的热气。她想找个地方放夹克，但似乎没有地方放得下。房间里堆满了已故歌手乔·多兰的纪念品。老人一只手抓住齐默助行架，一边指着每一件珍贵的物品，讲述它们的意义。

“我这儿还有些乔的唱歌视频，我给你播一下。”巴斯从书柜里拿出一盒卡带。

洛蒂把手放在他的胳膊上，“现在不行，如果你不介意的话，我有点赶时间。我想问你几个问题，有关你在《米德兰论坛报》工作时候的事。”

他发出低沉的笑声，“我已经退休好多年了，像你这样年轻漂亮的姑娘，还想知道以前的什么？”

“说实话，我也不确定。”

“那就从头说吧。”瘦骨嶙峋的他坐在扶手椅上，屁股下面是一捆报纸。

洛蒂四处看了看，发现一把破了皮的皮椅子。她把椅子拉过来，小心翼翼地坐了下来，心里暗暗希望那两条弯曲的椅子腿不会在她的重压下垮掉。

“你听说泰莎·鲍尔被谋杀的事了吗？”她问。

“镇上没什么事是我巴斯不知道的。”他细细的手指轻拍着鼻子，皮肤几乎是透明的。

“跟我说说她。”

“不认识她，根本不认识。也不是最近的事了，她原来是个律师，那个时候律师行业里的女性不多，不像现在。她是个固执的婆娘。”

“为什么这么说？”

“她有点名声。”

“名声？不好的名声？”

“那要取决于你对好的定义。”他往椅子里靠靠，给自己腾地方，报纸沙沙作响，“据我所知，泰莎·鲍尔擅长打赢在区法院的官司。她主要处理你们现在说的家庭纠纷案件，虽然当时没有这样的说法。”

“什么样的案子？”

“父亲告儿子，哥哥告弟弟——土地纠纷啦，老公打老婆——虐待啦，类似的案件。很久以前的事了，我的记性也不如从前了。”

“你做得很好！”洛蒂鼓励他，“你能想起什么特别的案例吗？”

他闭上眼睛，她以为他睡着了。这时他开口说：“不是什么案例，算不上，可以说是个丑闻吧。不过，她还是解决了。哦，是的，泰莎是能摆平事情的人。”

“什么丑闻？我能在报纸档案里找到吗？”

“不能，因为从来没有人报道过，全都神神秘秘、遮遮掩掩的，哈！但是街上的每条狗都知道。”

“你能想起来吗？”洛蒂不知道她在这儿干什么，这位老人不可靠的回忆肯定与她的调查无关。而她想知道答案，却连问题都不清楚。

“我想想，”他说，紧扣着双手，“那是爱尔兰共和军在都柏林制造爆炸案的时候。你可以用你们现在的谷歌查一下，我想是一九七二年或者是一九七三年。报纸上全都是。上帝呀，那段时期特种部队像野常春藤一样到处疯长。令人震惊的年代，令人震惊。”

“那时我还是个孩子，”洛蒂说，“泰莎卷入什么事了？”

“有个本地女人……叫嘉莉……我不记得姓什么了，我记得嘉莉这个名字，因为不是有一部同名的恐怖电影吗？”

“是有。”

“嗯，这个嘉莉也有点儿恐怖，是位右派女士，喜欢吸毒、酗酒，而且方式偏激。她那些疯狂的想法肯定是从伍德斯托克或其他什么地方来的。还是个嬉皮士，她就是那样，衣着狂野，什么颜色的都有。头发都编起来…你们叫它什么？脏辫儿吗？啊，就是这样。”

“她怎么了？”

“不知道。”

“那么弗林先生，你说这些是……”

“巴斯，叫我巴斯，现在我只叫这个。”

“你刚才跟我说这个叫嘉莉的女人的事。”洛蒂提示说。

“我知道我在跟你说什么，我还没有老年痴呆。”

“很抱歉，您继续。”

“她到处跟人上床，谁给她几个先令或一杯威士忌都可以。你明白我的意思吗？”

“我想是的。”

“好几次引火上身。”他又拍了拍鼻子。

“她不止一次怀孕？”到底想说什么呀？

“有传言说年轻时的米克·奥多德，还有警局的几个警察都是她的常客。”洛蒂觉得胃里有东西翻了个跟头。这不是她所期待的内容。“真的吗？你知道他们的名字吗？”

“不知道，神神秘秘的。”他说，“事情是这样的：有传言说嘉莉有了孩子，但没有丝毫迹象。今天传她怀孕了，第二天又没怀，我也不知道发生了什么，对吧？几个月后，你妈妈不是也怀孕了吗？那时候没有避孕药，对吧。直到妇女们坐火车去贝尔法斯特抗议，北方才有的……”

“继续说。”洛蒂说。

“传说是泰莎·鲍尔收养了那孩子，抚养她成人了，我不知道是真是假。这是目前为止最好的一段。差不多两年后，你妈妈又怀孕了，她就像一只兔子。对不起，我不是故意这么粗俗的。”

“前面那句，你认为泰莎从这个女人身边带走一个孩子？”

“传言，仅此而已。我还要继续说吗？”

“是的，请继续。”这老头的回忆，洛蒂想，够劲爆哇！也许是因为有人听，他胡编乱造的。

“这回生了双胞胎。这段就有趣了。两个小家伙被从她身边带走了，送到了养母那里，而嘉莉被送到了圣德克兰疯人院。大约一年，也许是两年之后吧，她又回来了。泰莎·鲍尔也参与了，据说是她把嘉莉放出来了，嘉莉又夺回了她的双胞胎。”

“那后来发生了什么？”

“那疯婆子要把房子烧掉，还真那么干了。”

“我的天哪！孩子们死了吗？”洛蒂现在相信了，这就是柯比提到的嘉莉。

“我不知道他们发生了什么事，不过我听说他们中有一个被领养了。”

“嘉莉呢？她死了吗？”

“不，她没有。你当然杀不了坏人。老话说得有理。她又回疯人院了。现在我想起来了，另一个孩子也被安置在那儿了，和她在一起，直到他们给她找到了一个家。”

“有什么办法能让我拿到这些的证明吗？圣德克兰的记录？”

“那个怪物院几年前就关门了，当时是卫生委员会管理的，现在叫什么来着？”

“健康服务管理局。”

“给一样血腥的东西起个好听的名字，你应该去那儿找找。”

“这么说，你认为泰莎·鲍尔在嘉莉和她孩子们的事情上是同谋？”

“这都是当时的说法。当然了，之后所有的文件都被从律师的办公室偷走了，任何她涉嫌参与的证据都消失了。”

“不得不说，巴斯，过了这么久，你还能想起来，真是太好了！”

“跟你说过，我还没有老糊涂。不过就是因为几天前泰莎被杀，然后现在跟你聊会儿，我才又想起来了。时代不同了，那种情况放在今天是不会发生的，肯定不会。”

洛蒂想了一会儿，也许这些谋杀虽然与犯罪和毒品活动有关，但实际上都缘于过去。有关泰莎的过去，罗斯随口说出的那些话又萦绕耳边，他说得对吗？泰莎死了，她的女儿和外孙女也都死了，还有谁会被过去所困扰呢？

她站了起来，腿软得没有力气。“谢谢你，你帮了大忙，我自己离开就可以。”

“现在只有我和乔在这儿了。”他拖着自己上了年纪的身躯，从扶手椅里站起来，往录像机里放了一盒卡带。“我星期四要去日托中心，除此之外，我一直都在这里。打个电话就能来，下次我给你泡茶。”

洛蒂走到外面，乌云演变成一场倾盆大雨。她的手机在口袋里振动着。

该死，是莫罗尼。

第六十七章

乔伊斯酒店占据拉格穆林中心已经一百五十多年了，在经历了多次修整和更名之后，它现在是以一位爱尔兰小说家的名字命名，据说这位小说家曾在这里住过一夜。洛蒂走进酒吧间，眼睛过了几秒钟才适应了黑暗的室内环境。

“在这儿，督察。”

她眯起眼睛，转过身去，卡瑟尔·莫罗尼舒适地坐在红色天鹅绒扶手椅上，喝着一品脱吉尼斯黑啤酒。被堵住的烟囱里假煤火排放煤气。

“谢谢你同意来见我，你要喝一杯吗？”他擦去上唇的泡沫。

“喝杯茶就好。”

他向酒保招手时，洛蒂在记者对面坐下，真希望自己点了双份伏特加。但在莫罗尼关心的问题上，她需要保持机警。她脱下夹克，把它卷成一个球，压在小圆桌的铁腿之间。

“你激起我的兴趣了，督察。”

“我不得不说这种感觉是相互的。”她在椅子上换了个姿势，微微低下头，避开他的审视。

“我们能做朋友吗？”他伸出一只手。

“想都别想。”她交叉着双臂，感觉会很难熬。酒保端来了一壶茶，洛蒂不等茶沏好，就把清淡的茶水倒进了杯子，这样至少可以让她的手暖和起来，“你想跟我说什么？”

“所以没有时间闲聊了？”

“得了吧，莫罗尼，你知道我多忙，快说。”他缓缓地呷了一口啤酒。洛蒂没有耐心耗下去，她站了起来。

“我走了。”

“我认为你会想坐下的，”他说着，把杯子重重地摔在桌子上，“事关毒品和你正在调查的这些谋杀案之间的联系，也许还和你自己对你父亲之死的调查有关。”

正弯腰在桌下拿夹克的洛蒂怔住了。她抬起头，怒视着记者。如果他不那么讨人嫌，她可能会承认他很帅。她猜想他用牙线剔了牙，染了头发，前额上可能注射了肉毒杆菌，让他在电视上更上镜。尽管如此，他那双绿眼睛还是红通通的，肚皮紧贴着衬衫纽扣，估计是晚上一个人窝在只有一间卧室的公寓里喝了威士忌的缘故。

她又坐了下来，“继续说。”

“世上没有免费的午餐。”他说，会意地撇了撇嘴一笑。

“早就想到了。”

“我想要内幕，与毒品有关的这些谋杀案件。”

“你在调查什么？”她什么也不会说的。

“我认为鲍尔和拉塞尔谋杀案是有组织的犯罪。这些年，我一直在写一个故事，我认为这是故事的高潮了，我想要加入。”

“你妄想。”洛蒂又倒了些茶，这茶现在已经沏好。

服务生端着一盘食物走来，“莫罗尼先生，你点的是鸡肉、土豆泥、蔬菜和肉汁，对吧？”

“好小伙儿，放在这儿吧。”莫罗尼在桌子上腾出地方放那盘食物，“饿了吧，督察？我给你点什么？”

“不了，谢谢！”洛蒂说，而她的肚子却在咕咕叫着，表示抗议。

她看着莫罗尼把叉子插进鸡肉，塞进嘴里，然后用他的烤瓷牙咀嚼起来。她突然意识到，除了与他针锋相对的报道工作外，她从未见过他。但他可能有重要信息，所以她不得不忍受他恶心的吃相，至少这几分钟吧。

“我父亲，”她说，“你凭什么认为我一直在调查他的死因？”

他用叉子轻轻敲了敲鼻子，沾上了一道肉汁。

“怎么知道是我的事。话说，有什么好处给我？”

洛蒂呷了一口茶，紧紧地握着杯子把手。如果有的话，她必须弄清楚他到底知道什么。她做了决定。

“如果你把你知道的告诉我，我会设法在通知任何其他媒体之前，把我们在谋杀案调查中所发现的一切情况告诉你。我不能保证什么，但我会尽力的。”

“不够。”

“那再见吧，莫罗尼先生。”她把杯子“啪”的一声摔到茶托上，准备站起来。

“不行……坐下来。”莫罗尼挥动着握刀的手。洛蒂勉强坐了下来。他说：“我父亲最早是当地论坛报的记者，工作兢兢业业，印刷机上的黑墨水都渗进了指骨，最终拥有了这家该死的报社。幸运的是，他没有活到目睹自己毕生心血被一家数字公司接管。”

“这有什么关系？”

“我父亲是一个一丝不苟的记者，即使报刊麻烦缠身，他也从未失去这种技能，所有东西他都存档。”

“现在都数字化了。”

“大多数是的，但我要说的没有。”

“我不明白你的意思，莫罗尼先生。”

“叫我卡瑟尔，我可以叫你洛蒂吗？”

“没门儿，莫罗尼先生。”

“天哪，你充满敌意。”他把饮料拉过来，倒进了渣滓里。他示意酒保再来一杯，然后靠在椅背上，双臂交叉。他把刀叉放在盘子的两边。洛蒂想，如果博伊德看到这一点，他一定会疯掉的。然后她笑了。

“笑得真好。”他说。

她收起了笑容，皱起眉头。

“我刚才说到哪儿了？”他问。

“你父亲和他的档案。”

“我小时候，他总说他挖了一个故事，却不能发表。年幼的我记得他对此非常生气。我妈妈过去常常嘘他，不让他在我面前谈论这件事。他抽烟斗，会疯狂地吸，拼命地抽，还把客厅角落里桌上的文件摔得乱七八糟。一次我无意间听到他说什么两个孩子，他的话使我不寒而栗。”

“他说什么？”洛蒂不清楚听莫罗尼讲他的童年往事是否有什

么好处，但有种感觉让她再给他几分钟，尤其是他说的内容和巴斯告诉她的相呼应。

他说："那些孩子不应该遭这样的罪，菲茨帕特里克警官也不应该。这些话我听他说过很多次。"

洛蒂坐在椅子边上，双手抓住扶手，"什么孩子们？他们是谁？"

"我当时不知道，但现在知道了。"

"他们和我父亲有关系？"

"他们在他的话里同时出现。"

"你怎么想起来的？当时你肯定还是个孩子呀！"

"我知道你会问的，所以你需要看看我在我父亲的东西里找到的文件。他最终得了痴呆症，五年前心脏病发作去世了。但即使他漫无边际地说着胡话，某些语境也总是说着这些孩子。也许一直有人不许他发表这篇报道。"

"你怎么知道？"

"因为我有他原始的新闻稿，里面夹着一封爱尔兰警局局长的正式信函，信中威胁说，如果此事曝光，报社将被关闭。"

"上帝呀！"洛蒂靠在椅背上，一只手摸着头发，"这个故事跟这些孩子有关，还是跟我父亲的自杀有关？"

"都有关。"

"莫罗尼先生，你知道你手里掌握着什么吗？"

"我知道。我想你怀疑你父亲不是自杀，至少不是自愿的。"

酒保端着莫罗尼的饮品走过来，收拾了盘子和餐具。

他走了以后，洛蒂问："你这话是什么意思？"

"可以成交吗？"莫罗尼说。

她一动不动地坐着，盯着记者，而他则停了下来，半品脱啤酒已经到了嘴边。她真的会冒着丢掉工作的危险背着科里根警司提前说吗？也许她可以提供一些无关紧要的信息，反正都要发布的。

“我不想听没用的东西。”他说，他仿佛读懂了她的心思。

“成交。”她可能因此被炒鱿鱼，但她一辈子在试图弄明白父亲为什么自杀。在过去的四个月里，她一直在积极地追查这件事，但毫无结果。今天，一切似乎都像熔岩一样向她涌来，“我什么时候能看文件？你带在身上了吗？”

“你可能认为我笨，但不要低估我。我挖掘这个毒品的故事已经好几年了，有关谋杀案你能告诉我什么？”

洛蒂绞尽脑汁地想，她究竟能向电视记者透露多少真实的消息，又不把泄露的原因归咎于自己身上，并不多。她得唬下莫罗尼。

她说：“我会整理好手头的资料，给你准备一份文件。”

他从胸前的口袋里掏出一个笔记本和一支钢笔，草草地写了几笔，然后撕下，“这是我的家庭住址，明晚打给我，八点左右吧，这样我有足够的时间复制一份我父亲的文件。如果你来的时候没有提供可靠的信息，没有我可以利用的具体信息，我们的交易就泡汤了。明白吗？”

“明白。”洛蒂说。此时她特别希望博伊德跟她一起，让她确定自己做的是对的。

不知怎的，她知道他会说什么：自毁前程。

第六十八章

洛蒂在警局碰到博伊德，他们开车去伯妮和娜塔莎·凯莉家，告诉她们艾玛·拉塞尔的事。即使她们不是家人，她也觉得对她们有义务告知。她已经决定了，她和莫罗尼的谈话最好让博伊德一无所知。正如她母亲常说的，他不知道的事就不会使他担心了。

前门开着，雨水扫过大厅的地毯。汽车后备厢和四个门都开着。

“怎么……”博伊德说。

洛蒂从他身边挤过去，进了屋。

“怎么了，伯妮？”她伸出一只手，想挡住那个女人向门口走去的脚步，她手里正抱着一堆衣服。

“我要搬走，离开这破镇子，现在就搬。”

“为什么？”

伯妮大笑，“为什么！上次大雨你不是来过？我女儿最好的朋友和家人都被谋杀了，你问我为什么！我们要在下一个被杀之前离开。”

“我们先把这些放下。”洛蒂从伯妮手里接过衣服，扔在沙发上。沙发堆满了各种盒子。她注意到房间里所有的装饰品都被拆掉了，厨房里有陶器和刀叉叮当作响的声音。她往厨房里面瞥了一眼，看见娜塔莎正慢条斯理地把各种用具往一个塑料盒子里装。一个一个地放进去，神情有些恍惚。她转过身来，看见伯妮坐在扶手椅中，博伊德靠在扶手上。

“我为艾玛感到难过，”洛蒂背对着空的壁炉，开始说：“为了查明是谁杀害了艾玛，局里的每个警察都倾尽了全力。”

“有人讲过了。”

“你这话是什么意思？”

“你不是今天第一个来的，一个令人生厌的督察来过。”

要不是洛蒂还在气头上，她会笑出声来。伯妮很好地概括了麦克马洪。

“对不起，麦克马洪督察忘了告诉我们他会来找你。”

“他似乎在执行什么单独任务。”伯妮似乎平静了一些。

洛蒂继续问道：“你在这儿住多久了？”

“你为什么想知道这个？”

“这个我们之前说过，但我真的需要知道你对拉塞尔一家有多了解。他们家来往的人，你能回忆起的任何不寻常的车或者人。这段路上只有你们两家，地处偏远，所以我敢肯定你会注意到周围有任何可疑的人。”

“那么你不再怀疑亚瑟了？”

“在我们逮捕罪犯之前，每个人都是嫌疑犯。”

“连我和娜塔莎也是？”

“我只是问你是否见过——”

“我知道你在问什么，回答是没有，我什么都没注意到。”

“你不觉得如果我知道，我不会告诉你吗？”

“你最近见过亚瑟吗？”

“没有。”

“我能和娜塔莎说句话吗？单独可以吗？”

“不行。她还不到十八岁，我有权在场。你想问她什么？”

洛蒂没有理睬，说：“伯妮，你要搬到哪儿去？你在什么地方有亲人吗？”

“亲人？娜塔莎是我需要的唯一亲人，我必须保护她。上周发生的那一切，她伤心欲绝。我们得离开这儿，你不明白吗？你是个母亲吗？”

“我是。”洛蒂说。她回想起昨晚的崩溃，认为自己不是个好母亲。

“那你一定能理解我为什么要保护我的女儿不受这一切伤害吧？”

“我明白，但我不认为逃避会抹去记忆。无论娜塔莎身在何处，她都将带着伤痕。留下来，找人帮忙，甚至连你自己也要去看医生。现在你心烦意乱的，哪儿也不能去。”

伯妮叹了一声，似乎松口气，然后突然从椅子上跳起来，博伊德失去平衡差点摔倒在地板上。她伸手去拿洛蒂放在沙发上的那一捆衣服，然后又把它们扔了回去。

“说实话，我真不知道怎样是对的。”她哭着，双膝跪地。

娜塔莎从厨房里冲出来，瞪着眼睛，牙关紧咬，脖子上的血管在跳动，“你们做了什么让她不高兴的事了？”

少女的语气让洛蒂有些畏缩。这已经不是第一次了，她想知道艾玛和娜塔莎到底是怎么相处的。现在问她太晚了。她可以问娜塔莎，但也许现在时机不对。

“我想你应该留在这儿，等着这一切都解决了。”博伊德用他柔和、平静的声音说。他把手放在伯妮的肩上。洛蒂惊讶地看到女人伸出手来，抚摸博伊德纤长的手指。她还没来得及把她所看到的用语言表达出来，娜塔莎就跳上前去把他推开了。

“不要碰我妈妈！别管我们。”她搂着伯妮。

“我想你们应该离开，”伯妮说，“也许我们会再多留几天。”她任由娜塔莎把她领进厨房。

门关上时，洛蒂和博伊德交换了一下眼色。

“在我再次遭到伏击之前，”她说，“我们去医院看看布雷迪先生是否有什么话要说。”

他们留下凯莉家的女人们互相照顾。

第六十九章

他们向医院病房外的警察出示证件，然后签字进去。

洛蒂以前曾近距离接触过一名火灾受害者，但对眼前的景象依然毫无准备。

“哦，该死，博伊德，他看起来很糟糕。”

“说糟糕简直是轻描淡写。”

“这么多管子和机器可以让一个小工厂运转一年，更别提让一个人活着了。”

床上传来一声呻吟，她忙走近，从身后拖过一把椅子，但又觉得站着更好。博伊德坐下来，拿出笔记本。

“罗肯，我是督察洛蒂·帕克，这是我的同事博伊德警长，我们想问你几个问题。”

“他声带受损了，”一名护士拿着一袋液体走进病房说，“如果你们想听他说话，就得靠得近一些。但我估计你听不懂他说什么，你们之前的人灰溜溜地走了，一个字也没听懂。不过我没有告诉他我跟你们说的事。”

“谢谢你！”洛蒂说。

护士说："你们结束就按铃，我再回来。"

护士离开后，洛蒂照护士说的做了，蹲在缠着绷带的布雷迪身旁。

"罗肯，我想知道杀害泰莎·鲍尔和折磨玛丽安·拉塞尔的人是谁。"

布雷迪呻吟着，喉咙咕隆咕隆的，被烧毁的嘴唇发出喘息声。

"你听懂了吗，博伊德？"洛蒂转头看。这个受伤的人说了些什么，她完全一头雾水。

"没有。"

"我知道你只参与了微量毒品交易，罗肯。"她下意识地为这个谎言祈祷，"那个我不管，我认为你是个好小伙儿，不会犯谋杀罪，所以你能告诉我些什么，好让我找出这一切的幕后黑手吗？"

肿胀的眼皮眨了眨，却睁不开，起着水泡的嘴唇微微张开。天哪，她想，他这样子还不如死了好。然后她注意到他的手，套管从绷带上伸出来，抽搐着。那只手只剩下大拇指和食指了。

"这没用的。"她转身对博伊德说。

刹那间，她僵住了，因为她的手被那个只剩两根手指的男人抓住了。

"你吓死我了，罗肯。"她说。她明白他想让她靠近一些，于是蹲在床边，耳朵贴着他的嘴，"谁是凶手，罗肯？"

他的声音因烧伤而嘶哑，但她能听出一两个字。

"微因。"

"奎因？"她回头看着博伊德，"我猜他说的是杰罗姆·奎因。"她靠向受伤的男人，"是谁这么对你的？"

“微因。”

握住她的拇指和食指松开了，机器发出刺耳的哔哔声。洛蒂示意博伊德该走了。

“我们从他那里不会得到任何消息，至少今天不行了。”

护士轻快地走进房间，“你们俩该走了。”她忙得不可开交，不停地拨动着机器的开关，直到房间里恢复了相对平静，还是那单调的嗡嗡声。

洛蒂等着博伊德把笔记本装进口袋里，才跟着他出去。

“他不可能说的是杰罗姆·奎因，”博伊德在电梯里说，“他被刺伤，被火烧死，一定是他同父异母的兄弟汉默·奎因。”

洛蒂陷入沉思，门一开，她就走了进去。

“布雷迪伤势严重，他很有可能说的不是这个。”

门关上了，电梯开始下降，“我们看看麦克马洪有什么可说。”

*

洛蒂猜想麦克马洪是一个习惯了要什么就有什么的人，此刻他正在他的办公室里，准确地说是在她的办公室里，坐在桌后崭新的皮椅子上，桌上有台笔记本电脑。

“我去看了罗肯·布雷迪。”她说。

他在黑刘海后面打量着她。

“我记得我说过我要和罗肯·布雷迪聊聊。”他说。

“你进行得怎么样？”她站在门口。

他在座位上挪了挪，身下的皮革吱吱作响，“一句话也问不出来。”

“你认为杰罗姆·奎因同父异母的弟弟汉默和这件事有关吗？”

她主动问道。

“与他完全有关。”

“但为什么这时候，为什么要等到这个星期才去找他呢？他肯定一直都知道他在哪儿。”

“你仔细想一想，在他们把玛丽安的舌头拔掉之前，她可能已经说了。”

想到那个女人所受的痛苦，洛蒂的胃拧着疼。他们在黑垃圾袋里找到了她的舌头，就像块腐烂的碎石被扔了出去。

“钱都到哪儿去了？我们只找到了九百五十欧元，”她说，“我怀疑这是毒品钱。”

“可能有海外账户，我会查个水落石出的。”

“我相信你会的。”洛蒂说，“我想知道今天上午你为什么去凯莉家？”

“显而易见哪！”

洛蒂双手攥成拳头。这些耀武扬威的王八蛋怎么总让她觉得自己不称职？她挺直腰板，装出一副举足轻重的样子。

“我知道她们是邻居，可是——”

“那条路上就她们两家，”他插嘴说，“因此，显然可以从他们那里获得信息。”

“有么？从谁那里？”哪儿教出来的蠢货？

“什么？”

“获取信息呀？”天哪，他真能满嘴跑火车。

“我需要确认一些细节。”

“听着，麦克马洪督察，我才是专案组长，我有权知道你了解的一切。”

“恰恰相反，我认为情况正好相反。所以，除非你有什么有用的信息告诉我，否则就别打扰我工作，我也建议你赶紧干活。”

“我去看看林奇在玛丽安硬盘上的数据中找没找到线索。”

“没有必要，”他说，“我已经看过了，没有什么有意义的，别浪费时间。”

“不管你愿意不愿意，这是我的工作。”

“我并不想说得傲慢无礼，但你过分了，督察，小心点别惹我。”

如果这儿有一扇门的话，她早就把门“砰”的一声关上了。

第七十章

林奇把她的马尾辫解开了又绑上，头发缠在手指上。

“你看起来精神紧张。”洛蒂说。

“有点。我一早上就想弄清楚玛丽安一直在做什么。但这像拼拼图，手里只有蓝天。”

“至少不是阴天。”博伊德说。

两个人都瞪着他。

他说：“好吧，我去问问柯比，看他查到了什么。”

“他应该在跟土地注册处对接，看泰莎是否还有其他财产。你去健康服务管理局查一查他们有没有七十年代圣德克兰疯人院的记录，好吗？”

“这跟什么有关系？”

“博伊德，能不能别人让你做什么你就做什么，好吗？别问。”

“可以呀，会的，但我就想知道为什么。好吧，好吧，我这就去。”

他自言自语地离开了办公室。

“你刚才说……”洛蒂把椅子拉到林奇旁边，意识到麦克马洪正坐在她的办公室里，对他们的一切看得一清二楚，但她希望他听不见他们的谈话。

林奇指着打印出来的文件，“这都和她正在学的课程有关，我没有发现任何与毒品有关的东西。除非那一页一页地写着的草药和植物也算的话。”

“我在她的床头柜上发现过一本草药书，等一下。”洛蒂跑到她的书桌前，拿起那本书。封面破旧，颜色褪却，书页泛黄。

林奇说：“这小字跟蚂蚁似的。”

洛蒂又坐了下来，“《卡尔佩珀草药大全》，她可能对这个领域感兴趣。从煤仓里取出的植物有消息了吗？”

“是贯叶连翘。”

“什么？”

“圣约翰草，是种药用植物，用来治疗抑郁症，现在已经退市了。”

洛蒂用手指划过索引，找到了圣约翰草，用铅笔标出。有意思。

“玛丽安在煤仓里种这些植物，可能是想重建它的自然栖息地——阴凉的树林。这里说它是用来治疗忧郁和疯狂的，我可以用这个治疗一下。”她合上书，“文档上还有什么？”

“看起来她好像是在试图绘制家谱，我们只有她的文档，如果我们能找回她的网上浏览记录就好了。”

“我们能拿到她的往来邮件吗？”

“如果你觉得有用的话，我可以去看看。”

“如果有的话，最好知道她和谁有联系，她的家谱绘制到哪一步了？”

“没多少。她把亚瑟家那边画好了，婚姻关系，然后连着艾玛。”

“而我们仍然不知道他在哪里。”洛蒂说，“她自己那边呢，她有什么亲人？”

林奇说：“不是很多。父母——泰莎和蒂莫西·鲍尔。但是看看这个。”

洛蒂瞥了一眼林奇拿着的那一页，“我可没一整天的时间。”

“她在括号里写了一个名字，就在泰莎的名字旁边。奥多德。”

“什么？”洛蒂拿起那一页来读，皱着眉头。是因为玛丽安发现泰莎和米克·奥多德有染吗？或者是泰莎和米克有什么关系？表亲？兄妹？当地人不会知道吗？也许这就是艾玛逃到奥多德家的原因。是这样吗？“让人云里雾里，有什么推测吗？”

“没有。”

“林奇，你今天可是消息灵通啊！”

“所以我头发都要拔光了。”

“继续查！可能有新消息。”

“好的，但我认为这不会帮我们找到杀害泰莎和她家人的凶手。如果你问我的话……”

“继续说。”

“我倾向于同意麦克马洪警官的观点：这是一场毒品纠纷。”

你当然同意了，洛蒂想。“我们必须考虑所有的可能性，让他和他的亲信去追踪毒贩吧，我们就做我们该做的事，明白了吗？”

洛蒂把椅子推回到她的办公桌前，意识到自己说话有点像科里根警司。

*

电脑上邮件图标一直闪，她打开艾玛·拉塞尔的验尸报告，扫视文件后盯在死因上。

“博伊德！”

“不用喊，我就在你对面。”

“死因是……肺内溜入液体引发窒息。艾玛是被淹死的。简发现她脸上的伤痕是眼镜打到脸上造成的，头骨后面有挫伤。无法确定这是摔倒所致，还是被未知的工具击中所致。”

“可怜的女孩，遭人毒打后被活生生地扔进一桶水里。”

“还没有奥多德的踪迹和消息？”

“没有。”

洛蒂告诉博伊德玛丽安笔记本电脑里的信息，“那么泰莎和奥多德有亲戚关系吗？”她想知道。

他答道：“我去查他们的出生证明。”

“我们需要开始弄清楚为什么这一切会发生，不是如何发生。我们知道所有发生的事，也知道大多是如何发生的，但却不知道为什么。”

“毒品的角度呢？”

“麦克马洪可以解决。毒品可能有些影响，我只是觉得不是什么大问题。”

“那我们从哪里开始？”

她想告诉博伊德她和巴斯·弗林的谈话，但她不确定他会作何反应。

“为什么泰莎有这把枪？”

“什么？”博伊德说。

“没什么。”

“你说枪。”

“仔细想想，泰莎为什么会有？柯比询问的老妇人似乎认识她，基蒂·贝尔菲尔德。我们看看她在家没，她可能知道什么。”洛蒂从地上捡起外套，朝门口走去。

博伊德反驳说：“柯比已经和她谈过了。”

她转过身来，一只胳膊插在上衣袖子里，“你来不来？”

“我还是去吧。”

第七十一章

他们驱车来到法兰斯敦大宅，可以看到远处卡利翁湖翻腾的黑色湖水。

洛蒂下车。大风肆虐，她只好紧紧抓住车顶，稳住自己。她走在博伊德的前面，脚下水中的鹅卵石在靴子下发出嘎吱嘎吱的声响。她拖起旧麻绳，敲响了古老的铜钟。

“这就是富人的生活方式呀！”博伊德站在有裂缝的水泥台阶儿上小声地说。屋檐帮他们遮挡了暴风雨的袭击。

“看起来有点悲凉。”洛蒂说着又拉了绳子。

“来了！来了。”门朝里开了，一个弓腰驼背的女人走出来，她的头几乎碰到了膝盖，“你们这些年轻人没点耐心，一点儿也没有。”

洛蒂克制住自己没像女人一样弯下腰来。她自报家门，又介绍了博伊德。

“我们能说几句话吗，贝尔菲尔德夫人？”

“叫我基蒂。前几天来的那位可爱的年轻人呢？你没有把他带来吗？”

洛蒂意识到基蒂在说柯比，便回答说："他在忙。"

"进来吧，他喜欢我的熏肉和卷心菜，和他聊得很开心。现在没多少人可以聊天了。抱歉屋子里有些冷，我一般七点才熄火。"她带他们进屋。

屋里比外面冷。宽阔的石地板大厅没有任何装饰，里面是间举架很高的客厅。

墙壁上是描绘远古斗争的挂毯，天花板上装饰着雪花石膏弯管，由于上层太重，天花板似乎吱吱作响。一座巨大的铸铁壁炉前，只有两张沙发，原先用黑皮革做的软垫，现在斑驳得只剩衬里了。壁炉里放着几根圆木，塞着卷着的报纸凸了出来。

"请坐！"基蒂说，"你们站着的话，我看不见。脊柱侧弯了，我行动不便。不请你们喝茶了，现在不是下午茶时间，听听你们要说什么吧。"

"事关泰莎·鲍尔。"洛蒂开口说。

"肯定不是来跟我谈天气的，小姐。关于泰莎，还有什么你朋友拉里没有告诉你的？"

"拉里？"博伊德皱起了眉头。

"柯比。"洛蒂低声说。

"可爱的小伙儿——我得说他很受女士们的欢迎。"

"这点你说对了。"博伊德说。

"关于泰莎，"洛蒂坚持说，"我们知道她是你丈夫的律所合伙人。她有没有卷入什么事，导致她被谋杀了？"

"作为律师，泰莎会和许多普通人打交道，但她也会和一些不招人喜欢的角色往来。我敢肯定有很多人听到她翘辫子的消息都非常高兴。”

“办公室被偷的文件。你跟侦探……拉里说它们和一个名叫金嘉莉的女人有关，她试图烧毁自己的房子。你还能告诉我些什么吗？”

基蒂抬起头，尽她所能地在她瘦小的身躯前抱着胳膊。“我什么都不该说，我都不知道自己在说什么，话就脱口而出了。那个小伙儿很会让人放下防备。”

“我们很想听故事。”

“没什么故事。”

“跟我说说你丈夫的事吧。”洛蒂想在女人完全闭口不言之前转移话题。

“他不让我接近公司业务，我的任务是照看这栋阴森的房子。如果你相信的话，这是我丈夫的一位客户因心存感激留给他的。那时候，房产就是货币。我不知道他和泰莎都和什么人打交道，但我确定其中肯定有犯罪分子。”

“金嘉莉呢，是怎么回事？”

尽管很难看清老妇人的脸，但基蒂似乎有些犹豫。

“我对她一无所知，泰莎处理的。我记得斯坦因这事大动肝火，但他让泰莎主持。”

“那些被偷的文件，我猜没有副本了吧？”

“你猜对了，督察。”

“从来没有人被逮捕过？”

“没有。”

“你知道为什么泰莎家里有把枪吗？”

“枪？”老太太把一只手攥在胸前，用拳头抓住她的尼龙衬衫。

洛蒂继续说：“是把老式的韦伯利 & 斯科特牌左轮手枪，七十年代主要用于特种科，爱尔兰共和军能搞到的时候也开始用了。”

“那是另一回事。”博伊德说。

“泰莎，”基蒂说，“可不是什么可爱甜美型。她严厉冷酷，像老话说的，她是个超前的女人。换作今天，我想她能当总统。贪赃枉法，但她成功了。”

“贪赃枉法？怎么个贪赃枉法？”

“她和一个警察勾结在一起。她哥哥认为自己是浪荡公子，后来在一个破农场里清牛粪。”

“哥哥？”洛蒂感到寒风从烟囱里呼啸而下，报纸在炉栅里沙沙作响。一股煤烟落在她脚边的破垫子上。

“嗯，据说他们是兄妹，但我想他们之间可能还有别的什么关系，他们太过亲近了。”

“你指的是米克·奥多德吗？”博伊德问。

“是呀！他还摸过我的裙子，第一次也是最后一次。”基蒂把打褶的粗花呢裙子盖过膝盖。

“泰莎有许多财产，还转给奥多德一个村舍，你知道吗？”

“不知道。但我说过了，房产就是货币。”

“我们找不到米克·奥多德，他会躲到哪里去呢？”洛蒂说。

“我怎么知道？”基蒂气愤地哼了一声，扬起她那已经起皱的鼻子。洛蒂终于看清了她的脸，注意到那老妇人的眼睛里闪着一丝冰冷的蓝色。

“只是想问问。”

基蒂说："可是泰莎生玛丽安的时候就很奇怪了。"

"如何奇怪？"洛蒂靠得更近了，老妇人压低声音，鬼鬼祟祟地耳语。

"这孩子简直就是奥多德的翻版。这两个人之间肯定有事，记住我的话。"

"但是……"洛蒂停了一下，想把自己的思绪整理一下，"我还以为奥多德和金嘉莉有关系呢。"

"只要有愿意为他叉开双腿的女人，奥多德就都能跟她们搞上关系。请原谅我的粗俗，但这是事实。"

"有关金嘉莉的事情你知道什么？"洛蒂想知道基蒂是否和巴斯·弗林记的一样。

"嘉莉是个迷失的灵魂，上帝爱她。"基蒂摇摇头，盯着那堆即将熄灭的火，"她虐待自己，也允许别人虐待她，最终被关进了精神病院。但她没疯，没有，嘉莉只是很悲哀。她曾经每周五都站在邮局外面，那时老人们正在领取养老金，要换零钱买饮料。可怜的姑娘，最后去卖淫了。"

"她是从哪儿来的？她是拉格穆林人吗？"

"我怎么知道！只有上帝知道嘉莉是从哪儿来的。有一天她来了，可能坐都柏林的火车来的。无论她从哪里来，拉格穆林都不欢迎她。"基蒂似乎在吞声暗泣。

"你似乎很同情她，你帮过她？"博伊德说。洛蒂看了他一眼，叫他闭嘴。他耸了耸肩。

"嘉莉无药可救。"

"你认识她？"

“我跟她不熟。打过交道……一回。她手脚并用爬上了那条大街……那一天和今天没什么两样。”基蒂盯着窗户看，“风雨飘摇。那天是万圣节，我不记得是哪一年了，但那是非常悲惨的一年。我们那时候没有你们今天这些眼花缭乱的稀奇玩意儿，我们当是南瓜的其实是萝卜。那天她看起来像个萝卜，孩子马上就要生了。”

“她为什么来？”

基蒂转过身，高高地昂起头。洛蒂不由得退缩，就算中了毒针也不会有此刻的痛苦。

“我怎么知道？”老妇人说，“我打开前门时，她摔了进来。她从城里一路走了过来，雨中走了将近两英里呀！我永远也不会知道她为什么没死于肺炎。我把她拉了进来——那时我比现在年轻四十岁，也比现在挺直——把她拉到你现在坐的那张长沙发上，煮了壶水泡茶。我以为她喝醉了或者吃药了，或者两者都有。她胡言乱语，我现在想不起来了，但每句话里都有‘泰莎’和‘婊子’。我给斯坦打电话，叫他马上回来。”

基蒂不说话了，洛蒂试着想象发生了什么事。她知道她在处理一件非常黑暗的事情。

“斯坦却让泰莎来，”凯蒂接着说，“那尖叫声，年轻的嘉莉看到泰莎走进这个房间时发出的尖叫声，我可以告诉你，我晚上睡觉的时候仍然能听到。灯光闪烁，壁炉里的火几乎熄灭了。就好像魔鬼进了我家，地狱的居民都跟在他身后。”

“天哪！”博伊德说。

“不，那天晚上无法无天，只有邪恶。我可以告诉你……嘉莉害怕泰莎·鲍尔。她吓坏了，从沙发上跳下来，爬到火边，想跳进火里去。”

洛蒂目不转睛地望着基蒂，一字不漏地听着，“泰莎做了什么？”

“泰莎还是那么的冷酷，她的话没把火浇灭，都有些奇怪。她走到那儿，”基蒂指着壁炉，“拿起火钳，威胁说如果嘉莉不站起来，就要把她的孩子打出来。”

洛蒂试着想象当时三十五岁的泰莎·鲍尔变成基蒂所刻画的恶魔。同一个女人在后来的岁月里，会把向圣安东尼祈祷的祷文别在床边的柜子上，上面还放本《圣经》。“你帮忙没有？”

“我和可怜的嘉莉一样吓坏了，我扶她起来，她肚子里的孩子竭力要出来。她尖叫着，泰莎拽她出去，拖上车。那是我最后一次见到她。”

“作为一个关心此事的公民，这件事你已经向当局报告了吧？”

“当局？小姐，那是七十年代初。人人互相勾结，神父和修女当家做主，警卫和牧师一样偏执，你能想到的任何组织里奸诈的人，卫生委员会里都有。那个女孩注定要进母婴之家，或者疯人院。我不知道哪一个是两害相权取其轻，但她最终还是进了精神病院。”

“我听说她有一段时间被放出来，后来试图把房子烧了，又被关进去了。”

“嗯……我也听说了，但我不知道背后的故事。”她交叉着双臂，抽动着鼻子，嘴抿成一条直线，“我只知道那天斯坦回家，我告诉他发生了什么，他让我把一切都忘掉，千万不要对任何罪人说这些。我从来没有说过，我告诉你是因为斯坦已经不在人世了，现在泰莎也死了。而且你不能是罪人吧，督察？所以没有造成伤害。”

基蒂俯身，拄着拐杖站了起来，仍然弯着腰。洛蒂在想，年轻女人前来寻求帮助，老太太却没施以援手，现在她用自己的健康付出了代价。

“我还是不明白为什么嘉莉在这么糟糕的天气里大老远跑来这儿，她为什么要那样做？”

“我也经常问自己这个问题，我不喜欢我想到的答案。”

“什么答案？”

“也许我家斯坦就是占她便宜的人之一。”

“肯定不是。”洛蒂说。

“这是一个满是秘密的城镇，公开的秘密，人们什么都知道，却什么都不说。”

洛蒂对这个城市的情况再熟悉不过了，她一点也不喜欢。

“那天我真替嘉莉难过，”基蒂说，声音沙哑，“主要是因为她的无助，也因为她的恐惧。但就像他们说的，路都是她自己走的，她就得承受，即使最后落到疯人院加厚的牢房里。”

“我听说她的一个孩子也被送进了精神病院，我认为这样的事情是不可能发生的。”

“这个我一点也不清楚。”基蒂打了个寒战，紧紧抓住壁炉架，稳住自己，“那时候不一样。那时候，不受欢迎的孩子会被大人随意安置在什么该死的地方。”

洛蒂伸出手来扶住老妇人，老妇人推开她的手，划了一根长长的塑料燧石。当报纸在炉栅中点燃时，火花迸出，火焰熊熊燃烧。又一阵狂风把更多的煤烟从烟囱里吹了下来，狂风似乎要把这所房子连根拔起。她应该问这个问题还是置之不理？如果她不问，可能会恶化。

“最后一个问题，”她说，“你提到泰莎和一个警察串通一气，他们参与了什么？”

“让我想想，”基蒂拿起拨火棒，把它推到炉栅里，把木头拨来拨去，“他们俩最终签下的字夺走了嘉莉的生命。”

洛蒂屏住呼吸，开口说话时才呼气，“他叫什么名字？”

“帕克督察，你确定要我回答那个问题吗？”一双晶莹剔透的眼睛瞟了她一眼。

“是的。”洛蒂说。

“我想你已经知道答案了，”基蒂说着，把拨火棒放到壁炉用具架上，“有时不知道比知道要好，你能理解吗？”

“我不确定，基蒂。老实说，我什么都不确定。”

“那么好吧，亲爱的，我想我要说的都说完了，我带你们出去吧。”

第七十二章

侦探拉里·柯比使劲儿吸着电子烟，心里希望他从一开始就不吸烟。一支雪茄，漂亮的大头古巴雪茄，那就太好了。他想起了米克·奥多德，想起了他在失火的那天早晨给他的礼物。

“你知道吗，林奇？”他说，“我一直在想。”

“柯比，你知道，”她说，“思考是件危险的事。”

“那个米克·奥多德，我一点也搞不懂他。如果他和火灾或者和那里发现的毒品有关，他当时不应该跑得远远的吗？他没有，他报了警，坐那里等着我们，除了他那些该死的牲口，没有任何不在场的证据。”

“也许是因为他和这件事毫无关系。”

“但后来艾玛在他的农场被杀，他就消失了。”他深深地吸了一下电子香烟，让烟从鼻孔里喷了出来。他注意到林奇抬眼，皱着眉毛，然后他说：“想都不要想告诉我不要再抽烟。”

“我没要说，但我希望科里根警司不要来。话说艾玛，如果她自愿去奥多德家，那她肯定认为那里是安全的，所以艾玛家和奥多德一定有某种联系，到目前为止我唯一发现的就是在玛丽安的家谱中，他的名字出现在泰莎旁边的括号里。”

“还有他的村舍曾经是泰莎·鲍尔的。”

“等一下，”柯比站起来，翻看桌上的文件，没有找到他要找的东西，他便敲击键盘，“在这儿。”

“这是什么？”

“村舍编码对应的地图。”他站在打印机旁，“快，快。”他的脚轻轻踏着地板，似乎这样可以加快等待的过程。“在这儿。”

他在书桌前把一页一页的房地产概略图一字排开，林奇和他一起查看。

“那是村舍的编码。”他指着村舍所在的那块地说，“还有奥多德的农场。我们可以假设这是他的，那么，泰莎为什么要把那块带有村舍的土地转让给他呢？”

“也许是因为房子就在他隔壁，她想要些钱，而他想要扩建。”

“但他没有扩建，都柏林来的毒枭却建了个大麻种植屋。”

“也许他厌倦了务农，想要拓展业务。”

“这说明他知道这些非法活动。那么着火的时候，为什么不让别人报警呢？这点我想不通。”

“他报警，是因为他不知道发生了什么，也许是泰莎全权掌控。”

“拿他当替罪羊？”

“是。看看在奥多德之前农场是谁的？”

“这上面看不出来，我再查一下土地注册……等一下，林奇。”

“怎么了？”

柯比指着屏幕上的地图，他拖着鼠标，把镜头拉近。“好了，”他说，“那是卡利翁湖，对吗？”

“是呀！”林奇说着，向前坐了坐。

“这是多兰镇，奥多德的农场，村舍。”

“对。”

“而那里，另一边是康默尔。”

“我想我明白什么意思了。”

“玛丽安和亚瑟·拉塞尔住在康默尔，背靠多兰镇。由于修建了新公路，道路不通，但两个地方正对着。”

“那是什么？”林奇手里拿着一支笔，指着康默尔边上的一个正方形。

“一栋大房子？”他将图片放大，“没个鬼用。”他关掉屏幕，拿出谷歌地图。“这个更好。”他输入康默尔，“好了，这就是你刚才看到的，是一座房子。”

林奇读出屏幕上的字：“法兰斯敦庄园。”

“我认得，”柯比说，“我最好给老大打个电话。”

“我就是老大。”麦克马洪大步走进办公室，胳膊上湿漉漉的外套滴着水，“我需要知道什么？”

柯比说：“恕我直言，与毒品无关。我们只是深入探讨下土地所有权，你没什么可担心的。”

“不说就是不服从，你最好告诉我。”

第七十三章

窗户和房子一样老旧。

基蒂倚在床边的座位上，脸贴着玻璃，望着窗外漆黑中的红晕，直到汽车的尾灯在车道尽头消失。夜幕再次降临，她回到客厅。火正挣扎着要燃起，但她并不太在意寒冷，也就懒得再去管它了。

拄着拐杖，她离开房间，一瘸一拐地沿着铺着石头的走廊来到厨房。黑暗中，她凭着记忆触摸，走向挂在墙上的电话，电话就挂在老窖门的门锁旁。

她拿起话筒，按下速拨键，等着对方接电话。

“我不能再为你撒谎了，我想我们说话这工夫，厄运的预言正降临在你的身上。我很抱歉。”

不等对方回答，她就挂断了电话。

黑暗中，她拉开地窖门上的插销，拨开电灯，茫然地盯着下面。她能头不着地下去吗？但她需要毁了下面的东西，那是唯一警察可以用来解开一切的证据。

她的脊椎比膝盖还疼。她下得去，但她还上得来吗？如果她没有，也没人会来找她。

关灯后，她锁上门。

“改天吧。”她说着，听着自己的声音在冰冷的墙壁上回响。

第七十四章

洛蒂走进办公室，博伊德紧跟其后。

她感觉到了气氛有些冷，问道："麦克马洪督察呢？我要和他谈谈。"

他指了指没有门的办公室，她跟了上去。

"你想要什么？"麦克马洪说，他语气里假装的和颜悦色已经消失了。

洛蒂说："我想知道你那边有关调查的最新进展。"

"你看我像是个傻子吗？"

"有点像。"为什么要把想法说出来？

"帕克督察，首先是你的探员，那个得赶紧理发的……"

"柯比吗？"

"是。先是他侮辱我的智力，现在你也是。"

"你在都柏林有更好的团队，是吗？"

"事实上，我备受人敬仰。"

"那么你为什么他妈的不回去呢？"话已出口不能回头了。

"什么……你刚才说什么？"

“我说，你为什么不——”

“打住。”他从椅子上站起来，站在她面前，“我要你立即道歉，否则我就去找你警司。”

“好呀！你可以问一下科里根警司，办公室翻新什么时候结束，我非常渴望回到我的办公室。”

麦克马洪从没门的地方冲过洛蒂身边，穿过主办公室，朝科里根的办公室走去时，洛蒂感到一阵热气向后吹来。

“你处理得很好哇！”博伊德讽刺地说。

“闭嘴！”洛蒂说。

“来我这儿一下好吗？”柯比点了一下键盘。

“说吧。”

洛蒂把椅子拉过来，慢慢地坐到他身边，强迫自己把注意力集中在他要给她看的东西上，但她的脑袋却一片混乱。她过分了，让麦克马洪激怒了自己，但她无法抹去基蒂·贝尔菲尔德在她脑海中留下的画面，怀孕的金嘉莉对泰莎·鲍尔的恐惧。是过去来找泰莎算账吗？如果金嘉莉还活着，她现在在哪儿？她的孩子们呢？基蒂所说的话是否有一半可信呢？

“告诉我我在看什么。”

他用圆珠笔尖指着说：“那是奥多德的农场，那个小方块就是那间村舍。”

“农场有多少英亩？”

“根据土地注册处的记录，是二百五十英亩，但这不是我想给你看的。”

“我等着呢。”博伊德从洛蒂的肩膀上望过来，洛蒂也向前探了探身子。“那是法兰斯顿庄园。”柯比说。

“哪里是？”洛蒂皱着眉头问。

他点击鼠标放大，“法兰斯敦大宅坐落在另外五百英亩的土地上，一直延伸到卡利翁湖的岸边。明白我说的是什么意思吗？”

“我想是的。”洛蒂说。

“在把这所房子签给玛丽安·拉塞尔之前，泰莎·鲍尔就住在法兰斯顿庄园另一边的土地上。”

“让我理一下，”洛蒂说着，举起手来制止柯比，“有可能在某一时期，所有的土地都曾是法兰斯顿庄园的一部分。”

“是的。”

洛蒂说：“我们不知道拉塞尔家和奥多德家有多近，是因为这片地有两条不同的路。”

博伊德说：“我从来没想过这个问题。”

“如果这片土地曾经属于法兰斯顿庄园，那它是什么时候被分割出售的呢？”

“这与我们的调查有关系吗？”博伊德问。

“除了麦克马洪所挖掘出的毒品的角度，”洛蒂说，“我们还没想出来别的，但这可能是破案的另一种方法。”

“我听糊涂了。”博伊德伸伸懒腰，走回自己的办公桌。

洛蒂伸出一只手招他回来，“凡是拥有法兰斯顿的人也拥有那片土地。现在，米克·奥多德拥有二百五十英亩土地和烧毁的村舍。庄园另一边的那块地有两栋房子，一栋原来是泰莎·鲍尔家，现在是玛丽安的，另一栋是伯妮·凯莉住的。柯比，伯妮的房子是她的吗？”

“我会查一下，”他说，“这有什么关系？”

“我们知道泰莎把村舍转让给了米克·奥多德，如果她另一边的土地也是她的呢？”洛蒂指着屏幕说，“一个镇的律师怎么能赚到那么多钱呢？”

“基蒂·贝尔菲尔德告诉我们她丈夫继承了法兰斯顿庄园。”博伊德说。

“对。如果贝尔菲尔德家族拥有整片土地，我们谈论的规模是什么？将近一千英亩？那是一大片土地，对一个——”

“对一个小镇律师来说……”博伊德说。

“奥多德告诉柯比，原来拥有这个农场的那个人四十年前去了美国……”洛蒂说到一半就停住了，“就是那个时候，金嘉莉惹了很多麻烦。”

“金嘉莉是谁？”林奇问。

“我们也不清楚，但我要弄明白。”洛蒂说着，把椅子往后一推，站了起来，“把那块地的一切都挖出来，尽可能往过去挖。我想知道它的每一片草叶都是谁的，谁卖的，谁租的，谁留下的。”

“我认为你是听到基蒂·贝尔菲尔德的故事后有点神经质了。”博伊德说。

“我是呀！你能给我拿到过去四十多年圣德克兰所有病人的名单吗？我想知道金嘉莉出了什么事。”

“你在捕风捉影。”他说。

“也许是吧，但我必须赶在又有人死之前捉到。”

“这就是传说中的瞎子点灯白费蜡。”博伊德一边说，一边在书桌上把笔一字排开，“我们有和都柏林贩毒团伙的直接联系，你却让我去检查那些可能已经死了的疯人院病人。”

洛蒂转过身来说：“没有丝毫证据表明玛丽安·拉塞尔或她的女儿与毒品有关。”

博伊德说：“在罗肯·布雷迪的家里发现了一件艾玛可能穿过的连帽衫。在他们被烧死之前，他和杰罗姆·奎因住在一起。玛丽安·拉塞尔的舌头被割掉了。这些都指向有关的犯罪活动或者别的什么……”

“博伊德，有时候你的话都是放屁。给我奥多德和亚瑟·拉塞尔的最新消息。”她抓起包和夹克时，听到了警司科里根的脚步声在走廊里咚咚作响。

“替我掩护，我要走了。”

“去哪里？”

“去看看地。”

她跑出了门，没有理会身后科里根的咆哮。

第七十五章

洛蒂一时心血来潮，发现自己正朝奥多德的农场驶去。她不会为了不挨科里根一顿臭骂而到处闲逛。麦克马洪肯定添油加醋，她就不要火上浇油了。她需要喘口气，也需要时间来清醒头脑。她抓起包去找药丸，立刻想到了安娜贝尔。这里完事后，她会打电话给她，看看她一直在打电话要说些什么。她把包扔回座位上。

风从农场入口的大门口偷偷带走了警戒线——现在它挂在一棵光秃秃的树枝上，左右飘摇。她把车停好，小心翼翼地走进去，避开泥泞的水坑。仔细一听，她发现唯一的声音是倾盆大雨和狂风呼啸着穿过贫瘠田野的声音。这所房子就像一幅从博物馆丢失的画像。灰色窗户遮着窗帘，石头被雨水打湿；门紧闭着，以防不速之客闯入，可太迟了。

走在房子的一边，她在想艾玛和奥多德是什么关系，这一定是她来这儿的原因。他到底在哪里？

在房子后面，她朝谷仓和棚子望去。现场调查科完成了他们的工作，离开了，留下了一串证据，训练有素的人很容易识别出来。

她往挤牛奶的棚里瞥了一眼，看到空荡荡的牛栏，机器萧瑟地吊着。她记得当时奥多德忙着照料他的牲口，她和他就一起站在这里，他表面之下一种强烈的愤怒在燃烧。她为什么不深入调查呢？不知怎么的，她遇到的那个奥多德很难和她早些时候了解到的那个年轻版本联系起来。他和金嘉莉的风流韵事以及她后来的命运是否迫使他被放逐到一个与动物为伴的孤独生活中呢？

“它们被带到市场去了。”

洛蒂的心一惊，似乎少跳了一下，她转过身来向后退了一步，“怎么……”然后她看到了高大的麦克马洪从阴影中隐约出现，他站在敞开的谷仓门口。她没有听到他的车声，“你在这儿干什么？”

“跟你一样，”他说，“想弄清楚是什么把小艾玛带到这里来的。”

“我还以为你相信一切都和毒品有关呢？”她坚持自己的立场。

他走近一些，一只胳膊靠在栏杆上。“这是我的猜测，但唯一不能完美对上的东西就是小艾玛。”

“东西？你真是个冷血的混蛋。”

“你知道我的意思。”

她靠近他，决定和他掰扯掰扯，“如果艾玛真与罗肯·布雷迪有过恋情，对此我必须说我表示怀疑，那么这就是你们要找的联系。”

“也许是这样，但我就是不信。”

“我也不信。”洛蒂承认道。

“我们可以看看这所房子吗？”他说，“这地方让我战战兢兢。”

洛蒂看见他盯着板条地板看，“所以，你不是在农场长大的喽？”

“城里人，就是我了。”他笑了。

洛蒂可不是傻瓜，她看得出他微笑的勉强。尽管疑虑重重，她还是走到后门，在手提包里翻找装有钥匙的证据袋。她把钥匙插进锁里，回头看了一眼。麦克马洪向另一个棚子走去。

“你要进来吗？”她问。

“那是什么鬼东西？”他指着那台装有转子的大机器。

“搅拌机。”她说，想起了奥多德的话。

“干什么的？”

“搅屎的。”

他跟着她进了厨房。

闭路电视监控器和账簿都被拿走了，桌子和地板上的深棕色斑点被圈起来并编了号。这些是艾玛在被强行浸入桶中淹死之前所受创伤的证据。

“凶手有帮手吗？”洛蒂大声问道，“如果艾玛在这里受到袭击，她会是个重负，必须把她抬到外面，然后放进桶里。”

“奥多德有多壮？”

洛蒂想了一会儿，想起他那宽阔的肩膀——一个惯于拖拉动物和饲料的人。

“他是一个农民，独自工作，尽管上了年纪，但看上去很强壮，身体也相对健康。但我不认为他杀了艾玛。”

“为什么不是呢？”

“她的外祖母被谋杀，她的母亲躺在医院昏迷，之后她却来这儿，没去找她父亲，她来找奥多德，为什么？”

“事先安排好的？”

“也许吧。但是她威胁到了谁，使她有理由被杀呢？”

“也许像她母亲一样，她知道一些事情，打算告发。”

“那我们得弄清楚是什么事。”

洛蒂转身发现麦克马洪已经脱下外套坐在桌旁，手指敲着木纹。尽管房子已经彻底搜查过了，她还是觉得有必要做点儿什么。她打开碗柜的门又关上。

“你什么也找不到。”他说，手指继续敲着，嗒，嗒，嗒。

“这你可说不准。”她每一根神经都讨厌他。洛蒂向后退一步，想象着艾玛被袭击之前的情景。

晚餐的盘子洗好了，滴水板被擦干净，账簿放在桌上，而她的眼镜和电话在地板上。地板上，洛蒂双膝跪下，平躺在地上，环顾四周。

“看在什么分上……”麦克马洪开始说。

“嘘。”

那么多人进进出出，到处都搜遍了，提取指纹，收集DNA，还遗漏了什么吗？像个捕食者一般，洛蒂趴着匍匐，双臂张开，向洗碗区移动。橱柜和地板之间大约有三英寸的空隙。她伸出手，小心翼翼地伸进去，碰到什么东西。她动了动手指，想把东西拉出来。

“是本书。”

“毫无疑问，奥多德还有别的账本。那人没听说过电脑吗？”

她听见麦克马洪把椅子往后一推，他的脚步声在石头地上回响。一阵寒战从她的颅底一直流到她的后颈。如果麦克马洪想报复她的敌意，现在是个好机会。保持警惕，帕克。她的手指慢慢地绕过书角，把它滑到缝隙。洛蒂禁了禁鼻子，喷出鼻孔里的尘土，抓起那本书，蹲坐在地上。

“我去！”她骂道。

“要吗？”

洛蒂转过来，博伊德正站在门口，指间夹着一支香烟。

他向麦克马洪点点头。

洛蒂站起来，掸了掸身上的灰，懒得问博伊德为什么跟着她，但她高兴他这么做了。

“你发现了什么？”麦克马洪从她身后打量着她。

“一本旧书。”

“可能厨房装好，就一直在那儿了，得有个百来年了。我们回警局见，我希望你能弄明白艾玛在其中扮演什么角色，我想尽快把这件事了了。”

“了了，就回你城堡去。”洛蒂咬紧牙关说。她知道他听到了她的话，因为他走时“砰”的一声关上了门。

博伊德说：“你知道黑名单管理部在做什么吗？我猜你的名字是亮红色，高居榜首。”

“是同一本书。”洛蒂说。

“什么书？”

“你有证据袋吗？”

“在汽车后备厢里，怎么了？”

“没关系，现在已经被破坏了。”她把精装书立着放在桌上，读着棕色亚麻书脊上的金字，“《卡尔佩珀草药大全》，和玛丽安的一样。”

“看起来不一样。”

“这本没有防尘封面。”她翻开书页，有些是彩色的植物插图，大多数下面有小号字体标明。

“看，博伊德。”

在索引页的右上角，用蓝色墨水写的潦草小字：金嘉莉。字迹已经褪色。

第七十六章

亚瑟·拉塞尔坐在卡利翁湖岸边的大石头上，扫视着黑幽幽的地平线，然后朝身后山上那座古老的大宅瞥了一眼。

只有一扇窗户亮着灯。他看不见任何影子，但他知道她就在那儿，望着她曾经巨大的财富的广阔天地。玛丽安给他讲过这个故事，但他不相信。那是什么时候？是她开始学习那些该死的课程的时候。他以为都是她编的，但现在，发生这一切之后，他怀疑她说的可能是实话。他应该去告诉警察，还是不应该去呢？

他们已经怀疑他谋杀了泰莎，可能还伤害并杀害了玛丽安。如果就这些，他也许就告诉他们了。可后来，卡瑟尔·莫罗尼来他家，想让他对艾玛被杀一事发表评论。他的女儿，他美丽的公主，被玛丽安和泰莎抢走。他的小宝贝——他活着的理由，现在她走了。他喝干了那罐苹果酒，拉起另一罐的拉环。

往常平静的湖面，已被大雨打得斑驳，黑色的浪花翻腾着白色的泡沫，溅在他的脚上。船篷在他的左边，就像黑暗中的一件裹尸布，湿润的手指正向他招手。

他把装在皮箱里的吉他举到肩上，迈出了第一步，眼泪和大雨滴混在一起。第二步更加艰难。第三步几乎寸步难行。当他停止数的时候，水已经在他的腰间打转，把他往外拽。他继续向前。

第七十七章

安娜贝尔手摆弄着手机。洛蒂昨晚为什么不回她的电话？如果她想要快乐药丸，她马上就会来。

奇安出门了，又一次。他通常在夜间突袭。希望他有了别的女人，他也许会和那个人永远消失。上帝保佑她，她终于知道了奇安的真实面目。安娜贝尔唯一的遗憾是，她没有握住机会，抓紧汤姆·瑞卡德。

她在走廊里踱来踱去，眼睛不断地扫视楼梯，她知道她必须看看那扇锁着的门后面藏着什么。她下定决心，不顾后果地跑上楼梯。她试了所有能想到的组合，希望能打开。

站在楼梯的最上面一级，她凝视着。奇安书房的门半开着。她会这么幸运吗？不会吧。奇安谨小慎微，但他走得非常匆忙。他真出门了吗？她感到自己的心跳声就在耳边回响，她飞快地冲下楼梯，查看厨房、客厅和杂物间。她打开后门，看到车库是空的。他肯定出去了。双胞胎去上课外班了。

她又回到楼上，站在丈夫的书房外，门开着。

她强迫自己的脚动了一下，慢慢走到门口，用食指推了一下门，等着它向里开。

眼前的景象让她无法呼吸，没了心跳。她又往里走了一步，谨慎地确保门没有关上，不会把她锁在里面。她咬着嘴唇，用双臂抱住身体两侧。她已经几个月没来过这里了。她知道会有电脑、显示器和灯，但眼前的景象已经超出了她的想象。

“这些是什么？”她低声说。

“我的。”奇安在她身后说，门咔嗒一声关上了。安娜贝尔吓得睁大了眼睛，慢慢转身。

“我对……对不起……门开着的。”

“这是考验，你这个傻婊子。看看你是否会尊重我的隐私。你知道吗？来，回答我。没有？我告诉你，你没有过！”

他的拳头没碰她的脸，奇安·奥谢没那么蠢。相反，它击中她的心口，她弯下腰，跪了下来。

“奇安，不要……不要。我什么也没看见，实话。”她咳了一声，蜷缩成一团，他抓住了她的膝盖骨，穿着靴子的脚使劲儿踢。

他蹲在她身边时，她感到他的喘息声就在耳边。

“没什么可看的，就是我的工作。在这个世界上，这对我来说是最重要的，我的孩子和这个，不是你。明白了吗？”他一边咬着她的耳垂，一边拔出耳钉。

她又一次大叫起来：“求你了，住手。”

“你在城里转悠的时候，你这位自视甚高的医生跟着老色鬼后面转。但是在这房子里，你是我的。你知道我监听你的电话，告诉我你昨晚为什么给那个傻婊子帕克打电话？不要否认，因为我知道。”

“我没有和她说话，她没接。”

“这不是关键，对吗？关键是你他妈的给她打电话了！”

“我……我很抱歉。”

“你会的。”

她感到他的手指紧抓着她烧伤的手腕儿，她感到水泡破裂，疼痛袭上手臂，穿过胸膛。“我真希望我死了。”她叫道。

“当心你的愿望。”

她头顶上响起一声尖锐的哔哔声，屏幕突然亮了起来。

“你出去。”他说，拉着她受伤的手腕儿，把她拖起来。

她看着他疯狂的眼睛，然后他打开门把她推了出去。门关上时，她听见他说：“请等一分钟，我把狗赶走。”

*

阿丽克伊斯在办公室里踱来踱去，修剪过的指甲在臀部轻轻敲着。

“是谁？”她问，努力控制住自己的脾气。她受够了电话，总有讨人厌的人干涉她的一切，但这通电话很重要。

“没什么好担心的。”

“我知道你没有养狗，我问了你问题！”

“是我的妻子，现在她走了，不用担心。”

“我付给你优厚的报酬是为了让我不用担心，你必须保证别人绝对不知道。”

“没有人知道，我保证，她什么也没听见。你要听最新的消息吗？”

听着他气喘吁吁的呼吸声，她拿起一支香烟点燃，谨慎小心，不让自己站得离烟雾报警器太近。烟雾从鼻孔呼出，她的身体放松下来。

“告诉我老太婆构不成任何威胁了。”

“恐怕你有比她更需要担心的事，我发现有人手里该死的文件会构成威胁。”

“告诉我这些干什么？去拿呀！”

“没那么容易。”

“你是电脑黑客，赶紧找到。”

“那是份纸质存档，人工编辑的，好多年前了。我把尸检报告都给你了呀，不是吗？”

“我不知道还有另一份文件，里面是什么？”

“我不知道，我不能再私闯民宅了，我更喜欢技术问题。”

“你必须拿到。”

“不行，我做不到，绝对不行。”

她在房里踱步，越来越慢，手指轻拍着她的迈克高仕黑色运动连衣裙，节奏越来越强劲。在后墙上真人大小的肖像前，她停下脚步，手慢慢滑过画笔留下的油痕。这幅画是对她唯一所爱的艺术诠释。她的手停留在画中人的下巴上，然后是眼睛，她笑了。“我不会让任何事情回来困扰你的。”

“什么？”

“我没跟你说话，”她大步走向自己的办公桌，坐了下来，说，“但现在是。”

她能看见男人从摄影机前拉开一点，吃惊了？她会让他大吃一惊的。

“你必须去把文件拿回来，不惜一切代价，还要确保没有更多令人讨厌的惊喜爬出来，溜进我的世界。你明白了吗？”

“可是——”

“没有可是！你那个穷酸公司的百万投资你想让我撤回吗？因为我会。还有你那对可爱的双胞胎，你不想什么不好的事情发生在他们身上，是吧？所以，把你那懒屁股从椅子上抬起来，把文件给我拿回来。”

她等着他极力找到一个合适的反驳，但她知道无可反驳。钱能发号施令，而她的钱现在喊得最响。

“你敢拿我的孩子威胁我？”

“哦，那不是威胁，是承诺。”她伸出一根手指戳向显示器，他的影像全屏了。“小家伙，你根本不知道你在跟谁打交道。”

“你叫我什么？”

“照我吩咐的去做，我给你丰厚的薪资，而我要那个文件。到此为止。”

她猛击键盘，屏幕变黑了，办公桌也陷入一片黑暗。她坐在椅子上，吸了一口烟，闭上眼睛。

第七十八章

晚饭后，肖恩没有离开餐桌。

“妈妈，你没事吧？”

“我没事，你呢？你没事吧？”

“我很好呀，实话。但是你……”

“就是现在办的一个案子，让我有点筋疲力尽。”

“克洛伊说她们学校的一个女孩被谋杀了，是这个让你心烦吗？”

洛蒂无力地笑了笑，伸手握住儿子的手说：“是的，让我很心烦，因为我不知道她为什么被杀害，太令人伤心了。”

“不是你的错，妈妈。”

“我应该多照看她一些的。”她想到她也应该多照看她的家人的。

“你知道她有危险吗？”肖恩问。

“她外祖母被人杀了……对她我应该更谨慎的。”

“唉，妈妈，别自责，你能做的只有这么多。你就一个人，不能为所有人做所有事。”

“肖恩，有时候你很睿智……”就像他的父亲。

“但是……”

“但是你该写作业了，别花那么多时间玩电脑游戏，对脑子不好。”

“我在玩一个超棒的游戏，妈妈，你肯定喜欢。有点像《侠盗猎车手》，只不过故事发生在爱尔兰，有警察呀什么的。”

“我希望我没在里面出现。”

肖恩笑了，“实际上，妈妈，我认为有你哦！”

“什么意思？”

“这里面有个女警察，她真是个烦人精，和你一样。”

洛蒂大笑起来，“肖恩·帕克，把话收回去。”

“她长得也很像你。太奇怪了，我在那儿打游戏，这警察和我妈长得一样。你要试试吗？”

“也许我需要先解开真正的犯罪案件。去吧，写写作业，然后尽量早点睡。”

“我不是总早睡吗？”

没任何先兆，肖恩站起来拥抱洛蒂，亲吻了她的脸颊，“妈妈，你要小心，我不想连你也失去了。”

她无法回应。儿子离开厨房后，她只能盯着那扇慢慢关上的门。什么时候他已经长这么大了？和他父亲一样高，而他才十四岁。她勇敢、强壮的儿子，长大了，长成他父亲的样子。

洛蒂勾着手指，低头看自己的手，纤长却有了雀斑。她的手像父亲的吗？她像父亲吗？他曾是怎样的人？是什么让一个居家男人扣动扳机，放弃自己的生命，也夺去了一家人的生机呢？她知道他的行为间接导致哥哥艾迪的死。皮特·菲茨帕特里克到底卷入了什么，要以这样血腥的方式终结生命?

她喉咙发干，想要喝一杯。不行，她必须为孩子们和外孙着想，不能像父亲一样自我毁灭，历史不能重演。

下定决心，她推开椅子，跑到卧室。打开床头柜，拿出伏特加。又回到厨房，拧开瓶盖，看着清透的液体淌进下水道。她转身时，凯蒂站在门口，轻轻摇晃着怀里的小路易斯，身后克洛伊懒洋洋地站着。她们都在微笑。

就是这微笑超越了任何东西，给了她对家庭未来的希望。她接过小路易斯，深深地闻了闻婴儿的味道，她摸着婴儿肉乎乎的小手，凯蒂和克洛伊在两边挽着她的胳膊。

第七十九章

监视一栋房子的现实与他想象的完全不同。他已经跟踪关键人物十个多月了，但还是不习惯。他不习惯被人利用。他把车停在半英里外，穿过他在谷歌地图上搜索过的地形。手机上的手电筒照亮了他的脚步，他谨慎地把它向下握着，以免让夜猫子们察觉他的行踪。连绵细雨中外出的人并不多。

他翻过后墙，轻松地走进花园。房里没亮灯，都睡了。他缓慢地绕着房檐，雨水的滴答声掩盖了他的脚步声。没有报警系统，虽然他早就知道，不过最好确定一下。回到后门后，他检查了门锁的工作原理，然后从钱包里拿出一个小工具箱开始操作。

他知道房子的布局，这些图纸网上就有，七年前开发商的规划申请书上附带的，小菜一碟。他慢慢地适应了光线不足的环境，等待着自己的眼睛透过炊具时钟上红色数字发出的光线聚焦。他听着，夜间定时器上的散热器发出潺潺的流水声，家具的嘎吱声，还有风吹在后门上的飕飕声。他又一次检查百叶窗是否关着，楼上没有人走动，于是他又打开了手电筒。

早餐餐具的摆放让他打了冷战。

房里有孩子。

他想离开。

他能离开吗？

不行，现在不行。

太冒险了。

没时间可浪费了，他推开厨房的门，走进屋里。

八十年代末：那个孩子

我对时间的流逝没有概念。

我不知道我多大了。

我知道约翰尼·乔死了。

他们说，他吞了本应他种植的种子，然后过量了。哈哈！

六百六十六，约翰尼·乔最喜欢的数字，不少，不多。如果我数错了，他会对着天空哀号。很让我作呕。每次我必须和他一起去花园。好吧，我终结了那份小工作。把所有的六百六十六颗种子塞进他那黄色的喉咙里，一个接一个。我做到了，我再也不想听到那个数字了。他没怎么抗议。我告诉他魔鬼说他需要把它们吃掉。约翰尼·乔。哈！

今天，有人来看我。我在这儿的时间里，不管有多长时间了，从来没有人来看过我，我不知道这是怎么回事。难道真的有人最终想起我了吗？我经常想另一个我，另一个他们没有锁起来的我。或者他们也这么做了，只不过锁在别的地方。

护士把我的衬衫拉紧，扣上扣子，我的头好痛。讨厌的黄色上衣，配白雏菊。雏菊！我恨雏菊就像恨约翰尼·乔和他的神奇种子一样。这条裤子虽然太紧，但大喇叭裤腿我却不介意。

我被带到疯人院的另一边。这里没有剥落的油漆和臭气，墙被漆得闪闪发亮。任何时候都要把阳光的一面露在外面。我离开病房，还有里面的尖叫和呼喊。我沿着一条没有尽头的宽阔走廊走了一段路，穿过十来扇高高的门，它们在我身后一扇一扇地开着，又一扇又一扇地锁上。我被安排在一间有三把椅子和一张小方桌的房间里。窗户很高，呈拱形。墙上的油漆是黄色的，和我衬衫的颜色一样，讨厌。

我把袜子从鞋子滑落的地方拉起来，抓住松紧带，直到松紧带“啪”的一声绷断了，袜子又在我的脚踝处堆了起来。另一边也是一样。他们把我的头发剪得短短的，梳直了。我飞快地用手指拨弄着它，使劲儿地摇着头，直到我确信它们已经竖起来。现在我很满意。我不会玩他们的游戏，我要按照自己的游戏玩。

那个女人走进来的时候，我感到呼吸卡在了喉咙里，我想喊的话都憋在胸口。在脑海中的某个角落，我想起了她。是我的母亲？不，她不是我母亲。那天是她把我们带到这里来的，在文件上签了字就走了。还有一个穿制服的人。

一切都涌了上来，我的头好痛。他今天没来，但那天和她在一起。难道他不难过吗？我闭上眼睛，开始回忆。我那时太小，他大喊大叫说什么养母应该把两个孩子都收了。现在我想起来了，眼前这个女人的出现，勾起了我对她和那个男人在一起的记忆，我感到另一种感觉在我的灵魂中扎根。当我把可怜的小种子塞进约翰尼·乔的喉咙里时，就是这种感觉使我数到六百六十六。

“你十六岁了。”她的声音又尖又冷，“你也许以为我把你忘了，我来告诉你，你要在这里待到二十一岁。我认为到这个年龄你才适合步入社会，前提是我在这段时间内不死的话。”

她尖声大笑，声音刺耳，就像在我头上钻了一个洞。我倒想在她的头上钻个洞。

“在这儿规矩点，我会回来签字把你接出去，再过几年。就这事。”

她没有坐下，一直站着，腋下夹着一个黑色皮包。外面的太阳从云后照进来，透过窗户顶彩色玻璃给她涂上了无数种颜色。

她打开包，拿出一本书，递给我。我应该接着还是让她拿着，直到手臂无力，不得不把它放回包里？

我走向她，她却向后退。

我微笑，我知道我的微笑会让别人感到害怕。她的嘴耷拉着，我想她要尖叫了，可她没有。似乎窗外的光线让她看不清，我可以跳到她身上，把她舌头咬掉，吐在泛黄的墙壁上。没人会听到，直到为时已晚。

我想这么做，真的。

但我也想离开这里。

如果这意味着再等她五年，那么我会一直对她微笑，直到她离开。

我从她手里接过书，手指轻轻地擦过她的皮肤。

她颤抖了，好像我把一根冰柱插进了她的心脏。

她转身打开门，任务完成。

“我弟弟呢？”这是我多年来对任何人说过的唯一一句话。我的声音连我自己都怕。

“你不需要知道。”

她打开门，逃回她的世界，留我在我的世界里再待五年。

我有的是耐心。

我可以等。

第六天

第八十章

“天气是不能变好了。”洛蒂在警局台阶上碰到博伊德。

她键入了内门上的密码，他们一起上楼去办公室。

“阻挡河流的沙袋快撑不住了。”她一边说着，一边把夹克挂了起来。办公室里没有麦克马洪的踪迹。

“我以为水已经冲了河岸。”

“那是市中心。我家附近，河水已经漫过了河岸，委员会放了沙袋，不知道能维持多久。”

“这天气！”麦克马洪大步走进办公室，抖着外套，水溅到桌子和文件上，“我真受够了听别人抱怨。”

“那就别听，你为什么不——”

“洛蒂！”博伊德说，淡褐色的眼睛在办公室对面向她发出警告。

“我正想说，为什么不喝杯热咖啡呢？”她想翻白眼，但博伊德一笑，她确信她的白眼产生了完全不同的效果。

“好主意，”麦克马洪说，“两块糖，我喜欢甜的。”

“我不是——”

“我去拿。”博伊德插嘴说。

洛蒂跟着他来到临时食堂。

博伊德说：“我不敢相信我们还没有奥多德和亚瑟·拉塞尔的踪迹。”

洛蒂说：“真不敢相信，昨天麦克马洪投诉之后，科里根竟然没叫我。”

“我相信咱们的长官现在是进退两难。”

“我是呀，目前是。”科里根把头伸进了狭小的空间，“不过，如果你再不解决这个，不尽快把那个笨蛋弄回都柏林，我想我自己也会认输的。”

洛蒂看着博伊德，两个人放声大笑。科里根跺着脚走在走廊上，自言自语地说要准备一份新闻稿。这时她感到肩膀上的紧张松弛了下来。

他们端着几杯咖啡回到办公室。柯比冲进来的时候，洛蒂刚喝了一口。

他气喘吁吁地说：“加德镇有紧急求助电话，我已经派了一个小队跟着救护车去了。一位邻居报警说，房子的后门在往外渗血。”

“加德镇哪儿？”洛蒂从椅子上微微站起来，问道。

“树顶街 2 号。怎么了？”

她口干舌燥，感觉自己腿软。她一只手抓住桌子边缘，另一只手在一堆文件堆里乱翻，文件散落一地。

“干什么呢？”博伊德跳起来，开始捡落了一地的报告，“你在找什么？”

洛蒂从一本小笔记本上撕下一页，拿起来。“树顶街 2 号。”她低声说。

“怎么了？”博伊德把文件放在她的桌子上，“它怎么了？”

“卡瑟尔·莫罗尼住那儿。”

第八十一章

现场急救人员在房子前面门柱上缠了警戒线，围住了案发现场。一辆救护车停在福特福克斯后面，前面是一辆三排座家庭轿车。

洛蒂朝那七个座位的轿车瞥了一眼，后座上绑着两个儿童座椅。

“莫罗尼已婚吗？”她问博伊德，意识到自己对这位记者知之甚少。

“我相信我们很快就会知道了。”

前门外穿制服的军官举起手来，“我们在等现场调查，督察。”

“我得亲自看看。”洛蒂说。博伊德回车上拿防护服，“里面怎么样？”

“糟糕，非常糟糕。”

“谁破的门？”

“我同事。”他指着一个倚着树的人，他的脸比任何曾经装点过的树枝的叶子都绿。“我还没走到厨房，他已经进去又出来了。我们叫了增援和法医，保护了现场，然后就等着了。”

洛蒂赶紧穿上工作服，戴鞋套、手套和口罩。警察站在一边儿，她从损坏的前门走进来。

熟悉的血液金属味飘向她。她右边是通向一楼的楼梯，左边有一扇敞开的门。她向里面看，是间家庭房。壁炉有灰，花卉图案的套房，靠垫凌乱地散落着。在角落里，有一个装满玩具的塑料盒子。

"我有一种不祥的预感，洛蒂。"博伊德说。

她在发抖，"我也是。"

他们退到房外，沿着走廊走进厨房。现代的开放式设计，中间有一个岛台，台上备着早餐：盒装橙汁，光滑的，还没打开。盒装麦片，可可米，牛奶什锦早餐。两只陶瓷杯子；两只塑料烧杯，一只蓝色，一只粉红色；两个塑料碗，一个蓝色，一个粉红色。

洗碗槽下的碗柜旁躺着一个女人，黑发贴在头皮上。血已经不流了，脸和脖子上留下了血痕，浸透了白色棉质睡衣。她双眼紧闭，看起来像粗心大意的孩子掉在地上的洋娃娃。她的双腿张开，双手放在身体两侧，掌心向上。她的血已经流到了后门。邻居亲眼所见的淌到台阶上的血应该是她的。

"孩子们呢？博伊德？莫罗尼呢？"洛蒂问，她知道这两个问题的答案一个或两个就在早餐柜台后面。

她踩着缎光奶油色地砖，"麦格林会扒了你的皮。"博伊德说。

她继续绕着岛台转了一圈，屏住呼吸，她几乎闭上了眼睛。

她大声呼出："莫罗尼。"

被她视为宿敌的人仰卧在地板上，手里握着插在自己肚子上的黑柄刀。他是想把它取出来，还是捅了自己？他的脸满是瘀青和血迹，嘴巴大张着。他那一度兆瓦级夺目的微笑再也没有了。

博伊德说："家庭闹剧？"

洛蒂发疯似的环顾四周，抓住博伊德伸出的手，“孩子们在哪儿？”

她冲到前门的警察面前，“楼上你查过了吗？”

“没有，探长，等着你们和现场调查组呢。”

“你没去看看孩子们在不在？我的上帝呀！”她转过身来，一步两阶地跑上楼。

“洛蒂，等等！”博伊德喊道。

“他们可能还活着。”她回头喊道。

一个楼梯平台出现在她面前，她戴着手套的手指轻轻地推开了第一扇门，是间浴室。

“没有血迹。”博伊德说。

“你这话是什么意思？”

“如果莫罗尼发疯，杀死了他全家，那到处都应该是血。”

“闭嘴。”

旁边房门敞开着，是主卧。羽绒被被掀了起来，床单皱巴巴的，就好像居住者刚从床上起来。他们再也回不来了，她想。

隔壁的门上钉着蓝色塑料字：杰克。她瞥了一眼楼梯平台，看见一扇门上写着粉红色的字：安妮。

“哦，天哪，博伊德。”我做不到。

她向后靠了靠，深深地吸了一口气，把门推开。杰克的房间是空的。她跟着博伊德进了小女孩的房间，也是空的。

“孩子们在哪儿？”她哭了。

房间角落里传来一声呜咽，使她警觉起来。

“衣柜里！”

跑过凌乱的粉色地毯，拉开推拉门，扒开挂着的衣服，她跪了下来。

“安妮？亲爱的，你现在没事了，不会有人伤害你。”她抚摸着孩子的胳膊，她蜷缩着，浑身发抖。洛蒂摘下面罩和兜帽，不想再吓着小女孩。

“妈妈，我的妈妈——妈妈呢？”

洛蒂轻轻地把安妮从她的避难所里抱了出来。博伊德弯下腰去进一步搜寻。他摇摇头。

“亲爱的安妮，你兄弟在哪儿？杰克在哪儿？”

她怀里的孩子尖叫起来。

博伊德冲到男孩的房间。洛蒂能听见他拉了门和抽屉。他回来说：“不在房间里。”

楼下的喧闹声传到了洛蒂的耳朵里。

“我们把这个小家伙送到救护车上吧。”她说。

走到最后一级台阶时，她示意吉姆·麦格林去厨房。博伊德从身边走过，走出前门，叫来一名护理人员。

“我要妈妈。”安妮抱住洛蒂的脖子哭着说。

“去找报案的邻居。”洛蒂吩咐博伊德。

她坐在楼梯最下面的台阶上，从栏杆上扯下一件羊毛衫，裹住孩子，然后意识到，她可能会毁坏女孩身上的任何证据。她等待着。难道真的像博伊德猜测的那样，莫罗尼先杀了妻子，然后自杀的吗？莫罗尼不是昨天才告诉她，他多年来一直在写一个有组织的犯罪故事吗？也许他太接近真相，不得不被除掉了。但是为什么要杀他的妻子呢？天哪，她甚至不知道这个女人的名字，甚至不知道莫罗尼已经结婚生子。她完全误解了他。

博伊德带着一个女人回来了，她的脸上有泪痕，头发凌乱地披在肩上。

“这是迪·怀特，杰克昨晚和她儿子一起过夜。她今天早上把他带回家，但前门没有人回应。她绕到后面的时候……看到了血。”

“杰克在我这儿，我把他紧紧地抱在怀里，跑回家给急救中心打电话。我知道出事了。”

“杰克几岁了？”

“他五岁，安妮三岁。你愿意跟我走吗，亲爱的？”

洛蒂说：“安妮，我想要你和迪一起去，很快就会看到杰克，你愿意吗？”

小女孩喃喃地说着，挣脱了洛蒂的手。迪把她抱在怀里，博伊德领着他们上了救护车。洛蒂派了一个侦探一直陪在他们身边。也许小女孩看到了什么，听到了什么。他们迟早要问她。可她才三岁呀！洛蒂想，转身回到案发的厨房。

第八十二章

麦格林和他的团队正在默默地工作。这里肯定有个书房或办公室。洛蒂试着打开左边的门，是杂物间——一台有夜洗功能的洗衣机，地板上放着一个空篮子，准备盛衣服——再也不会有人穿的衣服。

外套挂在衣钩上，下面整整齐齐地摆着一排威灵顿防水长筒靴。架子上有一双小足球鞋，鞋钉里塞着泥和草。

“出去，”麦格林说，“你踩坏了我的犯罪现场，够了呀！”

“那就过会儿，等病理学家来。”

没看尸体，洛蒂回到走廊，走进客厅。壁炉那边有一扇门开着。麦格林或他的团队还没来得及阻止她，她就进去了。

莫罗尼的家庭办公室，唯一没有被掀翻的是旧桌子，抽屉敞开着。看起来是手工制作的，大块的木板钉在一起。旁边文件柜滚轴上的抽屉被扯掉，摞在一起，里面的东西散落一地，支离破碎。桌后的卷帘被拉了下来，但有一丝光线从两边照进来。洛蒂注意到挂在墙上的相框。莫罗尼坐着，脸上带着他一贯的明媚照人的微笑，身后黑发美女的胳膊搭在他肩膀上，和她现在躺在厨房地板上的样子大不相同。两个孩子对着镜头微笑着，坐在他的膝盖上，胳膊搂着他的脖子。

洛蒂强忍住抽泣，默默地哀悼着这个她从来没有喜欢过的男人，以及这个她从来没有见过的家庭。

“督察？”简·多尔站在走廊上，衣着整齐。

洛蒂现在完全相信，莫罗尼并没有谋杀妻子，然后自杀。走出莫罗尼办公室时，她的每一步都非常坚定。有人来找什么东西，她不知道是否被找到了。但一旦现场调查组完成了他们的工作，她会再来。

“这次场面很难看。”她说。

“难道不都是吗？”简说着就向厨房走去。

前门搭起了帐篷，冷空气又变成了雨，洛蒂的嘴绷得紧紧的，急忙绕到屋后去找博伊德。

*

“卡瑟尔和劳伦·莫罗尼是在今天早上五点到七点之间被谋杀的。”博伊德点燃两支香烟说。

“凶犯非常谨慎，进进出出，邻居都没看见。”洛蒂抽了一支烟。

博伊德看了看笔记本，“一个住在路那头的人报警，他说他听到六点钟左右有车的声音。他从卧室的窗户往外看，天还很黑，所以他不能确定颜色，但绝对是辆轿车。”

“那太好了。”

“总比没有好。”

“我一直在想那个可怜的小姑娘，她听到了什么，吓得躲起来了？”

“也许凶手把她推进了衣橱。”

我认为没时间这么做。洛蒂一边使劲儿吸着烟，一边用手努力挡雨。“要我说，莫罗尼正在卧室里穿衣服，听到他妻子尖叫什么的，本能使然，他把女儿藏起来，跑下楼去看发生了什么事。”

“听起来有点扯。他妻子被炊具烫伤，也会尖叫的。为什么他马上就会认为出了什么严重的问题？”

洛蒂看着博伊德围着圈子走，避开地上的水坑。香烟的烟雾低低地悬在他周围的雾中。

“莫罗尼当时正在调查一个贩毒团伙。”她说。吸了最后一口烟，然后用靴子把烟头踩灭了。

博伊德停止了脚步，“你怎么知道的？”

“他告诉我的。”

博伊德站定。

“怎么了？”她说，“别那样看着我。”

“哪样？洛蒂，你跟莫罗尼搞什么鬼？”

“我什么也没干哪！”

他抓住她的胳膊，她闻到雨水从他衣服上冒出来的清新气息。水滴从他的头发滴到脸颊和鼻子上。太近了，她向后退了一步，摇了摇头就走开了。

“你最好告诉我。”他在她身后喊道。

第八十三章

麦克马洪在办公室里踱来踱去，就像博伊德先前那样压抑。洛蒂把包“砰”的一声摔在桌子底下的地板上。

“我想你的朋友亨利·汉默·奎因可能是莫罗尼谋杀案的幕后黑手。”她说。

“那不可能。”他在她的桌旁停了下来。

“为什么不是呢？莫罗尼告诉我他在调查一个贩毒团伙。”

“好吧，但不是汉默，因为我昨天半夜把他抓起来了，从他家带走的。他在商店街警局过了一夜。”

“他妈的，那肯定是他同伙干的。”她咬着嘴唇说，想着自己是不是全搞错了。又一回了。

“我们对汉默进行了深度审讯，他承认了几件事，但发誓两年来没见过杰罗姆，也没听到杰罗姆的消息。说他和拉格穆林的谋杀案无关。尽管我很不愿意承认，但我还是倾向于相信他。”

“天哪，真是反转哪！是你认为这一切都和毒品有关的。”洛蒂一巴掌拍在桌上，一沓文件抖个不停，没有掉下来。整个调查从泰莎·鲍尔谋杀案开始，她是一切的关键环节吗？

“我不是说这与毒品无关，只是说汉默和他的团伙没有参与。我认为我们需要查明是谁向罗肯·布雷迪和杰罗姆·奎因供应的海洛因，以及他们的大麻是供应给谁的。”

“还有我们在布雷迪家里找到的鱼食，”洛蒂怒气冲冲地说，“你调查的时候，把它也算上。”

“鱼食有什么问题？”

“没有鱼缸啊。”

“哈！那是用来掺在海洛因里的，增加分量，多搞点钱。”

“我真是开了眼了。”

“哦，我对此表示怀疑。”

洛蒂把椅子推到写字台里，然后从包袱里取出第一个文件夹，打开来看。当她试图把注意力从正走进她办公室的麦克马洪身上转移时，打印的字在她眼前一一闪过。

她的电话响了。

“你好，唐。”她对值班警官说。

“这里有个叫安娜贝尔·奥谢的人在找你，我告诉她你很忙，但她坚持要见你。”

她从来没有给安娜贝尔回过电话，什么事这么紧急？但她的朋友可能是她所需要的解脱，“如果没有别的地方，就带她去审讯室，我两分钟就下来。”

麦克马洪说：“我要开团队会议，专案室，五分钟。”

“我很忙。”洛蒂说着，逃走了。

*

走进不通风的审讯室时，洛蒂想火星上应该也就这样吧。一旦你坐在桌腿拧在地板上的钢制桌子旁，外面的世界就不复存在了。

“安娜贝尔，你怎么了？”她犹如骨鲠在喉。

“我需要跟你谈谈，洛蒂。”

她拖过一把椅子，坐在朋友旁边。她看上去一点儿也不像她认识的那位自信满满的医生。安娜贝尔举起一只缠着绷带的手，把一缕头发向后拨开，塞在耳后，耳垂上满是干了的血迹，另一只手划过脖子，颤抖着拉下了黑色的圆领毛衣。

“天哪！”洛蒂盯着她喉咙上的伤痕。

“发生了什么？”

“我说之前，你要把录音机打开吗？”

“如果你要正式投诉，我会找人来坐下来和我们一起，我会录下我们的对话。”洛蒂呆呆地坐着，不知道是该抱下朋友还是叫辆救护车。

“不，我不要别人。我先告诉你，然后你就可以决定你想做什么。”

“也许为了安全起见，我还是要把它录下来。它可能在法庭上站不住脚，但如果你不想要另一个证人，那是你的选择。”

轻弹开关，洛蒂正式介绍自己的身份，并让安娜贝尔说出她的名字。她真的应该在楼上处理莫罗尼等人被杀事件，但是她的朋友看起来过于心烦意乱了，所以这件事肯定特别重要。

“现在，安娜贝尔，告诉我你发生了什么事？这些伤是怎么来的？”

“我不确定，洛蒂。这有点儿个人隐私，但同时，我很害怕。”

“你的手、脖子和耳朵都有明显的伤痕，必须拍照留存。谁袭击你的？”

安娜贝尔低声说了什么。

洛蒂说：“我很抱歉，但你必须大声说出来，否则录不上。”

她刚刚指控她丈夫殴打她吗？天哪，她需要博伊德进来。

“是我丈夫奇安·奥谢打的。”安娜贝尔的声音现在更有力一些儿，“但这不是我来这儿的原因。”

“如果那个混蛋做了这样的事，他必须受到指控。”

“听我把话说完，然后我会决定我想做什么。”

洛蒂紧握着她朋友的手，凝视着她的眼睛，感到强烈的悲哀。她知道安娜贝尔自己导致了自己的境遇，但她那些风流韵事，没有一件能成为她受虐待的理由。还有什么比举报丈夫性侵更重要的呢？“继续说。”

她等着安娜贝尔眨着眼睛忍住眼泪，把手抽了回去。

“我知道你认为奇安是个好人，话不多。我花天酒地、荒唐度日的时候，他就在一旁等着。也许那时真是这样，但当他发现我和汤姆·瑞卡德的婚外情后，他的心理发生了翻天覆地的变化，那件事仿佛把他的心撕成了两半。”她停了一下，咽口唾沫，深吸一口气，又呼出来，接着说：“打我，骂我，讽刺我，我都能忍受。我想我可以应对所有的一切……好多次我想离开，但是双胞胎……你知道，他绝不会让孩子们和我一起。他说过很多次了，洛蒂，我怕他的意思不只是不让他们走。你明白我的意思吗？”

洛蒂想了一会儿。这听起来不像她以为自己认识的那位奇安。但是前几天去她家的时候，她就感到有些不对劲儿了。

“我明白你的意思，但即使奇安对你做了那些可怕的事，我认为他也不会伤害自己的孩子的。”

安娜贝尔笑了，洛蒂听着这失常的笑声，吓得直往后缩。这声音就像一只受伤动物的哀嚎。

“他会，你知道的。如果他能在我们自己家的厨房里强奸我，而且孩子们就在不远处，他就会随心所欲。但是洛蒂——”

“强奸？天哪，安娜贝尔！我得叫博伊德，这个必须是正式的。”

“先听我说完。我认为奇安卷入了一件非常恐怖、危险的事。他把自己锁在书房里，一锁就是几个小时。门是真锁着的，他在门上安装了一个密码装置，阻止我进去窥探，但我还是进去了。他是故意让门开着，考验我。我以前是怀疑……但现在……现在我敢肯定。”

“肯定什么？”

“他正在做的事很可怕。每天晚上从家里消失，直到早上才回来。我不知道他去了哪儿，但昨晚我听见他大约凌晨四点离开。我正要去上班时，他回来了。他……哦，洛蒂，他浑身是血。”

“什么？”

“血。”安娜贝尔停了一下，“我能喝杯水吗？”

“当然，我去叫博伊德了，你在这儿等一会儿。”

她走到门口，大声叫人去喊博伊德，再拿水过来。她又坐下来，看下录音机，等待安娜贝尔，她正盯着墙上一个看不见的点。

“你叫我？”博伊德拿着一壶水和两个纸杯走进来，“安娜贝尔，你怎么了？”洛蒂把最新的情况告诉了他，“你还可以继续说吗，安娜贝尔？”

安娜贝尔喝干了杯子里的水，博伊德又斟满了。她抿了一口，又咬了咬嘴唇，然后继续说：

“奇安走进厨房，浑身湿透了，我能看到他手上的血。我想他是想洗掉，但我是个医生，我一看到血痕就知道。我站在那儿，一定是目瞪口呆了，因为我还没意识到，他就打我肚子。我倒在地上，他用脚踩着我。我以为他要踢我的头，但他改了主意，把我拉起来，抓住我的喉咙。我能闻到他身上的味道，血的味道。我能闻到他皮肤上的血味。”

“后来发生了什么事？”洛蒂压低声音问道，尽管她很想让安娜贝尔快点把事情讲出来，但她还是保持了镇静。

“他像狗一样咆哮着，让我闭嘴，这样他就不用把我也杀了。”

“把你也杀了？他杀了谁？”

“我不知道，但后来我从汽车收音机里听到加德镇有人涉嫌谋杀，我不得不来这儿了。我嫁了个杀人犯吗？”

洛蒂打量着博伊德，他似乎像她一样难以置信，“告诉我，他叫你什么也别说，之后发生了什么？”

“他脱下衣服，洗了澡，然后光着身子走到书房。也不在乎双胞胎会不会看见他。不管他和我在一起时怎样，他对别人表面还是冷静的。现在他精神不正常，是疯了吗？我不知道，但他真的吓坏了我。他做了什么，洛蒂？”

“我会弄清楚，”洛蒂说，“他现在在哪儿？”

“在家。”

“双胞胎呢？”

“在朋友家。我一直等到他们起床吃过早饭，我面带微笑地把他们送到朋友家。我没办法去做手术，所以我开车到湖边，在车里坐了几个小时，决定该怎么做。现在我来了这儿。”

“安娜贝尔，我们现在要去抓奇安，把他带来审问。你需要在声明上签个字。然后我觉得你应该去接孩子，今晚到旅馆住。”

“你们抓了奇安，为什么我不能回家？”

“我们需要审问他，看看能否找到证据证明他与犯罪有关。在我们弄清楚我们面对的是什么之前，你离开家会更安全。我可以进你家吗？”

安娜贝尔从钥匙环上取下一把钥匙，递了过去，“你还需要密码锁的密码。”她说出密码，博伊德写了下来。

“都是我的错，”她哭喊道，“如果我没出轨，这事就不会发生了。”

“不要责怪你自己，我们谁也不知道什么可以驱使一个人改变自己的行为。奇安要对自己的行为负责。”

第八十四章

安娜贝尔一走，洛蒂和博伊德就回到专案室。没有麦克马洪的踪迹。

柯比说："我们从艾玛的手机上得到了最新的数据，她失踪后打了一个电话。"

"只打了一个？谁？"

"打给谁？"博伊德纠正道。

"不是说这个的时候，博伊德，她给谁打电话了？"

"娜塔莎·凯莉。"

"哦，我还以为我们也许就能找到凶手了。我猜，打电话是寻求精神支持，姐妹说悄悄话。她什么时候打的？"

"下午十二点零五分，通话时长四分零三秒。"

"没有别的电话吗？没打给她爸爸？"

"没有，就这一个。我们以前追踪不到电话，我猜她把电池拿出来了。"

"猜到了，我们在厨房里发现卡和电池与手机是分开的。"她想了一会儿，"什么事情如此重要，艾玛觉得只有娜塔莎一个人让她感觉足够的安全，可以去联系她？我们需要问问娜塔莎·凯莉。你有泰莎·鲍尔被杀那晚艾玛的通话记录吗？”

柯比快速翻阅着报告，“999 报警电话之前什么都没有。天哪，我以为年轻人总在打电话呢。”

“他们现在很少打电话或发短信，”洛蒂说，心里想着自己的孩子，“用脸书、色拉布和瓦次艾普。查下她的社交媒体账号，看看有什么更新内容。”

“好的，老大。”柯比挠着头说。

玛丽亚·林奇开口说道：“我已经查了她的脸书，没有什么不寻常的，她没有推特账号。”

“查过娜塔莎的账号吗？”

“没有，马上查。”

洛蒂说：“我们有些进展，或许可以解答有关卡瑟尔和劳伦·莫罗尼死亡的问题。”

“终于，有答案了。”警司科里根走了进来，“我讨厌媒体说我们是无头苍蝇。这些谋杀案像恶性肿瘤一样，扩散得太快，我们需要阻止它。我说的就是今天。”

他几乎前脚刚到后脚就走了。

“你们听见了，”洛蒂说，“如果泰莎的死与土地有关，那就弄清楚它值多少钱，以及谁会因为毁掉她的整个家庭而受益。”

“还有，奥多德、亚瑟·拉塞尔是最后活着的人。”林奇说。

“把他们找到。博伊德，你跟我来。”

“我们需要支援吗？”

“我们先看看我们要对付的是谁或是什么。好吧？”

博伊德摇摇头，“奇安·奥谢，谁会相信呢？”

洛蒂说：“我敢说不多。在他找律师之前，我们先去他家吧。”

*

今天的房子比洛蒂记忆中的阴森，她拿出钥匙准备插进门里。

“警报密码带了吗？”她问。

“在我脑子里。”博伊德说。

“安娜贝尔不确定它是否会被激活，但如果键盘发出嘟嘟声，就是开了。”

洛蒂插进钥匙然后转动。他们踏上黑白菱形的瓷砖，然后仔细听了听。警报没有嘟嘟响，没动静。她蹑手蹑脚地走进厨房，迅速环顾四周，没人。在杂物间门口，她停下来。洗衣机没有声音。她向里面张望，机器的门开着，里面是空的。

“他把衣服放哪儿了？”她低声说。

博伊德正望着后花园，“车库里有辆车，他一定在这儿。”

当她转身离开时，洛蒂发现柜台上有个洗衣篮。她戴着防护手套，仔细地挑看着衣服。男人的外套、毛衣、衬衫、裤子和内衣。“他把鞋子放在哪儿了？一旦找到他，我们就得把这些衣服装袋。”

回到大厅，她想他们是否应该先拿到搜查令。不用，应该没事。站在楼梯口，她看到了带着键盘锁的门。开着呢。她扬起眉毛看着博伊德，表示疑问。但后来她意识到，白天家人外出，奇安不需要锁上书房。

她点了点头，示意博伊德跟着她。

在门口，她一直把手放在枪上，不知道情况会如何发展。她用靴子尖轻轻地把门朝里推开。

“他不在这儿。”博伊德说。一如往常，他总是把显而易见的事说出来。“这些设备，像好莱坞电影制片厂里的东西。”

“你们侵犯了我的财产。”

洛蒂转过身来，撞在博伊德身上。

奇安·奥谢一丝不挂地站在楼梯口，看起来很有野性。

“噢，我们正找你呢。”洛蒂胡编一句。

“滚出我家，马上。”

洛蒂打量着他，看不出他身上有什么明显的伤痕，然后她注意到他手里的刀。

“我认为你应该放下武器，穿好衣服，然后我们可以聊聊。”

“我说了，出去！”

他向书房走去，洛蒂站着不动。他的眼睛充满了掠夺性。这还是那个和她的朋友结婚二十年的男人吗？她认不出他了。他的嘴耷拉着，头发乱蓬蓬的。

奇安继续往前走，博伊德一跃而起。刀子掉在地上，洛蒂还没来得及反应，博伊德就把手铐“啪”的一声铐在了这个裸体的男人手上。奇安瘫倒在地哭了起来：“我不是故意要杀他们的，是个意外。”

“给现场调查组打电话，把他带出去。”洛蒂说。

博伊德把奇安领到卧室，他找了件袍子来遮盖奇安的赤身裸体，然后带他下楼，边走边宣读他的权利。奥谢携带致命武器，对两名侦探构成了威胁。单凭这一项指控，他们就能拘留他二十四小时。他很可能收回刚才说的话。洛蒂需要证据来支持安娜贝尔的说法。

书房的墙上挂了多个屏幕，都是宽屏平板显示器。两台台式电脑和笔记本电脑，电线被整齐地固定在墙上。一套耳机挂在钩子上，摆满科技产品的桌前放着一把皮椅。

她用戴着手套的手指按下了其中一台笔记本电脑的回车键，屏幕突然亮了起来。

“我的上帝呀！”她说着，深深地吸了一口气，奇安·奥谢到底参与了什么？

第八十五章

柯比和林奇正查看他们从土地注册处收到的信息时，博伊德的电脑突然收到一封邮件。

“看一眼，林奇，可能是重要信息。”

林奇走过去敲了敲博伊德的键盘，柯比也走了过来。“健康服务记录？”他说。

“圣德克兰病人名单，这就是白费力气。”

“打开看看。”柯比说。

“你打吧，我可不是窥探狂。”

“噢，看在上帝的分上。”柯比用粗粗的手指戳了戳邮件，打开了它。“手写原件的截屏。我把它们打印出来，等博伊德回来的时候，让他自己白费力气去。”

他慢吞吞地走回办公桌。

“所以，”他说，“所有这些土地一九七〇年的时候归斯坦和基蒂·贝尔菲尔德所有。”

“在他们之前是谁的？”

“重要的是在他们之后是谁的。我不知道为什么，也不知道是怎么回事，但到一九七六年，这块二百六十英亩的土地就属于泰莎·鲍尔了。玛丽安住的这块二十英亩的土地也在鲍尔名下。贝尔菲尔德家族只保留了庄园的所有权和到湖边的那片土地。明白吗？”

林奇点点头，“明白。”

“在过去的几年里，这块二百六十英亩的农田，包括那座村舍，都被转让给了米克·奥多德。在那之前，他只是一个佃农。为什么转让？康默尔那两块有房子的地，归了玛丽安·拉塞尔。除了她的公寓，泰莎名下什么也没有。她也不是马上就要死了什么的，对吗？”

“验尸时也没发现什么。”

“所以问题是，是什么让一位富有的退休律师放弃自己的财富？”柯比说。

“这有关系吗？”

“这可能都与土地所有权有关，而不是毒品。”

林奇说：“金钱是万恶之源。”

柯比说：“我们得把这些情况告诉老大，他们要过一会儿才能回来。”

“谁要过一会儿才能回来？”麦克马洪摇摇摆摆地走进办公室，问道。

“妈的。”林奇说。

第八十六章

奇安·奥谢身穿白色法医服在无菌室里，脸上一副郁郁寡欢的样子。洛蒂留他面壁思索，自己和博伊德一起去办公室。

“混蛋，律师来之前什么也不说。”博伊德边爬楼梯边捶墙。

“只要现场调查组的人从洗完的衣服里提取出证物，我们就能以谋杀莫罗尼把他定死。”

“如果安娜贝尔关于血的事是对的，那么他们会的。”

“莫罗尼的家里肯定有他的血迹，但是他为什么这么做呢？”洛蒂朝停车场走去，“我想抽支烟，我们休息一下。”

博伊德蜷缩在后门，点燃香烟。

洛蒂痛快地抽了口烟，抬头望着雾蒙蒙的天空，“它会结束吗？”

“雨吗？”

“博伊德，你能抱我一下吗？简单抱一下。面对这些疯狂，我需要感受一点人性。”她转向他，而他低头亲吻她的脸颊，然后搂住她。

“你是我认识的最有人情味的人。”他低头对她说。

“世界上到处都是恶人，我为我的家人担心，想到我们接下来会发现什么我就恐慌。”她从他的拥抱中抽开，又吸一口烟，然后掐灭了，“然后我想知道我父亲是否和金嘉莉被关在圣德克兰监狱有关系。”

“这有什么关系？”

“也许他也是个恶人。”突然下起雷鸣般的大雨，她抬头看了看，“如果他做了违法的事情，也许他不喜欢自己变成的样子。”

“你认为这是他自杀的原因？”

“如果他真是自杀的。”

博伊德扔掉香烟，“你可能永远不会知道，你现在有足够多的事情要操心。”他最后抓了她一下，“趁我们还没淹死，咱们回去吧。”

“奥谢律师来之前，我们哪儿也去不了，但我想先和娜塔莎·凯莉谈谈。帮个忙，把车开到门口好吗？”

*

路上经过玛丽安·拉塞尔的家，看起来有些恐怖，像雨中的幽灵。

“亚瑟·拉塞尔会躲在哪儿呢？”洛蒂问。

“我们问了所有已知的他的朋友，到处都找遍了，不过他还没出国，我们会找到他的。”

“我认为他不会杀自己的女儿。我们和他聊时，他看起来真的很爱她。”

“你永远不会知道人们的杀人动机。看看奇安·奥谢。”博伊德说。

“他杀死莫罗尼全家的动机是什么？我很想知道。”

“我们不知道他是否杀了人。”

“现在还没有。”

“你认为是他把其他人也杀了吗？”

“我不知道，博伊德，我真的不知道该怎么想，但我们真的需要找到米克·奥多德和亚瑟。”

他把车停在凯莉家外面，“没车。”

“她们可能在商店。”洛蒂说。看起来房子和玛丽安·拉塞尔家的一样空。她按响门铃，使劲儿敲门，直到指关节都变红了。

“没人在家。”博伊德说。

“看看后面。”洛蒂拔腿就跑，博伊德跟在后面。

一分钟后她说：“这里绝对没有人，我以为她们决定留下来了。那么她们在哪里呢？我要弄清楚艾玛为什么给娜塔莎打电话。”

“冷静，她们会回来的。”

“我有不好的预感。”

“每件事你都有不好的预感。”

“查一下她们的车牌号，让电台广播寻找她们。妈的，她们最后一次露面的时候连个邻居都没有。”

“别慌好吗？她们没走多远。”

“你怎么知道？”

“看在上帝的分上。”

洛蒂看着博伊德跺着脚回车上。他弯下腰，抓起无线电。她又环视了一下房子，审视着地形，不知道柯比是否拿到了这片土地的更多的信息。

博伊德从车里喊道：“麦格林要我们去奥谢家。”

第八十七章

“我们已经把衣服送去化验了。”麦格林说着领着大家上楼。

“衣服被洗了，你们能从上面得到什么吗？”洛蒂问。

“祈祷吧。”

“我不知道你是个迷信的人。”

“帕克督察，你对我一无所知。”

他们正走到奇安的书房，洛蒂回答说：“是的，那么，你想给我们看什么？”

“这是加里，他是个技术天才。”

洛蒂向那青年点点头。他和她一样穿戴整齐，但她认为他有些年轻。不过在她这个年龄的技术天才并不多。“你发现了什么，加里？”

“这套设备真牛，”他说。她能从他的声音里听出钦佩之情，“这里有一套完整的游戏开发套件，这个可以筛选一天。”

“加里，”麦格林说，“告诉侦探你发现了什么。”

技术员不情愿地离开了他的珍宝，“这是一个绝顶的闭路电视系统，远程联系的。我认为主要通过手机网络。”

“这么说他通过手机监视别人？”

“还有计算机网络摄像头。”他用戴着手套的手指敲击键盘。

洛蒂先前不小心点的屏幕突然亮了，是安娜贝尔的手术室。她回头看着博伊德。

“我跟你说的就是这个。”

“这么说那个混蛋在暗中监视她。”博伊德说。

加里点了一下鼠标，另一个屏幕亮了起来。

“看起来很现代。”洛蒂说。

“是间办公室。但是看看桌子后面玻璃墙上的倒影。”

洛蒂俯下身去，眯起眼睛看着那影像。“摩天大楼？”

“我认为这间办公室在曼哈顿。”

“天哪，”博伊德说，“他在监视纽约的什么人吗？”

“你能查到这幢楼的地址吗？”洛蒂问。

“画面是静止的，不是实时的。我试过解码，但运气不佳。”

疲倦和沮丧渗入她的骨髓，她只是想让加里直奔主题。

“然后准备好看这个吧。”技术人员点击了第三个屏幕。

“什么？”洛蒂张大了嘴巴，“那是我儿子的房间。”她怀疑地盯着，“怎么会……”

“他通过下载的游戏入侵了电脑。”

“但他为什么要监视肖恩？”

“我不知道，也许这是他接近你家的唯一途径。”

“为什么奇安·奥谢要监视我和我的家人？”

“还有，监视了多久？”博伊德说。

“一旦我破解了，我会再告诉你的。”

她只能看到他的眼睛，但洛蒂知道这个年轻人渴望着手奇安·奥谢的项目，管他是什么东西。

“这些都是实时的？”她问。

“是的，是实时的。”

“有副本、录音、磁带或什么的吗？”

“我还不知道。”

“奥谢可有些严重问题要回答了。”

麦格林递给洛蒂一份文件，“这是柜子里的，你知道是什么吗？”

洛蒂盯着简·多尔复制的父亲的验尸档案。凭借奇安的专业知识，她猜对他来说，侵入国家计算机系统并在文件上加上一个标记是件小事。但他为什么要这么做，还偷走纸质版？

洛蒂感到房间的局促和设备的热气，便转身冲了出去。突然觉得它太小，而自己更小了。

第八十八章

洛蒂想回家，却没有，她派一名技术人员到她家检查肖恩的电脑设备，再找找有没有其他监控。疲惫的她膝盖吱吱作响，柯比让大家到专案室，他把地图钉在专案公告板上。

她用手背遮住自己打哈欠的动作，说：“解释一下。”

“一九七六年，出于某种原因，这块土地从基蒂和斯坦·贝尔菲尔德那儿转移到了泰莎·鲍尔手里。两年前，泰莎把包括村舍在内的农田转让给了奥多德。六个月前，包括拉塞尔和凯莉家在内的土地转让给了玛丽安。”柯比得意地笑了。

“所以呢？”洛蒂说。

“怎么？”

“我想要的是答案，不是更多的问题。”

“这个或许可以解释一部分。”林奇在地图旁边的黑板上钉了两张纸，“出生证明。”

洛蒂从椅子上站起来，站在林奇旁边。

“泰莎原名特蕾莎·奥多德。”她瞥了一眼另一张证件，上面写着父母的名字，“她是米克·奥多德的妹妹。”林奇说，“也许这就是她把土地转给他的原因。”

柯比说：“回答了一个疑问。”

“可她为什么两年前才这么做呢？后来发生了什么事迫使她这么做？”

“我唯一能想到的原因就是村舍是在那个时候被租出去的，所以这也可能是他们与毒枭勾结的开始。”

“杰罗姆·奎因？”

“是。”

“她是想把这块地正式转给奥多德，以此来撇清自己吗？”

“奇安·奥谢在这里扮演了什么角色呢？”博伊德说。

“这个问题越来越复杂，”洛蒂绕着小圈走着，“我们得找到奥多德，他是唯一能告诉我们泰莎情况的人。”

她想起了她在奥多德家找过的东西，想起了她在洗碗区橱柜下面找到的那本书上写的字。

“金嘉莉，”她说，“你们有没有找到和她的联系？”

“没有，我认为没有。”柯比说。

“没有。”林奇说。

“我把事情理清楚，”洛蒂坐下来，用指节敲着前额，“贝尔菲尔德一家拥有所有的土地。斯坦和泰莎·鲍尔是搭档。七十年代早期到中期发生了某些事情，使他有理由将大部分财产转让给泰莎。怎么了？”

博伊德说：“关于金嘉莉，你都知道些什么？”

“据说，她沉迷于毒品和酒精。她的几个孩子都被带走了，最后被关进了圣德克兰精神病院。基蒂·贝尔菲尔德说，泰莎与金嘉莉被监禁的事情有很大关系。她甚至对我说嘉莉至少有一个孩子的父亲是米克·奥多德，她还说玛丽安和奥多德长得多么相像。但如果泰莎和米克是兄妹的话，也许这就是他们长得像的原因。”

“或者，就像你一开始想的那样，奥多德和金嘉莉生下了玛丽安，泰莎弄张出生证，把她当作自己的孩子抚养大。”

“我们就姑且这么认为吧！”洛蒂说，“但这仍然不能解释所有的土地转让，泰莎手里有什么贝尔菲尔德的把柄呢？”

林奇说：“也许他们没有自己的孩子，把泰莎视为自己的继承人。”

“柯比，查一下。”洛蒂说，“博伊德，我们去看看奇安·奥谢。”

第八十九章

她浪费了整整一个小时在奇安·奥谢和他的律师身上，一整年她梦里都能听到“无可奉告”了。

“那个混蛋。”她说着走进了卡瑟尔·莫罗尼的家。

“不过他很害怕。”博伊德说。

“他是应该非常害怕。等我和他谈完的，他——”

“洛蒂，你什么都做不了，我们还是先找证据吧。”

“对。”

“你希望发现什么？”

“我不知道，但如果是奇安·奥谢闯入并杀害了莫罗尼一家，我可以肯定他不是找什么电脑上的东西。一定是莫罗尼告诉我的那个文件。”她径直朝书房走去。

“所以这和毒品有关。”

“如果我知道的话，奥谢现在就在法官面前了。看样子，我们还得找一找。这地方真乱。”

洛蒂跪在地上，小心翼翼地摞着文件，弄好一捆了，就递给博伊德。“让自己有点用。”

“做什么？”

“这些东西都是在抽屉和文件柜里的，所以它们曾经都是按某种顺序排列的。这个你擅长。”

“但我都不知道它们与什么有关哪！”博伊德拿起文件，坐在桌子旁边的椅子上。

“用用脑子。”

“你有什么想让我特别关注的吗？”

“能让人破门而入，并且楼上还躲着个吓坏了的孩子的时候杀死卡瑟尔和劳伦·莫罗尼。”

“谋杀可能不是故意的。”

“可能不是。如果他找到了他要找的东西，我想他会悄无声息地进出的。把文件分类，我会看一遍。”

她应该告诉博伊德她和莫罗尼的谈话吗？但他的被杀肯定与他父亲在七十年代想要印刷的东西毫无关系，还是有关？不对。这应该是莫罗尼自己发现的关于毒品团伙的事情，肯定是。如果凶手没有足够的时间或者没有从他口中套出证据，那么这些信息仍然存在，就在某个地方。

*

三个小时后，博伊德看着自己手里的活儿说：“这些都是他报道过的东西。”洛蒂还跪着，蹚过纸堆。

“它就在这儿的某个地方，我一定要找到它。”

“你都不知道你在找什么。我们今晚就到此为止，明天再说。”

“明天？”洛蒂两手一扬，“我们的案件档案和死亡人数一样多，什么东西把它们联系在一起。莫罗尼查到点子上了。”她又坐回地板上，看到墙上的钟。“上帝，到这个点了吗？”她跳了起来，匆忙中把纸和文件弄得乱七八糟。

“嘿！我刚整理完的。是的，十二点零三分了，督察女士，刚刚过了魔法时间。”

“几个小时前我就该回家了。”她慢慢地从博伊德身边走到客厅，看见那盒玩具就有些犹豫了。谢天谢地，孩子们没有受到身体上的伤害，但心理创伤是不可避免了。她知道那有多糟。拿起夹克，她感到手机在口袋里振动。她看了一眼，是克洛伊。

“嘿，亲爱的。对不起呀，我工作耽搁了。都好吧？”

“妈妈，你最好回家，现在就回。”

“怎么了？”

“凯蒂呀，你得跟她谈谈。小路易斯要把我和肖恩逼疯了，肖恩甚至威胁要把他塞进烟囱里。他就是开玩笑，但是你快点吧。”

“我马上回去。”

洛蒂站在那儿，手机还握在手里，凝视着壁炉。然后她走向玩具盒。一个人会把他不想被发现的东西藏在哪里？她冲过去，从塑料容器里拿出玩具，乐高、粉红猪小妹、一辆消防车，还有一辆警车，她拿起警车时，警笛发出了刺耳的声音。

“悠着点，你个疯子。”博伊德说着，套上外套。

眼睛还没看到，她手先碰到了。她猛地把它抽出来，是个褪色的马尼拉纸质文件夹，和她多年前藏在抽屉里的文件夹有点像。那个谜去年一月她才解开。侧边的双孔上挂着一个绿色库房标签。她凝视着，手轻抚着老旧的文件，感觉到博伊德就站在身边，她不知道是把文件藏在玩具下面还是给他看。她咽下一声呜咽，感到他把手搭在她的肩上。

“这是什么？”

“答案，博伊德。我想这可能就是我一直在寻找的答案。”

第九十章

博伊德从车里拿出塑料证据袋，洛蒂小心翼翼地把文件夹塞进去。时间，她需要时间和平静来筛查这些证据，但上面的标题已经告诉她足够的信息了。这是莫罗尼讨价还价的筹码。但这究竟是凶手一直在找的东西，还是有别的什么？

她一瘸一拐地走向汽车，疲惫得双腿发软。她向门口负责监控犯罪现场的警官点了点头，道了晚安。“我送你回家，还是你要回警局拿车？”博伊德问。

“我最好回家解决战争。”洛蒂咔嗒一声系上了安全带。

“能告诉我为什么那个档案上有你父亲的名字吗？”

“现在不行，我没办法正常思考。”

但她在思考，她在想她父亲的尸检档案是怎么从那尸检室里消失的，卡瑟尔·莫罗尼和他的妻子是如何在家被杀的，这个文件是怎么藏在孩子的玩具里的。她今晚睡不着了，她的脑子在超速运转。

博伊德挂空挡把车停到屋外时，她看见所有的灯都亮着。

“你的孩子们还没睡？”他问。

“可能在互相残杀。谢谢你载我。”她伸出手去开门，却感到博伊德在拉她的袖子。

“你要小心。”他说，声音像雨点打在挡风玻璃上的嗒嗒声一样柔和。

洛蒂转过身来对着他笑了笑，“你知道我的，我总是很小心。”

她前倾轻吻他的脸颊，他正好转头，他们的唇碰上了，匆匆而过。一种温暖传遍她全身，舒服地落在胃里。她想要更多，就现在，帮助她驱散像大衣一样罩在身上的寒意。

他退缩，转头看着外面的雨时，时机已过。她叹口气，下车走到人行道上，看着他把车开走。她把文件紧紧地攥在胸前，朝前门走去。

*

她毫无察觉，直到后颈的重击使她朝门踉跄几步，头撞在久经风吹雨打的木头上。手里的塑料文件夹滑落。她跪倒在地，血从前额的伤口涌出。第二拳打在她的肋骨上。一只戴着手套的手一把抓过文件夹，洛蒂一把抓住她身边的脚踝。如果他进了她家怎么办？她的孩子们，她的外孙。不行！

她翻了个身，疯狂地环顾四周，对方是一个人。她摇摇晃晃地站起来。博伊德去哪儿了？没有汽车快速离开的声音，他是步行逃走的？她拖着身子沿着小路往前走，拐到草地上，血迹模糊了眼睛。她瞥见一个影子跃过邻居的墙壁，她感到肾上腺素激增，于是跟着他跑了起来，一边跑一边甩掉了包和夹克。博伊德离开的时候会听到什么吗？她的脚跑得比脑子转得还快。她抹去脸上淌下来的血。只要袭击者还在她前面，她的孩子们就是安全的。

翻过墙，来到房子的一边。他去哪儿了？一个蝙蝠似的人影爬上花园尽头的堤岸。那边是火车轨道，他向铁路走去。她不知道他会走哪条路，她就跟着。

她抓住灌木丛往上爬，进两步退一步，最后终于爬到了铁轨上。大教堂塔尖上的钟敲响半点。雨倾盆而下，风在她周围咆哮，却看不到他的踪影。

“卑鄙小人！回来，回这儿来！”她高声喊道，但是她的话被风吹走了。

她转过身，想看看他可能去了哪儿，结果钢梁湿滑，她一脚踩空了，头朝下从对面的堤岸上滚了下去，掉到了深草地里，她痛得大叫。周围一片漆黑，街灯发出的琥珀色光芒在风雨中扭曲，忽明忽暗。她抓住荆棘丛的树枝，不顾刺入皮肤的荆棘，把自己向上拉。脚踝的剧痛使她又摔倒了。她试图向前迈一步，想知道博伊德在这种情况下会怎么做。回去看看她的家人，打电话寻求支援，还是继续追？该死的，比倾盆大雨还多的血迹使她看不清楚，她什么都做不了。她无法回到坡上，所以唯一的办法就是向前走到路上，然后她可以一瘸一拐地回到家，请求支援。

她拖着腿向前走，一个人影从深草丛中走出来，远处扭曲的灯光映出了人影。清瘦，不太高，从头到脚一袭黑衣，正挥舞着装着莫罗尼文件的塑料证据袋。

“你是谁？”洛蒂喊道，“我要那份文件。”

一阵沉默。人影向前走来，一步一个脚印。

赶快离开这里，还是坚持她的立场？回想着小路易斯的哭声和克洛伊焦急的电话让她想到她需要回家。但她也想知道真相，想知道多年前，卡瑟尔·莫罗尼的父亲无法在自己的报纸上刊登的真相，卡瑟尔·莫罗尼被谋杀的真相。也是这个真相灭了泰莎·鲍尔和家人吗?

犹豫不决中，额头的血被雨水冲到眼里，她听到风刮了起来。重新聚焦视线后，她发现这个人影并不是一个。另外一个人滑下路堤，在她面前停了下来。她脑海里闪现出她的孩子们无父无母的情景。她永远也看不到小路易斯长大了。她母亲是对的，她的名字就叫不负责任。

这一次，她头部侧面挨了一击，眼睛里的光像灯泡炸开一样陷入黑暗。跌入黑夜中，摔倒在潮湿的草地上之前，她瞥见了刀光。在她失去知觉之前，她还有最后一个念头——她很清楚他们是谁。

第九十一章

罗斯·菲茨帕特里克醒来时，炉子里的火早已熄灭。她坐起来，眼睛在黑暗中巡视。太多的夜晚，她就这样一个人坐着，太多的时间去思考。她现在想起泰莎·鲍尔，想到这个女人是如何干涉她生活的。

她站起来查看所有的电器是否都关了。是都关着，至少我没有完全失去理智，她想。黑暗的走廊里，她抬头看保险丝盒。她知道前几天有人故意切断她的电源，就像她知道不是洛蒂把她的阁楼翻得乱七八糟。一切都指向过去。

如果他们也来找她，她知道她会后悔死的。她会怀念看着外孙们和曾外孙长大成人的日子。她凄然一笑。她也会怀念看着洛蒂横冲直撞的生活。也许有一天她女儿会重新安定下来。博伊德是个好男人。罗斯想起了自己的丈夫彼得，那个混蛋。

她打开卧室的灯，拉上窗帘。没有脱衣服，她孤独地躺在双人床上，闭上眼睛。四十多年来，她一直保守着自己的秘密，但也许现在是揭开的时候了。

*

阿丽克伊斯很肯定出了问题，她知道奥谢侵入了她的网络摄像头，所以她谨慎地待在办公室的另一边，诗在画的旁边。

她竭尽全力保护孩子，全力。但她没有想过杀谁。手指滑过手机上的新闻应用程序。两个人死亡，两个孩子成了孤儿。他们现在会怎么样？

她的思绪被毫不客气地拉回到很久以前。拉格穆林，一切开始的地方。在那里，少年老成的她开始实施计划，确保她至少能抚养嘉莉的一个孩子，试图弥补她姐姐的疯狂。这花了很多钱，但她的父母有的是钱。现在她自己有的钱比她需要的还要多，但这仍然给她带来了麻烦。

她的电话因有来电振动了，她漫不经心地看了一眼来电显示，拒接。

她已经叫过电脑专家，让他把所有与奥谢有关的东西都装上了病毒，没有任何线索可以追到她身上。她已经受够了拉格穆林，受够了那里扭曲的居民。

现在她需要去一个更重要的地方。

八十年代末：那个孩子

那位女士来访后，他们把我送回了洗衣房。我喜欢她留给我的那本书，里面写着我母亲的名字。她认为我会像我母亲一样种植草药吗？我受够了约翰尼·乔。也许有一天我会遇到那个女人，把书还回去。

我真讨厌洗衣房。

这气味，就是我讨厌的。又脏又臭的害虫们住在这里。他们所有人，我不得不与之合住的护士们和一群猪头、疯子。

另一个篮子朝我推过来。面容懒散、驼背的女人推的。

“你看什么？”她说。

“只是想弄明白。”

“你真下贱。”

“是外星人？不对，也许你就是只大胖老鼠。”

“住嘴！不许说。我要告诉他们，你得在这儿干到死。”

我转过身来，速度之快使她猝不及防。我的拳头打在她头上，她脸朝下倒在脏衣服上。这地方正好，她屁股翘在空中。

汗水顺着我的前额和鼻子往下流。空气在沸腾。我想脱掉衣服，也许我会的。

她呻吟着。

“能不能把嘴闭上？你让我头疼。”

我打开洗衣机把床单扔进去，然后我有个疯狂的想法。毕竟我是在疯人院。我把篮子推到机器前，抓住她的脚踝用力拉。她很重，像头老牛。我的汗更多了，像雨倾泻在脸上，在腋下堆积。拖呀拉呀。再拉一次，把她拉起来，拉出去，然后又塞进去。

“瞧，丑八怪。转几圈，你就会变得干净、漂亮了。”

我关上门。按下按钮。拧了开关。她没了。我坐在脏床单中，盘着腿瑜伽坐，然后看着。

大酋长骑牛喽！

耶！

我听到有人在笑。

哦，只有我。

我一直笑到机器停止。

看着别人死去是一件令人宽慰的事。

第七天

第九十二章

博伊德刚洗完澡，手机就响了。

“嘿，克洛伊，有事吗？”

“我妈妈和你在一起吗？”

“和我在一起吗？你怎么会这么想？”他伸手去拿毛巾。

“她昨晚没回家。”

“她回了，我送她到家的，那时候很晚了，十二点半以后吧。她应该在家。再找找。”他使劲儿擦干身体，电话夹在下巴和肩膀之间。

“你把我当成笨蛋了？我已经找了，哪儿都没有。”

“克洛伊，冷静，不要担心。我上班的时候顺便去你家看看。给我十到十五分钟，好吧？”

“快点。”

博伊德挂了电话，穿着灰色西装、白色衬衫，戴着蓝色领带。手拂过头发，抓起一件夹克，向车跑去。

“你在哪儿，洛蒂？”他咬着牙说。

*

克洛伊开门，身后站着凯蒂和肖恩。

“你们肯定她昨晚没回来吗？”博伊德跟在克洛伊后面走进厨房。面对女孩的怒视，他举起双手。“好吧，好吧。”

“挂了电话大约二十分钟后，我以为我听到她在门口。但肯定是刮风，因为没人进来。几分钟后，我到外面看了看，除了风雨，周围没人。”

博伊德走回门口，检查了锁，上面没有钥匙；在台阶周围搜寻，也什么都没有。他把她放下之后她去了哪里？他突然想起他们嘴唇相碰时的感觉，立刻知道她肯定出了什么事。她急着要回家去看他们从莫罗尼那里拿走的文件，但她更想见到她的孩子们。他打电话给柯比。

“早上看到老大了吗？”他问。

“没有。”柯比压低音量说，“麦克马洪和科里根正在为什么事大吵呢，都不让我们参与，因为——”

“等下。听着，老大昨晚没回家。”他解释了他们去了哪里。“你能派两个警察过去照看她的家人吗？以防万一。”

“没问题。话说——”

博伊德挂了电话，打给科里根警司，告诉他洛蒂失踪了，然后才回到厨房。肖恩、克洛伊和抱着婴儿路易斯的凯蒂一言不发地坐在桌旁。他们听到了他电话里的每句话。

“妈妈会没事吧？”肖恩问。

博伊德盯着这个高高的少年，和他死去的父亲长得一模一样，他感到胸膛里的心一颤。

“希望如此。”

但他不确定。他努力厘清思路。奥谢在警局的牢房里，可以排除在外。他们仍不知奥多德和拉塞尔的下落。是不是他们两个谁昨晚去找洛蒂的？她是自愿跟着他们谁走的吗？可能是，如果她认为能帮她破案的话。她为什么不给他打电话？他抻抻手指，开始担心洛蒂的安全。妈的，他为她担心，打住。

“警察一到，我就出去找你们妈妈。不要担心，好吧？”

“不好，”克洛伊说，“现在就去找她，我们不需要你照顾。我再给祖母打次电话，她两分钟后就到，去忙你的吧。”

博伊德忍不住半露微笑，克洛伊和她妈妈太像了，简直不可思议。他不禁注意到她用指甲抓着手臂的皮肤，那嫩粉色苦痛的痕迹。

听到外面有车停下来，他冲出去。吉莉·奥多诺霍警官从警车里跳出来。

“去吧。”她接手。

博伊德跳上自己的车。在把钥匙插进点火装置之前，他想了一会儿。他把洛蒂放在她家门口，她根本没进去。发生了什么？她被绑架了吗？或者她注意到有人行迹可疑，就跟着他们走了？

他下车，又在前面的台阶和小路上找了一遍。如果这里发生了什么，也都被雨水冲没了。走在长满杂草的小草坪上，他注意到都是水坑。他脚踩在草地上嘎吱嘎吱地响。他蹲下，用手指检查一下，有脚印。

沿着他们的踪迹，发现他们在墙边停住了。走过去到人行道上，他上下打量着邻居的墙。一个黑色的包吸引了他的目光。他跑过去，他知道是洛蒂的黑色蓬松夹克和手提包，把它们捡起，一手一个，绕着房子跑进花园。在这里，他可以看到通向路堤和铁轨的清晰的脚印。至少两个人。

“博伊德？”

他转过身，面对着正气喘吁吁走来的柯比，他嘴里叼着一支粗大的雪茄。“怎么回事？”

“我猜她看到有可疑的人，就跟着他们到那边去了。”博伊德向上指了指。

“我的天哪，到那边她走哪个方向都有可能啊！”柯比说着，把雪茄塞进夹克口袋。

“拿着这些，”博伊德把洛蒂的东西交给他，“我要去看看。”

“看完，我想你需要到警局来。我有新消息，你得看看。”

博伊德抓住一丛灌木，跳过一道小篱笆，爬上河堤。一上了铁轨，他环顾四周。拉格穆林的屋顶像上了年纪的大师的单色素描，随着时间的流逝而褪色，与他们神秘的历史纠缠在一起，淹没在谋杀者的洪流中。他越过铁轨，检查另一边，是长满草和灌木的陡峭小山。路的尽头，有条通向大路的小路。芦苇和草被弄湿了，是因为天气，还是有人在夜里滑下去了？多希望他穿的是登山靴而不是皮便鞋，他滑下山。到山脚下，他确定芦苇受到的破坏比雨水更严重。在他的左边，是条通向大路的小路。

他抬头看来时的路，断定他得绕道而行。他走路时眼睛一直盯着地面，但任何可能表明洛蒂走了这条路的东西都被抹掉了。

他不知道她在哪里。

第九十三章

铜质排水管里水滴的声音惊醒了洛蒂。

“啊！”她呻吟着，“我的头。”

她拖着自己坐起，发现四肢没有被绑。面前高高在上的那扇门和门框之间的缝隙中透出一丝光。这到底是哪儿？

被荆棘刺痛的手抚摸着前额，手指触摸着干涸的血迹。她感觉后脑勺像是被根钢棒击过。她上下摸摸自己，确定自己没受重伤。那把刀不是用在她身上的。她仍然穿着肮脏的衬衫和牛仔裤。她光着脚，脚踝肿胀。为什么没被绑？这一定是个劫持者认为她无法逃脱的地方。我们走着瞧吧，她想，要忍住痛苦，要坚定，要坚强。她决不能死在这个发了霉的窟窿里。

在一丝光亮中，她断定墙壁和地板都是光秃秃的石头。她转过身来，手脚并用地爬着。有一张腿很结实的木桌。它们能被当作武器吗？她试了试，挪不动。也没有椅子。远处的墙边是个壁柜，没有门，有隔板，还有罐头和一些容器。她把手指伸到一个容器里，碰到了坚硬的黏土。

她拿出罐子往里面看，一小片绿色的嫩芽在干燥的泥土中挣扎着求生。五层碗柜里有十个罐子，还有一台旧洗衣机，一个双人浴缸。浴缸的橡胶软管伸了出来。虽然不完美，但也可以。走过洗衣机，是木板楼梯，她抬头望了望顶上的门。太高了，她有不祥的预感。就她一个人在这老房子的地下室里吗？她试着回忆奥多德的村舍是否有地下室，但脑子里一片空白。

上楼时，她尽量保持安静，每走一步，脚踝都会微微抽痛。她试了试圆形的黄铜把手。当然是锁上的。她坐在最上面的台阶上，向下看着，她是在夜深人静的时候被带进来的。

一定是两个人。要两个人才能把她拖进车里，然后把她带到这儿来。他们一定是把她打昏了。她什么都记不起来了。是谁偷走了文件，袭击并绑架了她？内心深处，她认为她当时是知道的。现在已经不重要了，重要的是她得回家……

敬爱的上帝呀！她的孩子们。洛蒂用手捂着嘴，努力让自己不哭出声来，她感到眼眶里充满泪水，然后喷涌而出。他们最好不要碰我的孩子们，她想，否则，我要亲手杀了他们。她需要制订计划，现在不是万念俱灰、呼天抢地的时候。

不理会身体的疼痛，她靠着臀部的力量挪下台阶，爬到碗柜前，开始行动。

第九十四章

回到警局，博伊德和科里根警司碰头，科里根已经在整个地区展开了搜寻洛蒂的行动。科里根又和麦克马洪通电话时，博伊德就离开了。同时，麦克马洪正在医院，试图从正在康复的罗肯·布雷迪那里得到更多信息。

博伊德脱下西装外套说：“柯比，你有什么消息？”

“第一，你需要看下你桌上的打印件，昨天发到你邮箱的。我让林奇把它们打印出来了，但忘了告诉你。”

“我马上就去看看。第二个是什么？”

“我们拿到泰莎和米克的出生证明后，老大让我去查贝尔菲尔德家有没有孩子。”

“继续说。”

柯比一边在桌子上搜寻，一边把嘴里叼的电子烟挪到另一边。“我拿到了贝尔菲尔德夫妇的结婚证，猜猜基蒂在嫁给斯坦·贝尔菲尔德之前姓什么？”

“奥多德？”

“不是，金。”

“金？”博伊德冲到柯比的办公桌前，夺过他手里的那一页，“和金嘉莉有关系吗？”

柯比举起另一页纸说：“基蒂·金结婚之前有过一个孩子，叫嘉莉。就像他们常说的，非婚生女。”

博伊德说：“嘉莉怎么了？”

“看下你桌上的打印件，圣德克兰精神病院的记录。”

博伊德坐下来浏览文件，脑子里都是洛蒂的影子。天哪，希望她没事。

柯比说：“金嘉莉一辈子都在进进出出圣德克兰。”

博伊德抬头看了看说：“这是七十年代的记录，你怎么知道她一辈子进进出出？”

“我给健康服务管理局档案室打过电话，请他们帮忙。他们已经把相关的文件发给我了。据我所知，金嘉莉在六十年代被关在那个地狱里，直到她十九岁，七十年代还有两次。我还查到她曾住在前几天被烧毁的村舍里。”

“让我捋一捋，”博伊德说，“基蒂·贝尔菲尔德是嘉莉的母亲，所以泰莎确实帮助掩饰嘉莉的不检点？如果是这样，贝尔菲尔德夫妇用土地来支付。基蒂确实说过土地就是货币。”

“玛丽安·拉塞尔的母亲是嘉莉，米克·奥多德是她的父亲。”

“因此，奥多德是艾玛的外祖父。”博伊德说。

“看起来是这样。”柯比说。

“但是转让所有的土地作为报酬？”博伊德搔了搔脑袋，“泰莎到底做了什么？”

“看看我在圣德克兰的记录中高亮的两条。”博伊德翻过那一页，“一九七三年，是泰莎·鲍尔签字，把嘉莉送进了圣德克兰精神病院，天哪……柯比！”

“我知道。镇上警察，洛蒂的父亲彼得·菲茨帕特里克。往下读。”

“也是由彼得·菲茨帕特里克和基蒂·贝尔菲尔德签字，她才出院的。好吧，所以那段时间她在里面待了几个月。”

“是的，她童年的大部分时间都是在那里度过的。现在继续往下看。”

“一九七四年十一月，泰莎·鲍尔又签了一次，嘉莉被关进去，没有释放日期的记录。为什么？”

柯比说：“她想把房子烧掉，里面还有她的双胞胎。”

“天哪，柯比，这一点儿也不简单。”博伊德拄着下巴在办公室里踱步，“昨天晚上我们在莫罗尼家里发现了一个旧文件夹，封面上的名字是彼得·菲茨帕特里克。也许这和金嘉莉的监禁有关。嘉莉生下的玛丽安，现在你说她也生了一对双胞胎，他们怎么了？”

柯比对照笔记，“我不知道，我刚刚和我的老朋友巴斯·弗林聊了聊，他告诉我他们是在她第一次从圣德克兰精神病院释放一年之后出生的。”

博伊德摇摇头，“这简直是个雷区呀，不是吗？”

“是的。”

“我想贝尔菲尔德一家因为家境富裕，认为把嘉莉安置在母婴之家是不合适的。”

“精神病院算是两害相权取其轻？”

“似乎是这样。他们准备倾家荡产，掩盖他们家族的精神错乱。”

“但是为什么呢？”柯比问。

“那是七十年代初期，时代不同，有钱人家都不愿意把家丑外扬。”

“所以他们就把自己的耻辱锁在了精神病院。”

“基蒂只有一个孩子吗，嘉莉？”

“不是，”柯比说，又挥了挥另一页纸，“她嫁给斯坦后，又生了一个女儿——”

门被推开了，麦克马洪冲了进来，“布雷迪说话了。”

“我们正在解这个谜。”博伊德头也不抬地说。

“是，但你会想听的。我知道是谁杀了泰莎·鲍尔，绑架了玛丽安·拉塞尔。”麦克马洪把手插进口袋，挺起胸膛。

“罗肯·布雷迪和杰罗姆·奎因？”

“他们没有杀人，他们收钱绑架了这两个女人，给他们提供资金的人才是凶手。”

“那就说吧，告诉我们。”博伊德说。

“你们肯定想不到……”

第九十五章

洛蒂把罐子堆在身后，水管放在手边，做战略准备，摆回绑架她的人留下的姿势。她没等多久。

楼梯顶上的门打开了，插销被弹回来，刺耳的声音使她手臂上的汗毛都竖起来了。她很痛，但已经准备好。她遮住眼睛不让光线直射，辨认出一个瘦小的身影从楼梯上走下来。

“娜塔莎。”

“不要说话，安静点儿，你不会受到伤害。”

洛蒂笑了。她没有办法。

“娜塔莎，你怎么卷入这件事的？”

“我给你带些吃的，所以闭嘴吃吧。你不会想要她来的，她心情不好，这样很不好。”她把一个托盘放在地上，离洛蒂坐的地方有四英尺远。

洛蒂没有看食物，站起身来，小心翼翼地向女孩走了一步。她穿着黑色的便服，牛仔裤和长袖T恤，头发扎在脑后，看上去比十七岁的实际年龄年轻。

“你们抓我干什么？为什么把我带到这儿来？”她又向前迈进

了一步。女孩退到楼上。

“你就不能丢下我们不管！如果你不来，我们就可以不慌不忙地走，但你总来烦我妈妈。现在她说她要一直待到最后。我恨你。”

洛蒂还没来得及再说一句，娜塔莎就溜出了门，“啪”的一声关上了门闩。

洛蒂跪在烤面包和茶的托盘前，试着消化上星期发生的一切。伯妮·凯莉在这里扮演什么角色？内心深处，她总是觉得伯妮和她女儿有些不对劲儿，但是事情发生得太快，她没有探究伯妮参与其中的可能性。现在她得想清楚，她的生命就靠它了。

如果伯妮·凯莉是杀害泰莎、玛丽安和艾玛的幕后黑手，那么洛蒂就很清楚这个女人能干些什么。

*

喝过茶，吃完吐司之后她一定睡着了，因为她突然惊醒。伯妮·凯莉就坐在最下面的台阶上，手握长刀，轻敲着大腿。她头顶上方的门开着，光线照进来。

“睡美人醒了？”她吼道，“虽然我看不出有什么美。”

“你想干什么？你为什么绑架我？”洛蒂绞尽脑汁，想坐直身。

“我跟着你去了莫罗尼家，我看见你带着那个文件夹走了。”

“我不知道你在说什么，”洛蒂说，“我在哪儿？”

“在我应得的合法遗产的地窖里。”

“什么？”

“你没有读档案里的故事吧？”

“我没有时间看，你袭击了我。”

“是的，我和我可爱的女儿。很强，对吗？”

“你疯了。”

伯妮·凯莉笑了，“要知道，我并不总是疯疯癫癫的。但是那个贪婪的婊子泰莎·鲍尔把我和我妈妈关在疯人院的时候，我注定要过疯狂的生活。‘如果你不能打败他们，那就成为他们。’你听过这句话吗？”

“是的，但是我想你知道你在做什么，伯妮。这是错的。我是个督察，你得让我走，我们可以解决这个问题。”

又是一阵大笑，声音更大，更像恶魔。那女人站了起来，身后的灯光罩住了她。她看起来像从地狱的火焰中升起的魔鬼。

洛蒂向后退，靠着她自己做的军火。她不能让伯妮看到，这可能是她活着出去的唯一希望。

“这是基蒂的房子，是吗？”她问。

“噢，这么说你是个侦探了。你是怎么想出来的？”

“不是奥多德家就是贝尔菲尔德家，我闻不到牛粪味，所以……”

“你的推理技巧有点儿原始呀。你没想明白，是吗？或者说你的团队真无能。”

“你对基蒂·贝尔菲尔德做了什么？”

“我祖母吗？”

“什么？”

“你没听错。”

“基蒂·贝尔菲尔德是你祖母？”

“曾经是才是正确的说法，那个老巫婆。”

“我不明白。”

“让我来开导开导你，好吗？”

只要让伯妮继续说下去，洛蒂想她就可能有机会用上她的简易弹药。博伊德和队员们最好团结起来，但他们如何及时查出来呢？她对自己说，她只能相信他们。

“我希望你没有伤害那位老夫人。”她说。

“夫人？别逗了，”伯妮窃笑，“现在看看你都让我做了什么！”

“告诉我你的故事，我想知道你出了什么事。”

伯妮皱着鼻子说：“我还不确定我是否想告诉你。”她朝旧洗衣机走去，“我对这个很着迷。它这么小，不像我在疯人院干活儿的那台。”

“你这话是什么意思？”

“别打断我！”那双眼睛在半明半暗的光线中透露出凶狠的光，如苍白的脸颊上的芒刺，如邪恶的匕首。“你能安静点吗？”她低语中夹杂着威胁。

洛蒂点点头，一只手在背后抱着一个罐子，另一只手绕着腿下的水管。她可能只有一次机会，她必须智取。她专注地看着伯妮撑起自己站在一个碗柜上，双臂交叉，手里还拿着刀。她似乎没有把洛蒂当作威胁。这对她很有利。

“我母亲年轻时大部分时间是在圣德克兰度过的，肯定花了不少钱才办成的。那倒没事，我能理解，但我不明白为什么我也被送到了精神病院。如果不是玛丽安·拉塞尔决定在她的课程中挖得更深一点，我永远也不会发现我那肮脏的家族历史真相。玛丽安，我的姐姐，或者说同母异父的姐姐，得看她的父亲是谁。但要不是她用现代的方法去挖掘，我永远不会知道她和我有血缘关系。我现在知道了。在我把她的舌头从脑袋里扯出来之前我就知道了。那婊子和她的养母，泰莎，那娘们儿，把她所有的财产都处理掉了，所以我什么也得不到。她以为我很乐意租那间破房子，还有我和美国最大的毒品家族之一结盟。”她像个小女孩一样抖着双腿。

洛蒂感到拼图的碎片开始就位了。她努力不让自己陷入侦探模式，不停地问问题。要保持沉默，她认为，这是最安全的选择。

“这个你也不明白，是吗？我和杰罗姆·奎因，我们是一对。我哄骗他离开城市，把他带到这里来，帮他租了村舍。我和我的双胞胎弟弟差点儿被我们的母亲烧死。看来我把它烧成平地是对的。”

“里面有两个男人，包括你的爱人？”洛蒂情不自禁。她试图忍住不说，但没忍住，“你是怎么做到的？”

“简单，我给他们的大麻加了药，他们就变成了两个爱笑的蠢货。当罗肯张着嘴站在那里时，我刺伤他，把他打昏。我知道他在偷我们的东西，所以我砍下他肮脏的手指以示报复。不知道他怎么没死，不过我想他离死不远了。”

“你这个心狠手辣的泼妇。”

“是别人逼我的。”

“艾玛和罗肯有什么关系？”

“什么都没有，让你相信他是艾玛的男朋友真是个好主意。就像我杀了老太太泰莎的那晚，你以为我和两个女孩在一起一样。”她停顿了一下才继续说，“杰罗姆和罗肯帮我把玛丽安带到罗肯家，我留她在那儿等死。后来，那两个傻瓜改主意，把她送到医院，几乎毁了一切。我想他们罪有应得。”

“那艾玛呢，你为什么要杀她？”洛蒂对伯妮所做的一切都不明白，尤其是对艾玛的谋杀，“她对你没有威胁呀！”

“我给她吃，让她住，她是怎么报答我的？她跑到老头子那儿，她的外祖父！我想她不知道他是谁。只有泰莎曾经说过，如果有什么不好的事情发生，他是唯一能帮助她的人，所以她偷了娜塔莎的自行车逃走了。”

“但是艾玛对你没有威胁。”

“你傻还是怎么了？她知道那天晚上案发时我不在她和娜塔莎身边。她正要离开回家时，我回来了。她什么也没说，因为她认为那不重要起码那个时候她那样认为。但是她有时间在那个臭气熏天的破农场里思考，因为她给娜塔莎打了个电话，说她要告诉警察。她相信我可能看到了一些能帮助破案的线索，单纯的傻姑娘。”

洛蒂想弄明白她听到的内容。有一件事她是肯定的——伯妮·凯莉没有打算把她活着放出去，否则她就不会讲述她的杀人故事了。那女人冷血而单调的声音戳着她身体的每一根神经。她想把罐子扔出来，砸在伯妮的脸上，但她离得太远了。再等一等，她提醒自己。

她说：“米克·奥多德，他在哪里？”

“变成肉末了吧，我猜。我们把艾玛拖出去之前，我去找他，发现他在牛棚里干活儿。他想用鱼钩打我，但我不小心踢开了地板上的木条。他掉进了粪坑。搅拌器很有效率，我相信你连指甲都找不到。他从泥浆来，又到泥浆去。这是诗里的话吗？如果不是，应该写进去。”更大的笑声。

洛蒂忍住恶心，不去想奥多德临终前可怕的画面，说：“他可能是你的生父呀！”

“那又有什么关系？我不在乎。他都不愿意站出来认领我，没人认领我。他们付清了疯人院管理员的钱，好让我和我母亲住在一起。我，一个孩子呀！”她轻蔑地哼了一声。

“你的孪生弟弟怎么样了？”

“我不知道。我记得曾经有一个养母，但说实话，我不知道，我真的不在乎，因为现在我终于摆脱了那些女巫婆。”

“你为什么虐待玛丽安？”

“她知道得太多，她那些家谱资料。我试着和她成为朋友，但她一点儿也没有我认为的姐妹应该有的样子。她对草药特别感兴趣，以为可以种些东西来帮助我缓解抑郁，她是这么说的。然后她想把我小时候的遭遇公之于众——我被扔进精神病院的事，还说我可以从中赚钱。蠢女人。”

洛蒂仔细想了想这句话。玛丽安被割掉了舌头，是因为如果她把事情公之于众，伯妮与罪犯的联系就会被发现了。“你妈妈，嘉莉，她也喜欢草药吗？”

“我怎么知道？”

“奥多德家有一本关于草药的书，玛丽安家也有一本。我在村舍找到的那本书上写着金嘉莉的名字。”

她看着伯妮从工作台上跳下来，来来回回踱步，“种子，草药，现在我明白了。”

“你明白什么了？”

“我想是我妈妈开始让约翰尼·乔在疯人院种种子的。泰莎给我拿来了那本书，我把它给了玛丽安，联络感情用。”

“但我找到了两本。”

“也许她也给了奥多德一本，我怎么会知道？这有关系吗？”

“从大局上来看，伯妮，是没关系。”

“他们说嘉莉是疯子，但真正疯的是那个基蒂·贝尔菲尔德婊子。为了嫁给有钱人，她抛弃了女儿。因为不承认嘉莉的孩子们，她一次又一次地与她断绝关系。这是最大的罪，抛弃罪。”她停顿了一下，洛蒂感觉到她那灼灼目光的热度。“你说你有孩子，他们安全吗？你会时刻关注他们吗？关心他们吗？呵护他们吗？基蒂·贝尔菲尔德没有，她只感到羞耻。她没有为她的女儿或外孙子外孙女做任何事，她和他们都断绝了关系。”

“你怎么对家族知道得这么多？”

“我通过玛丽安知道过一点儿，但我在这儿读了一些文件。第一天我来的时候，我一定长得像嘉莉，因为基蒂好像见到了过去的鬼魂一样。我把她吓坏了，她就把它们拿给我看。她说它们可能是一次入室行窃中被拿回来的。最终她告诉我，是斯坦和泰莎精心策划的这件事，这样就没有人会去看那些文件了。我不明白他们为什么不烧了它们。该死，我应该在掐死她之前问一下老太婆。我猜我现在永远也不会知道了。但谁在乎呢？我不在乎。”

洛蒂在身后更紧地抓着罐子，咬着牙。她绝不能说错话，但她可能会。等待时机，帕克。一旦她的孩子们报警说她失踪了，博伊德就会找到她。他很能干，如果他研究了地形图，会有东西让他产生共鸣吧？也许吧，也许不会。

她注视着伯妮继续在幽闭的地窖里走来走去，默默地祈祷老天让她知道什么时候该出手。

第九十六章

“我们还以为他说的是奎因呢。”博伊德说，手里抓着夹克。

麦克马洪说：“不，他肯定是说伯妮，她是幕后黑手。他没法多说，但我肯定他是这么说的。你要去哪里？”

博伊德在门口停了下来，转过身去，“我不知道。”他瘫坐在最近的椅子上，说道，“我们需要想想，洛蒂会在哪儿。”

柯比说：“如果这与对土地或遗产的报复有关，那就可能与贝尔菲尔德有关。我想洛蒂可能在法兰斯顿庄园。”

“我想你是对的，”博伊德说，“来吧，我们走。”

“等一下，”麦克马洪说，“伯妮为什么要去那儿，她为什么要带走帕克督察？”

“我们没有别的好主意，不是吗？”博伊德环顾四周，看着柯比、林奇和麦克马洪的脸。科里根站在门口。

“那么你还在等什么呢，博伊德探长？赶快去把你老大带回来，完完整整的，是吧？”

“必须是，长官。”

*

让她一直说，我得让她继续说下去，洛蒂想。尽管那女人挥舞着刀，刀锋锋利，闪闪发光，但她并不感到害怕。她内心平静下来，她觉得自己的灵魂仿佛悬浮在她的上方，指引着她的身体。她能做到。

“嘉莉出了这些事，你怪奥多德吗？”她说。

“别让我恶心，那头猪只想要不劳而获的东西，一遍又一遍地虐待我的母亲。他，还有其他那些男人，毁了她。”

“我听说都是她自己干的。”

“你这话是什么意思？”

“吸毒和酗酒。你一定知道她是个自我毁灭的人，奥多德和其他男人协助她达成愿望。”

她怀疑自己父亲的行为是正当的吗？不，她没有证据表明他与金嘉莉有任何关系。也许除了和泰莎串通一气让嘉莉进疯人院，莫罗尼的文件里可能有答案。

伯妮说：“奥多德利用一个已经有精神疾病的女人，泰莎和基蒂犯下致命的罪行，理应死刑伺候。”

“既然泰莎和基蒂是罪魁祸首，为什么还要杀死奥多德呢？”

“他碍事了。”

“我们以为他开着他的车逃了，车去哪儿了？”

“娜塔莎驾车穿过田野，它现在在卡利翁湖底。”

“你杀艾玛的时候她和你在一起？”上帝呀，这个女人是个怪物吗？

“你不会认为我一个人能把一个昏迷的少女拖进那个木桶吧？

我女儿是我的左膀右臂。对不对，亲爱的？”

娜塔莎出现在最顶上的台阶上，洛蒂抬起头来。“是的，妈妈。”

洛蒂摇了摇头，想不明白伯妮的疯狂是如何慢慢地影响到她女儿的。

“你把奇安·奥谢也纳入了你的计划，你是怎么做到的？”

“谁？我不认识叫这个名字的人。”

“他……我想他……是你杀了莫罗尼一家吗？”

“不，我也没联系任何人去做这事。但我很高兴有这份文件。”

“我不明白……”

伯妮停止踱步，用刀轻敲洗衣机的边缘，“我是不是漏掉了什么？你认为是我杀了莫罗尼？也许如果我知道那份文件的事，我会的，但是有人先做了。”

敲击停止。洛蒂屏住呼吸。是时候了吗？她不能发出一点儿声音。罐子可能会刮到石头地板。她应该怎么做呢？

“你为什么跟踪我？”她问。

“那天我们正打算搬走的时候，你来了，让我怀疑你是否在追查我，虽然现在我知道我错了。你真的不知道，是吗？”

“我怀疑过。”

“不，你没有。你昨天又来窥探，我决定跟着你，只是出于好奇，没想到会得个惊喜奖。”她大声笑着说，“哈，我想我刚说了个笑话。”

“妈妈。”娜塔莎的声音在楼梯顶上回响着。她把开关向左一推，地窖里充满光亮。

女孩小心翼翼地向前迈了一步，又一步。“我想这里的事已经结束了。”她说。

第三步。

还有四步，洛蒂想。她有足够的时间从背后抓起罐子瞄准吗？

“你在说什么？”伯妮说。第四步。

“妈妈，我累了，够了。”

第五步。

“回去，娜塔莎，你不需要看到这个。”伯妮转向她的女儿。

第六步。

“你说得对，我不想再看到你做任何事。”最后一步。洛蒂的手握得更紧。她站起来，用力向伯妮扔去。太低了，打到了她的腿。

“你这个婊子！”伯妮喊道。跳上前去，手里紧紧握着刀。

洛蒂抓住水管，伯妮向她走来时，她用水管抽打女人的脚踝，想把她推倒，却没有效果。伯妮尖叫一声，冲过来，把刀往下插。洛蒂低下头，身子往旁边一歪，太迟了。

一声尖叫划破潮湿的空气。是从她自己的喉咙里发出来的吗？她不确定，但她上背部灼痛，她的心脏无法控制地快速跳动。血从头上、身上喷出。她听到心跳变慢了，星星在黑暗中闪烁，红的、白的……不，还不行，她想。我得见我的孩子们，我必须告诉他们我爱他们，我爱他们……爱……

她倒在石头地板上，瞥见娜塔莎跳上伯妮的肩膀。她已经拾起洛蒂扔的罐子，往她妈妈的后脑勺儿上砸去。

地窖里充满了尖叫声。

远处传来警鸣声。

车门关上了。跑步声。呼喊声。

博伊德?

我要死了，她想。你们都太迟了，太迟了，博伊德……世界变暗，然后一片漆黑。

第九十七章

博伊德撞门而入，奔下楼梯，柯比和林奇跟在后面。他径直向洛蒂走去，只斜眼看了一眼娜塔莎·凯莉，她坐在地板上，膝盖抱在胸前，她的母亲躺在她脚边。

“洛蒂？”他低声叫，把她翻过来。他把耳朵凑近她的嘴，有微弱的呼吸。“感谢上帝。”

他扯下衬衫，用它来止血，然后他把她抱在怀里，等待医护人员到来。他看着林奇给娜塔莎戴上手铐，柯比检查伯妮的脉搏。那女人猛地睁开眼睛，吓得柯比往后跳了一步，然后把她的手放到背后，戴上手铐。

“她在楼梯下面，”娜塔莎喊道，“我想她还活着。”

“闭嘴。”伯妮咕哝着。

“谁？”柯比问。

“基蒂，”娜塔莎说，“妈妈叫我把她推进去，锁上门。她给她嘴里塞满了种子，想让她窒息。”

柯比开始走上狭窄的楼梯，靠向一边，让两名医护人员下楼。

“他们现在来了，”博伊德在洛蒂耳边低声说，“你会没事的。”

他不情愿地让医护人员接手，他似乎听到她喃喃自语。他无助地看着一个人给她戴上氧气面罩，另一个人检查她的生命体征。

“她会没事吗？”他问，使劲儿地搓着双手，没有注意到手上沾着洛蒂的血。

其中一人说：“看起来是大量失血，心率很慢，血压太低。我们得马上把她弄出去。”

“那你们还在等什么！”博伊德喊道。洛蒂不能死，他需要她，她的孩子们需要她。他跑去帮忙推轮床。没过几分钟，他们就把洛蒂绑好，做了静脉注射，接上监视器，然后他们就走了。

博伊德环顾四周，咬着嘴唇，竭力使他那颗狂跳的心平静下来。

让她活下来。

他帮助林奇把两个女人带上楼。

伯妮说：“我需要看医生。”

“你需要看该死的心理医生。”博伊德说。

柯比在楼梯顶上遇见了他们，“我已经又叫了一辆救护车。基蒂·贝尔菲尔德已经奄奄一息，我想她活不成了。”

伯妮啐了一口：“愿她早日下地狱。”

“我想她会有很多同伴的。”博伊德说着把她推了出去。

第九十八章

博伊德回来时，科里根警司正在专案室里踱步。

“有什么消息？”他问。

“她正在手术，几个小时后医生才会有更多信息。我把她妈妈和孩子们送到医院了，他们很难过。”

“可以理解。真是一团糟，”科里根说，“很高兴你及时赶到了。”

“差不多。”博伊德说。

“为什么不回家换件衬衫？”

博伊德低头看看自己，“我想我的储物柜里就有一件。”

“你在法兰斯顿庄园找到什么了？”

“柯比和几个警察在那儿，他们应该能找到从洛蒂那儿偷走的文件。”

“莫罗尼父亲的文件？”

“是的，长官。”

“仍然没有奥多德或亚瑟·拉塞尔的踪迹吗？”

“没有，长官。”

“如果这个叫凯莉的女人杀了这些人，为什么奇安·奥谢在牢房里？”

“我想是他杀了莫罗尼一家，但我还在努力弄明白，长官。”

“马上弄明白。你换一件衬衫，就去审问他。”

“是，长官。”

科里根离开房间时，博伊德站在专案公告板前。他看不出奇安·奥谢是怎么参与这一切的，如果他继续保持沉默，只能靠法医那边找出的证据了。

他从更衣室回来的时候，柯比正下楼。

“找到了！”他拿起莫罗尼的马尼拉文件夹。

“好了，”博伊德说，“是时候找出为什么两个无辜的人失去了生命。”

“这乱摊子里无辜失去生命的人可不止两个。”

“别说了，柯比，因为我可能会把你从楼梯上扔下去。”

他拿起文件，怒气冲冲地从柯比身边走过，柯比张着嘴吃惊地看着他。

*

博伊德读完文件的时候，光线已经渐渐暗了下来，他摩挲着下巴，向后靠在椅子上。拉格穆林历史上发生的事件完全就是道德沦丧，无法用语言来描述，但帕迪·莫罗尼在他未发表的报道中尽了最大努力。博伊德明白为什么这篇报道没能发表。

麦克马洪走进办公室，挂上外套，开始拔笔记本电脑的插头。

“你的事都完结了，长官？”博伊德问。

“我会回来出席罗肯·布雷迪的庭审，不过医生说他还需要几个月的时间才能康复。”

“布雷迪还有什么新消息吗？”

“解开亚瑟·拉塞尔的夹克和收据谜团。”

“继续说。”

“我花了好一段时间才理解他的话，但我明白了其中的大意。泰莎被杀当晚，伯妮·凯莉派布雷迪去跟踪亚瑟的行踪，她想要他成为头号嫌疑犯。布雷迪看着拉塞尔下班后喝了两品脱啤酒，他离开时，布雷迪拿起收据，把它放进伯妮买的新夹克里。晚上晚些时候，她把它挂在房里的衣架上。”

“狡猾的婊子！”博伊德说，“顺便说一句，帕克督察已经做完手术，如果你想知道的话。”

“事实上，我是想知道。但她差点丧命之前，应该把这些点都连起来的。”

“嘿，等一下。”博伊德站起身来，面对着麦克马洪，“如果你有做你的工作的话，你就会知道伯妮·凯莉和杰罗姆·奎因的恋爱关系。”

“用不着犯上，博伊德。告诉你，她的名字从来没和奎因产生任何联系。所以，别趾高气扬。”

博伊德叹了口气，摇摇头。他太累，不想打一架。他想去看洛蒂，亲眼看着她正在康复。

麦克马洪一边说，一边把笔记本电脑放进一个黑色尼龙袋里，“我听奥谢的律师说，他依然声称他从没碰过莫罗尼一家。”

“也许没有，但一旦我拿到法医报告，它会告诉我们，他曾经拿过莫罗尼胸口的那把刀。”

“想过去演戏剧吗？”麦克马洪说。

“说什么狗屁玩意儿？”

“一有观众，你似乎就很爱演哪。”博伊德像洛蒂一样，默数到十。

“你要知道，”麦克马洪接着说，“我已经派了一个现场调查小组到奥多德的农场去了。娜塔莎·凯莉坚持说，是她母亲把奥多德撞进泥浆坑里，然后启动了搅拌器。”

“对，是这样。”博伊德说，克制住自己，没有说他希望能把麦克马洪也撞进泥浆坑里。他看见科里根警司走进狭窄的办公室，伸出手。

“干得不错，大卫。感谢你来到拉格穆林，回城路上平平安安。”

麦克马洪说：“很高兴能帮上忙，你想退休的时候，就提醒我一声，我可能有兴趣到乡下来，我想我也许能把你的几个手下整顿好。”

“别为我们担心，我们破获这个案子，昂首挺胸，我的手下们是这队伍的光荣。现在你最好离开，以免下一场暴风雨来临。他们管这叫什么来着，博伊德？”

“你可能不信，”博伊德说，“叫嘉莉。”

“说到这个，我就留给你们查了，”麦克马洪说着，停下来穿上了外衣，“代我向帕克督察问好。”科里根一直等到麦克马洪走到走廊，走到听不见的地方才说道：“真是个混蛋。”

“同意。”博伊德说。

“你看帕克的时候，代我向她致以良好的祝愿，并告诉她，我们都柏林的朋友已经回家了。”

“她听了会很高兴的，长官。”博伊德说。但想到洛蒂对他桌上文件夹里的东西会作何反应，他心里就高兴不起来了。

第九十九章

直到晚上博伊德才被允许进入重症监护室看望洛蒂。罗斯把孩子们带回家了。他站在门口，手里抓着文件夹，研究着各种机器交错的线条和跳动的数字。不久以前，他自己被刺后也曾是这种状态，这样躺着。他拉过一把椅子，坐在她床边，看着她慢慢呼吸。

“你很幸运，”他说，“尽管你暂时不能投球了。”

她的眼皮忽闪忽闪地微微睁开。

“欢迎回来。”他说。

他感觉自己在那堆管子后面看到了她的笑容。

他继续说：“我看过帕迪·莫罗尼的文件。”那眉毛是动了一下吗？他就在这里，开始幻想了，“说得很全面，等你病好了再读。我现在告诉你这些是因为你必须勇敢。你的孩子们受到了惊吓，所以你得抓紧时间恢复体力。”

监控器发出尖锐的哔哔声打破了房间的宁静。

“怎么回事？”

一名护士跑进来，“没事，没什么好担心的，帕克女士需要休息。她遭受了太多的折磨。你明天再来吧！”

“我会的，”博伊德说，“你确定这没什么好担心的吗？”他指着机器，护士成功地把声音调小。

“她会没事，我们会照顾好她。”

他觉得自己又回到上学的时候，因为做些淘气的事被老师骂一顿，而那些事根本不是自己做的。

“明天见，洛蒂。”他紧紧地握着她的手，有那么一刹那，他感到她也紧紧地捏了下他的手。

第一百章

阿丽克伊斯对纽约警察局新任命的队长笑了笑，他终于得到应有的认可。警察局长和纽约市市长站在他两边。这是她一生中最有意义的时刻。她为他感到骄傲，作为一个母亲应该感到骄傲。

他向她走来，市长走在他身边。

“市长先生，很高兴见到您。”阿丽克伊斯说，握着他伸出的手。

“我也是，贝尔菲尔德女士。我听说你是一个很有影响力的女人，为这座城市做了很多伟大的事情。我知道你儿子也会这么做的。”

“我相信他会的，市长先生。”

当人群开始从仪式上渐渐离开，阿丽克伊斯挽着队长里奥·贝尔菲尔德的手臂。这是她的儿子，嘉莉的儿子。

她选择了他而不是那个女孩伯妮。当他还是个蹒跚学步的孩子时，她就知道她能让他变得伟大。她从未为带走同母异父姐姐的儿子而感到后悔；她从没为丢下他的孪生姐姐而感到后悔；她也没有为让嘉莉死在冰冷、疯癫的围墙内而感到后悔；为了和里奥一起逃走，她强迫父母放弃土地，她从没有后悔；她也从没有因为强迫泰莎保证菲茨帕特里克警官永远闭上嘴而感到后悔；她更没有为从拉格穆林雇来那个电脑天才拿回任何可能导致重新展开调查的文件而感到后悔过。

从没有过。

她为家庭做了一件好事。现在伯妮，那个被她抛弃、和她母亲一起被遗弃在疯人院的另一个双胞胎，稀里糊涂地带走那些可能给她和儿子带来麻烦的人。伯妮与贩毒团伙有牵连，正好让爱尔兰警方感觉这一切都很复杂。

不过，并不是所有的人都消失了。她一想到这儿就后怕。当然，除了里奥之外，嘉莉还有一个孩子在外面。阿丽克伊斯知道，她可能还有更多的工作要做，以确保那个孩子仍然一无所知。因为现在，不管奥谢会讲些什么故事，都找不到她的踪迹，她感到心满意足。毕竟，她是电脑公司老板，她知道如何消除所有痕迹。

她松了一口气，抓着儿子的制服袖子，抬头凝视着他的新队长肩章，默默地发了誓。

没有人能从他身上夺走这一切。没有人会把他从她身边夺走，绝对没有人。

九十年代：那个孩子

今天我要离开这里了。你以为我会很高兴，是吗？但是如果我告诉你真相的话，我是感到有点难过的。真是疯了。哈！有趣，哈哈！

她就是在这里死的。我的母亲，嘉莉。我不知道她是什么时候死的，但我见过她的坟墓，墓上立着一个铁的十字架，锈迹斑斑的，和疯人院墓地里许多类似的十字架一样，是靠墙第五个。约翰尼·乔的墓地在她的前面，是第十五个。说明她是比他早几年去世的。十字架上没写日期，只有数字：金，1551。要是这个数字是666，那倒是块好墓地了。不过我已经无所谓了。

我把自己破烂的衣服塞进棉口袋，走出病房，里面满是臭气和尖叫的病人。也许荒诞，但我会想念他们所有人。

泰莎就站在那儿。哦，是的，我知道她是谁。护士把我推进最后一扇门时，我看到她在接待处，我听见她把我身后的锁锁上了。

"现在跟我走，乖一点儿，"泰莎说，"所有的文件我都签好，一切我都安排好了。在都柏林给你找了一套不错的公寓，还有一份兼职。"她靠近我，用平静而严厉的声音说，"你永远不要谈论你生活中的这一部分。忘了它吧，忘记我，重新开始，一切都会好起来的。"

我得意地笑。这使得她半笑的脸垮了下来，眉头紧锁。蠢货，她以为我会感谢她吗？这栋楼并没有让我成为圣人，在这里不可能发生如此神奇的事。不可能，疯狂已经深入我的骨髓，邪恶在我的灵魂上留下印记。

我知道她要抛弃我，希望我永远找不到她，但是我会的，总有一天。我可以等，我习惯了等。

在她低声威胁我离开之前，我对着她蜡黄的耳朵说："我永远不会忘记你，所以别以为你会忘记我。"

两周后

第一百零一章

二〇一五年十月二十五日

洛蒂在床上坐起来，感谢克洛伊端来的茶和吐司。她不忍心告诉女儿，其实她再也不想吃这两样东西。“路易斯真的很乖，”克洛伊说，“会让人以为他知道你想睡觉时他要保持安静。”

“他是个很棒的宝贝儿，你们都是聪明的孩子。有你们在我身边，我真是个幸运的母亲。我告诉过你我爱你吗？”

克洛伊呻吟着：“自从你回家以后，来来回回说过一百多万次了。我们知道你爱我们，一直都知道，所以呀，不要再说了。这种话说一段时间就会变得有点恶心了。”

洛蒂笑了，伸出手，握住克洛伊的手，“对不起——”

“够了！”克洛伊说，“我想要我的老妈回来。那个暴躁的、唱反调的、大惊小怪的、忙忙叨叨的人。你知道我在说谁吗？”

“是的，我知道。好吧，少说点肉麻的话。我保证。”

“随便吧，不过我知道，下次我们谁进来，你又重新说了。”

洛蒂看着身材高挑、长相漂亮的女儿伸手捋开脸上的一缕金发，朝门口走去。克洛伊没有回头，说："姥姥马上就来看你。"然后她逃走了。

洛蒂把托盘放在储物柜上，背疼得直往后缩。她在医院里住了将近两个星期。现在，在家里躺了三天之后，她很想出去工作。外科医生说还要再等一个月。嗯，他可不了解我，洛蒂若有所思地想着。但现在她不得不面对罗斯·菲茨帕特里克。这个想法比她背部的伤口还要痛。

"今天怎么样？"罗斯说着，把十几本杂志扔在床上，"我想你可以找点儿东西读。"

"我有很多阅读材料。"洛蒂说着，拍了拍床边的文件夹。

"那些是什么？"罗斯问道，俯身去看了看。

"一个记者编的故事。"

"关于你抓住连环杀手的英勇事迹？"

"不是。"洛蒂认为最好的办法是开门见山。虽然她希望自己能站起来，这样她就能直视罗斯的眼睛。

"帕迪·莫罗尼是《米德兰论坛报》的老板。"洛蒂开口说。

"是惨死的那对记者夫妇的父亲，他已经死了好几年了，你为什么想知道他的故事？"

洛蒂从床上坐起来，伸手去拿。

"我爸爸是个骗子，是个收受贿赂的警官。我这辈子都曾认为他是自杀的，但你知道更糟的是什么吗？我终于知道他骗过警司体制，和别人密谋把一个名叫金嘉莉的年轻女人送进了疯人院。天哪，那个女孩只是个酒鬼，我认为她从来没有疯过。"

"那是很久以前的事了。"罗斯尴尬地站着，双手插进口袋，她盯着洛蒂头顶上。

“对你而言一切都是很久以前的事了。我在追逐真相的时候，你处处阻挠。你以为如果你给我爸爸那盒东西，我就会停下来。但也是你让我继续深挖的，直到奇安·奥谢和伯妮·凯莉的可怕行为出乎意料地让我找到了真相。”

洛蒂看着她母亲不安地站着。如果这是一次正常的谈话，罗斯会坐在床边，但她怀疑罗斯完全清楚谈话的走向。

“帕迪·莫罗尼的档案中有很多未经证实的信息，大部分对我来说都不重要，但有些确实重要。有些我可以接受，但有一件事我不相信，那就是我父亲是金嘉莉第一个孩子的父亲。帕迪记录了那个孩子被带进了我们家。那不可能，只有艾迪和我呀！不是吗？”

罗斯低下头，她的短发微微地动了一下。当然不是。洛蒂倒吸一口气。她的心怦怦直跳。她的伤口紧缩，突然感到很不舒服。

“母亲，你瞒着我什么？”

罗斯咬着嘴唇，盯着天花板，然后把目光投向洛蒂。“我告诉过你别去管它。”她低声说，然后她的声音提高了，“我告诉过你多少次不要再问了？但是你不，你必须证明你能解决世界上的问题，同时解开我们家族的历史。这不是童话，洛蒂，没有幸福的结局。我们的世界里是活生生的人，而不是卡通人物。死的人都没了，他们是不可能解释他们的行为的，但是你就是不能不管！”

洛蒂听了母亲那气势汹汹的声音，不禁畏缩起来，“你在说什么？”

“真相。你想听吗？因为这是你唯一的机会。”

洛蒂眨了眨眼，抑制住眼泪，慢慢闭上眼睛。她想知道真相吗？想。她能应付得了吗？强壮的洛蒂能，但像她现在这样，像只受伤的动物可能不行，但她必须知道。

“我想听。”

“你不会喜欢的，最后警告一次。”

洛蒂掀开被子，坐在床边，全然不顾那股剧痛。

“看在上帝的分上，妈妈，这可不是什么智力竞赛节目。告诉我真相，我准备好了。不管你说什么，我想我已经想明白了。”

罗斯倚着墙说：“我想你没有，这就是问题所在。但是你需要记住一件事，这都是你父亲的错，不是你的，不是我的。”她停顿了一下。

洛蒂等着。

“他是个混蛋，你的父亲，收受贿赂。你说得对。你知道为什么吗？因为，你知道我不会说脏话，但现在我会说，因为他上了个极度精神错乱的女孩，让她怀孕，然后哭着来找我道歉，问他能做什么，这对他的职业生涯有什么影响？那个自私的人，他从来没有想过那个受过伤害的年轻女人，他是怎样虐待她的。”

“我……我想我不需要知道更多了。”洛蒂发疯似的环顾她的房间。她的药呢？她需要些东西。喝一杯，或者别的什么东西。

“你需要，你想要答案，我对上帝发誓，我会说的。”

一阵沉默。她的身体连计算时间消逝的协调性都没有了。

“你父亲是通过法庭案件认识泰莎·鲍尔的，联系她，想看看能做些什么。那时不允许堕胎，甚至连个街头堕胎的地方都没有，所以他们想出了一个计划。现在我一想起来，就想吐。”

“什么计划？”洛蒂小声说。

“孩子一出生，彼得会收养，当成自己的孩子。他只需要说服我同意这种疯狂的行为。他粉饰太平，添油加醋，讲他的故事。我们是将如何帮了年轻无知的嘉莉一个大忙。她无法抚养这个孩子，她是个瘾君子和酒鬼。看在上帝的分上，她在精神病院度过了半辈子。他恳求道。这婴儿毕竟是他的亲生骨肉。跳梁小丑。”

洛蒂注意到眼泪顺着罗斯的脸颊流下来。她的母亲是不是完全失去了理智？但是应该没有，她看起来比几个月前更理智。

“你怎么能收留这个孩子？你有艾迪，你有我……”

“这才是重点，洛蒂。你不明白吗？来吧，帕克督察。你不是我们生的，艾迪出生后我就不能生孩子了。生他的时候有并发症，我没了生育能力。这就是为什么生了艾迪之后隔了七年。”

“我不明白……”

“你是彼得的孩子，但不是我的。”罗斯抽泣着说，“但是我爱你，爱你。”

“不！”洛蒂从床上跳起来，腰很疼，在抗议，“不是真的。你不能。不！那不可能是真的！”她转过身来，抓住母亲的肩膀，看着她泪汪汪的眼睛。

“你用夏洛蒂·勃朗特的名字给我起名夏洛蒂，你告诉我的，不是吗？我是你和爸爸的孩子，请别告诉我我不是。”

“我很抱歉，但这是真的。你是我家彼得和金嘉莉的女儿。泰莎·鲍尔通过她在登记处的联系人伪造了出生证明。”

洛蒂跪在那个她叫了四十多年母亲的女人脚边，但罗斯不是她的亲生母亲，她的生母是一个被关在疯人院等死的女人。

她连连摇头。这不可能是真的。不。痴呆，对，就是这样。她会让安娜贝尔查查罗斯的头。有这种测试的……他们可以做一些特殊的测试……

罗斯继续说："泰莎握着你爸的把柄，这件事像一把大锤挂在你父亲头上，后来她试图掩盖她哥哥和嘉莉的关系，她就威胁说如果他不参与，就把这事说出去。她收养了玛丽安，让那个有钱人家满意，她确实是。邻居们都不知道这些丑事。"

"他们还是婴儿啊！"洛蒂叫道。一股寒意穿过她的双肩，沿着脊柱滑下来，又蹿了上去，最后栖息在她后脖颈的一个冰凉的地方。

"你知道我的意思。这些人是绅士，至少他们自认为是绅士。他们把所有的东西都掩盖起来，但是后来有了双胞胎，他们怎么把双胞胎藏起来？"

"怎么藏？和他们的母亲一起把他们送进疯人院？"洛蒂嘲笑。

"不是。贝尔菲尔德家有个女儿，阿丽克伊斯，她比嘉莉小几岁，她同意收养双胞胎。她年轻未婚，可能是非法收养，可怜的嘉莉又被送进疯人院。但这次她没有保持沉默，威胁要把事情公开，我是这么听说的。"

"但是一个被认为是疯了的女人怎么能被相信呢？"

"我认为基蒂不会冒这个险。她找来了泰莎，泰莎强迫彼得帮忙，嘉莉被放出来，贝尔菲尔德夫妇把村舍给了她，条件是她得戒毒，然后双胞胎才能回来。一切都很好，直到她又开始吸毒和酗酒。一天晚上，她差点把他们都烧死了。"

"所以阿丽克伊斯又把双胞胎带走了？"

"没有，显然阿丽克伊斯要去美国创业，她同意带走一个孩子。

另一个，伯妮和嘉莉一起被关在圣德克兰疯人院。我想一开始她是被临时送进去的，那家人再决定如何处理她。但是他们却把她留在了那里，和她的母亲一起。”罗斯深深地叹了口气，“我以为她们都死在那里了。但我错了，不是吗？”

洛蒂说不出话来。她不愿相信她的母亲，但莫罗尼的报告中不也是这么说的吗？

“你是怎么做到的呢，同意收留我？在爸爸做了那些事之后，你怎么能和他一起生活呢？”

“是很困难。从长远来看我做的是对的。看看你出落的样子，良好的教养最终会胜出。”

“我明白我们都是这场悲剧的受害者，但是你知道吗？我可怜你，妈妈。或者不管你是谁，我为你所做的选择感到遗憾。”洛蒂倚在床上，希望自己有力气跑出去，跑下楼梯，跑到街上去，在那儿她能像野兽一样对着夜空嚎叫。“父亲的自杀……你跟这件事有什么关系吗？”

“你怎么能这样想呢？这和我无关。不管怎么说，是他出轨，不是我。他不得不忍受那种罪恶。记住，洛蒂，没人知道紧闭的门后发生了什么。我们都以为安娜贝尔婚姻完美，看看她丈夫都对她做了什么。”

安娜贝尔，洛蒂想。她很想知道她现在怎么样了，现在奇安被指控犯有两起杀人罪。我得尽快和她联系。想起她母亲刚才说的话，她一直知道安娜贝尔的婚姻并不完美，但她认为奇安虽然有缺点，却是个好丈夫。“完全错了，帕克。”她对自己说。环境改变了奇安，释放出邪恶。毫无疑问，也是环境把伯妮变成了她现在的样子。而罗斯正在转移话题，典型的罗斯方式。

“这跟安娜贝尔、奇安或其他任何人无关，”洛蒂说，想要把她拉回到当前的话题上，“这是关于我爸爸的。”

“是他婚内出轨，还生了一个孩子，所以别怪我。”

“但家里的气氛一定很紧张，上帝，你收留了别人的女儿，狗屁。”

“她是个瘾君子，她不能照顾你，那时没有人帮助她，只有疯人院。”

洛蒂抬头望着天花板，被泪水遮住了眼睛。沮丧吗？愤怒吗？忧愁吗？她不知道。

“怪不得我一团糟。”

“我想，如果我把你父亲的东西给你，事情就完了。相反，你开始了疯狂的搜查。所有那些可怜的、无辜的人，因为你的干涉而被杀。”

洛蒂又挣扎着坐了起来，“这个你说错了，是从玛丽安·拉塞尔调查她的家谱开始的。”

“可是你难道不明白吗，你的窥探使奇安·奥谢卷进来监视你，也监视我。不管你愿不愿意承认，洛蒂，这直接导致了莫罗尼一家被杀，所以不要在这里装无辜，有点担当。”

洛蒂听了这些刺耳的话，不禁怒火中烧，决定等自己好些了，就到监狱里去看看奇安·奥谢，看看即便别人都无功而返，她能不能成功。她需要知道是谁把他卷进来的。

“我听够了，妈……罗斯，我想你该走了。”

罗斯从墙边离开，走到门口，她转过身来。洛蒂盯着那个精神矍铄的女人，她曾经叫她妈妈的，现在她看起来只有自己一半高，弯腰驼背，形容枯槁。

“我要走了，”罗斯说，“我只要求你一件事。别管了，不要去寻找更多的答案，它只会给人带来痛苦，给那些一生都在逃避的人。记住，你有你自己的孩子和外孙，你不想给他们的生活带来更多的痛苦。”

洛蒂站起来，疼得直哆嗦，她尽量站得笔直。

“告诉你吧，我还没完呢。我要找到我最后一个在世的同母异父的兄弟姐妹。”

罗斯冷冷地笑了，“别忘了，你有两个。”

“两个？”洛蒂感到很困惑，然后她突然想到，“伯妮·凯莉可能会在监狱里度过余生。我说的是她的双胞胎。我去找阿丽克伊斯，和——”

“你不会的，你永远也斗不过她，你父亲就没有。”

“你这话是什么意思？”为什么最后一句总是罗斯说的？

“你父亲无法跟她抗衡。他是个疲惫不堪的可怜傻瓜，是泰莎让他这么做的，但我坚信阿丽克伊斯在她背后操纵一切。你不奇怪泰莎为什么有枪吗？杀死你父亲的那把枪？”

是的，她奇怪。

“阿丽克伊斯把一切都安排好了，泰莎瓦解你父亲。试图说服他认为把真话说出来是不对的，他那时候已经是个废人了……那时候……我永远无法证明这一点，但我总觉得有人把他绑起来，把枪放在他手里，强迫他。要不为什么他脚边的地板上还有一根绳子？绳子后来被拿走了，审讯后，枪也不见了。这些年来一直在泰莎手里。”罗斯轻声叹了口气，接着说，“最后，我不知道他到底想不想扣动扳机，但他扣了。”

洛蒂感到膝盖发软，又坐回到床上，仔细端详她的双手。她无话可驳。当她抬起头时，房间里只有她一个人了。

“我不知道我是谁，”光透过开着的门缝照进来，呈长方形，她低声对着它说，“我是谁？”

二〇一五年十月三十日：那个孩子

那天，那个叫泰莎·鲍尔的女人来签名，把我放出去，那本应是快乐的一天，但不是，我离开了我唯一的家。

所以，当她站在那里签署最后一份表格时，我的灵魂像她手肘下的皮包一样黑暗。

她应该把我留在我自己的世界里。

那一天，我向自己和家人释放了一股复仇力量，这股力量要再过二十多年才会开花结果。

我现在很高兴，我已经完成了我的终生目标。

我和一些人一起生活，我知道他们终有一天能帮助我完成我想做的事。我的使命就是消除使我和我母亲失去我应有的生活的那种疯狂。即使娜塔莎在我从精神病院获释几年后出生，我也从未动摇过。我知道她会理解并帮助我，她毕竟是我的骨肉，我不知道她父亲是谁，也不重要。我要向那些从不相信这一点的人证明这种纽带的力量。

我想知道他们会怎么处置娜塔莎。我想他们会设法让她做证反对我，但我女儿不会背叛我。在地下室里的反抗，只是恐惧而已。她以为侦探会把我们俩都杀了。可怜的女孩，一切都在我的掌控之中，现在也是。

我现在又回来了。很明显，它不是圣德克兰，那里已经关闭。又是另一个圣德克兰，不过我甚至没问过它的名字。对我来说都一样，我会被一直留在这里，直到他们决定我是否适合受审。

我知道我不是那个被推入疯狂世界的孩子。我已经充分意识到，我生命中所采取的每一个行动都是经过深思熟虑、周密计划的。我知道我没有疯，但他们不知道。我学会了扮演许多角色，这个我命中注定要扮演的角色。

除了为保护家族荣誉，没有别的原因，精神病母亲所生的孩子就被关了将近二十年，我怎么会不疯呢?

我翻看着唯一一本允许我随身携带的书，我研究了草药插图，想知道他们是否会让我种一些种子，我会很乐意。我的母亲，嘉莉，会为我感到骄傲的。

后记

二〇一五年十月三十一日

敲博伊德的门似乎比用手指按门铃更文明。轻轻地、温柔地敲门。“当，当，当！”

她等待着。门的玻璃后面没有影子，没有声音，没有动静。里面一片寂静，外面却是日常声音。

她把头靠在冰凉的玻璃上，意识到这是个错误。她做出决定时，感觉不错。这个决定来自于她对生活中孤独的思考，她的生命建立在谎言之上，建立在她很快就屈服的谎言的流沙之上。

被美好的家庭所包围，她仍然感到孤独。有些人可能会笑，其他人可能认为她疯了。也许她是，毕竟，她的血管里不是流淌着一点点疯狂的基因吗？或者她应该去做测试，只是为了确定一下。不，现在不行。某一天吧，也许当罗斯不在了，没有人会受伤的时候，她会让简做这个测试。

不是现在，不，不是现在。

她有种强烈的需求，她需要感觉自己被一个人紧紧拥抱，这个人不仅是她的朋友，还会成为她的依靠。所以她行动了。这次她体内没有酒精，没有快乐药丸。只是她自己，而他却不在家。

“我的故事。”她伤心地自言自语，沿着小路走去。她拉起兜帽，迎着刺骨的寒风，把包高高地扛在肩膀上，走到街上。

“嘿，洛蒂，你这么快要去哪儿？”

她停了下来，转过身来。

他站在门口，头发滴着水，皮肤潮湿，很可能刚洗完澡。

她为什么会在这里？她说不出一个连贯的词来，什么也没说，就像傻子一样站着，盯着看。

“现在别走，”他说着，光着脚从小路上走下来，“进来。”他伸出手来。

没有犹豫，她朝他走去，握住他的手。就目前而言，这感觉很对。

她觉得自己属于这里。

*

傍晚，他们坐在湖岸边的一块大石头上，望着亚瑟·拉塞尔的尸体最终随暴风雨一起升起的地方。一个无辜的男人，他的妻子和女儿因过往的疯狂而死。人们能轻而易举地掩盖自己的秘密，这使洛蒂感到困惑。

“还有多少穷人因为土地、金钱和非婚生子女而被遗弃在高墙之后呢？”她说。

“太多了。”博伊德说。

“我是谁，博伊德？”

“你就是洛蒂·帕克，就是她。”

“我不是我想象中的洛蒂，我完全是另外一个人。”最后一片叶子从树上掉下来，飘落在她的脚边。

一阵风把它吹到岸边。他们坐在那里，看着它漂在狂野的湖面上。

“一片脆弱的叶子，听天由命。”洛蒂说。

博伊德说：“人类的生命同样脆弱，受人类的贪婪和羞耻支配。”

“会结束吗？”

“坏天气？”

“谎言，博伊德，秘密和谎言。”

帕特里夏的一封信

您好，亲爱的读者：

衷心感谢您阅读我的第三部小说《丢失的孩子》。

我很感激您与洛蒂·帕克和她的同事们分享您宝贵的时间。如果您喜欢它，您可能会愿意跟随洛蒂的整个系列小说。如您已读过洛蒂·帕克的前两本书《回不去的我们》和《被偷走的女孩》，我要衷心感谢您的支持和评论。

如果您想了解我的最新作品，请点击下面的链接。您的邮件地址将永远不会泄露，您也可以随时取消订阅。www.bookouture.com/patricia-gibney

尽管生活对我的写作产生了深刻的影响，但故事中所有人物都是虚构的，拉格穆林镇也一样。

如果您喜欢《丢失的孩子》，冒昧地请您在亚马逊上发表评论，这对我来说意义重大。

迄今为止，我已收到很多精彩而惊人的评论，正是这些评论激励我要相信自己。

您也可以在我的脸书作者页面和推特上与我联系。我还有一个博客（我会努力更新）。

再次感谢，我希望你们能和我一起读这个系列的第四册。

爱你们的帕特里夏

致谢

至今，我已经出版了洛蒂·帕克系列的三本书，《回不去的我们》《被偷走的女孩》和最近出版的《丢失的孩子》。写每一本对我来说都是不同的经历，因为我一直在学习。我学到的最重要的一点是，如果没有一支出色的团队在我身后，我的书就不会取得如此好的成绩。

团队中最重要的成员就是你们——读者。是你们买了我的书来读，《丢失的孩子》也不例外。你们的评论给了我继续写作的信心，谢谢你们！

谢谢约翰·奎因和马丁·麦凯布为我提供警务方面的建议。他们知道我随意使用这些信息是为了缩短时间线，推进故事发展。我对这部小说负全部责任。

为了写《丢失的孩子》，我不得不了解一些关于农业的事情（尽管我的祖父母都是农民）。感谢迈克尔和维罗尼卡·戴利带我参观他们的农场，并向我展示搅拌机。我做了一个星期的噩梦。

*

我所有的书都有有声出版，所以我要感谢米歇尔·莫兰精彩的叙述，她为洛蒂和我的角色们发声。感谢音频制作人亚当·海拉尔。

不仅仅是一家出版社，它就像一个家庭，每个人都给予了支持和建议。实操的方法使我的写作和编辑容易很多。

海伦·詹纳，《丢失的孩子》的编辑，感谢您对我写作的洞察，并指导我把这本小说变成一段令人难以置信的写作体验。所有的Bookouture人，谢谢你们为《丢失的孩子》所做的工作。我必须特别感谢基姆·纳什和诺艾尔·霍尔滕出色的媒体工作，以及他们组织的博客之旅。你们的勤奋（不分昼夜）使我的书受到注意。

同时也要感谢那些直接为我出书的人：劳伦·芬格尔、珍·亨特、阿丽克伊斯·克劳、朱尔斯·麦克亚当、凯特·巴克、简·塞利和汤姆·菲尔瑟姆。

加入Bookouture后，我经历了一件事，那就是所有Bookouture作家给予了我极大的支持。谢谢你们！

感谢每一位读过并评论过《回不去的我们》和《被偷走的女孩》的读者，当然还有《丢失的孩子》的博客作者和评论家。请你们一如既往地来分享交流。

我的经纪人，书局的格尔·尼科尔是图书行业的知识宝库，我重视她的建议。格尔代表我与布克杜尔合作，特别是与奥利弗·罗兹、莉迪亚·瓦萨-史密斯、佩塔·南丁格尔和珍妮·格拉斯就新合同进行商谈，这是我做不到的。

初稿的早期读者对我至关重要，我要感谢我的妹妹玛丽·布伦南花时间阅读我的作品。当我发现自己被困黑洞，陷入瓶颈，她总是在我身边，帮我找出真相，让我充满信心。

逃避到偏远的地方写作已经成为我的常态。杰基·沃尔什，你很擅长先帮我们订机票，然后说“打包笔记本电脑吧”。

创作《丢失的孩子》的过程中，启发和激励我写作的还有尼亚芙·布伦南、格兰妮·戴利、露易丝·菲利普斯、凡妮莎·奥劳林、安·奥劳林、莉兹·纽金特、阿琳·亨特和卡罗兰·科普兰。

我于媒体来了一段惊心动魄之旅。感谢所有以我为主角的报道、广播和电视节目，特别感谢令我保持冷静的研究人员和制片人。非常感谢当地媒体的每一个人。

特别感谢约恩·麦克休、雷蒙德·欧里根、伊蒙·布伦南、特蕾莎·多兰和玛格丽特·科伊尔。

万分感谢马蒂·穆里根邀请我参加2017EP音乐节。你是一个了不起的马林加人。我的背后总是有一群实力强大的支持者，是他们让我保持专注。我的朋友安托瓦内特和乔，我的哥哥杰勒德和妹妹玛丽和凯瑟琳，还有莉莉·吉布尼和她的家人。